天缺一角

严 苏／著

中国书籍出版社

图书在版编目（CIP）数据

天缺一角 / 严苏著 . —北京：中国书籍出版社，2013.10
（中国书籍文学馆·小说林）
ISBN 978-7-5068-3861-0

Ⅰ . ①天… Ⅱ . ①严… Ⅲ . ①中篇小说—小说集—中国—当代
②短篇小说—小说集—中国—当代 Ⅳ . ① I247.7

中国版本图书馆 CIP 数据核字（2013）第 283588 号

天缺一角

严苏 著

图书策划	武　斌　崔付建
特约编辑	陈　武
责任编辑	卢安然　牛翠宇
责任印制	孙马飞　张智勇
出版发行	中国书籍出版社
地　　址	北京市丰台区三路居路 97 号（邮编：100073）
电　　话	（010）52257143（总编室）（010）52257153（发行部）
电子邮箱	chinabp@vip.sina.com
经　　销	全国新华书店
印　　刷	北京富达印务有限公司
开　　本	710 毫米 ×1000 毫米　1/16
字　　数	233 千字
印　　张	17.25
版　　次	2014 年 6 月第 1 版　2014 年 6 月第 1 次印刷
书　　号	ISBN 978-7-5068-3861-0
定　　价	34.00 元

版权所有　翻印必究

序　言

　　钟情小说，始于 1994 年。那时，我已调入文联，做刊物编辑。1996 年，我的创作进入高峰期，那一年写出 6 部中篇小说。《新上任的八品芝麻官》发于《大家》，同年 11 月《新华文摘》转载，听到的都是叫好声，长春电影制片厂的影视评论家、编剧尹江春写信来，要我为他们写一部 20 集电视剧，主题是农村土地问题。隔行如隔山，我以不懂剧本创作为由，婉谢了。那时，我还不到四十，算是青年。年轻人的特点是爱做美梦，感觉曙光就在眼前，离成功仅一步之遥，可以一蹴而就。然事实并非如此，时过十多年，我依然默默无闻，终日在文学的小道上举步维艰，踝蹼慢行。

　　文学没有终点，永远在路上。

　　我产量不高，一年仅写几篇小说，七八万字；创作习惯也不好，稍有干扰就难入状态。我对写作快手（一天数千字，甚至上万字）很是敬佩，但不羡慕。小猪前拱是觅食，小鸡后扒也是觅食，它们各有各的本领，也各有各的活法。若是反着来，就违背了自身规律，其结果只能事倍功半，劳而无获。

创作离不开生活。或曰：生活是创作的源泉。对此，我体会深刻。收入本书的小说，素材全部来自生活。当然了，有了素材不等于就能写出小说，它要经过沉淀、过滤、孕育、发酵、创作，最后才能成为小说。我有个习惯，创作时思路一旦受阻，写不下去，我不会为难自己，而是关闭电脑，找些闲书来读。是农村题材的，到了休息日，就乘车去农村老家，看看老屋，找儿时的玩伴聊聊天，忆忆旧；或者去田间，帮助大叔大婶们做点事。中午吃一顿农家饭，下午乘车返回。回想这一天的所见所闻，心里有了沉甸甸的感觉，翌日打开电脑，写起来就顺畅多了。我把这称之为吸地气。创作《悬挂在窗口的鸡窝》这部小说，我多次到农民居住的小区去，每次去都有收获。

　　我写农村，也写城市，写的多是底层人物。贫贱夫妻百事哀，底层人物难事多——想知道他们的难，想听他们的心声，就与他们交朋友。他们是我创作不竭的源泉！

　　感谢生活！

序

李敬泽

"中国书籍文学馆",这听上去像一个场所,在我的想象中,这个场所向所有爱书、爱文学的人开放,不管是白天还是夜晚,人们都可以在这里无所顾忌地读书——"文革"时有一论断叫做"读书无用论",说的是,上学读书皆于人生无益,有那工夫不如做工种地闹革命,这当然是坑死人的谬论。但说到读文学书,我也是主张"读书无用"的,读一本小说、一本诗,肯定是无法经世致用,若先存了一个要有用的心思,那不如不读,免得耽误了自己工夫,还把人家好好的小说、诗给读歪了。怀无用之心,方能读出文学之真趣,文学并不应许任何可以落实的利益,它所能予人的,不过是此心的宽敞、丰富。

实则,"中国书籍文学馆"并非一个场所,它是一套中国当代文学、当代小说的大型丛书。按照规划,这套丛书将主要收录当代名家和一批不那么著名,但颇具实力的作家的长篇小说、中短篇小说集和散文集等。"中国书籍文学馆"收入这批名家和实力作家的作品,就好比一座厅堂架起四梁八柱，这套丛书因此有了规模气象。

现在要说的是"中国书籍文学馆"这批实力派作家，这些人我大多熟悉，有的还是多年朋友。从前他们是各不相干的人，现在，"中国书籍文学馆"把他们放在一起，看到这个名单我忽然觉得，放在一起是有道理的，而且这道理中也显出了编者的眼光和见识。

当代文学，特别是纯文学的传播生态，大抵集中在两端：一端是赫赫有名的名家，十几人而已；另一端则是"新锐"青年。评论界和媒体对这两端都有热情，很舍得言辞和篇幅。而两端之间就颇为寂寞，一批作家不青年了，离庞然大物也还有距离，他们写了很多年，还在继续写下去，处在最难将息的文学中年，他们未能充分地进入公众视野。

但此中确有高手。如果一个作家在青年时期未能引起注意，那么原因大抵有这么几条：

一、他确实没有才华。

二、他的才华需要较长时间凝聚成形，他真正重要的作品尚待写出。

三、他的才华还没有被充分领会。

四、他的运气不佳，或者，由于种种原因，他的写作生涯不够专注不够持续，以至于我们未能看见他、记住他。

也许还能列出几条，仅就这几条而言，除了第一条令人无话可说之外，其他三条都使我们有足够的理由对这些作家深怀期待。实际上，中国当代文学的丰富性、可能性和创造契机，相当程度上就沉着地蕴藏在这些作家的笔下。

这里的每一位作者都是值得关注、值得期待的。"中国书籍文学馆"

收录展示这样一批作家，正体现了这套丛书的特色——它可能真的构成一个场所，在这个场所中，我们不仅鉴赏当代文学中那些最为引人注目的成果，而且，我们还怀着发现的惊喜，去寻访当代文学中那相对安静的区域，那里或许是曲径幽处，或许是别有洞天，或许是，众里寻他千百度，蓦然回首，那人却在，灯火阑珊处……

目录

妯娌
001 ◀

荷花浴室
015 ◀

小车司机的日常生活
022 ◀

舅舅
033 ◀

六周龄
047 ◀

耳光响亮
058 ◀

白城之恋
072 ◀

男人的耻辱
085 ◀

忠字塔
097 ◀

天缺一角
109 ◀

春天的绿叶
117 ◀

目录

人生拐点
▶ 124

荒诞岁月
▶ 139

1月10日
▶ 154

取　暖
▶ 161

脑血栓
▶ 173

兔年的钟声
▶ 184

同林鸟
▶ 196

神　仙
▶ 205

遍地黄金
▶ 215

翻毛皮鞋
▶ 227

妯 娌

1

阳光透过窗户，从斜射一线线转过来，渐渐变成直射，大树家的不用看时间，也知道小树家的和她儿子小宝要从菜场往回来，顶多十分钟，娘儿俩就会从楼道口一拖一沓地走过去。大树家的听到"扑嗒"一声响，知道电饭锅里的饭好了，她忙把电源关上。锅里烧的糖醋排骨，肉还没烂，香味就飘出来，绒线似的一阵阵往鼻孔里钻，把肚子里的馋虫勾出来，口水一口一口地往外生。大树家的用铲子翻动几下，加一勺水，把火调小，用文火慢慢煨。排骨要烂，肉和骨头烧得要离没离最好吃。贴骨肉香，大树家的喜欢吃这道菜，闺女小兰更爱吃，见了糖醋排骨，立马就来精神，小脸笑得像花朵，所以她十天半月就要买二斤排骨回来，烧好了，娘儿俩痛痛快快地吃一顿。眼下啥都贵，排骨跟肉一个价，但大树家的舍得吃。钱是人挣的，挣来了就要花，不花是纸片。大树家的喜爱瞎琢磨，有时想的挺有道理。时间过得很快，十分钟到了，她赶紧把锅盖上，抓一把瓜子下楼来。小树家的住另一栋楼，楼下通道是她进出的必经之路。出来的正是时候，小树家的和小宝正往这边来。太阳当顶，影子像一堆牛粪瘫在脚下。小宝不想走，苦着脸，磨磨蹭蹭的，走几步就停下来。定是饿的，走不动了。小树家的手里拎着两只脏兮兮的蛇皮袋，走路一摇一晃，头伸得老长，样子像呆鹅。大树家的不看也知道，蛇皮袋里不会有好东西，不是捡的不要钱的老菜帮，就是从菜贩手里淘来的下市菜。小宝投错胎了，摊上这一对父母，要吃没好吃，要穿没好衣，小小一个人看着像个叫花子。小宝今年五岁，细胳膊瘦腿，长得跟侏儒似的。大树家的每次见到小宝，都担心他的细脖子撑不起那个大脑袋。没办法，这是营养不良造成的。要怪就怪小树，他是罪魁祸首。

一娘生九等，小树大树兄弟俩，一个是地下的虫，另一个是天上的龙，天地之别，差老鼻子远。

小树家的愈走愈近，小宝像她的尾巴，不远不近地跟着。娘儿俩走得又近了些，大树家的把头抬高了，两眼看天，丢一粒瓜子在嘴里，"叭"地嗑开，"呸"一声，瓜子壳像长了翅膀飞出唇外。籽仁留在口中，嚼一嚼，满口生香。

小树家的走过来，大树家的用余光瞄一眼，看清蛇皮袋里的东西了，果真是老菜帮！小宝也过来了，两只小脚像坠着铅，眼看就走不动了。小宝抬起大脑袋，看到大树家的，张开小嘴，小鸟似的叫了一声："大妈好。"大树家的心软了一下，刚想说话，看到小树家的回头叫小宝，就把话咽回去，她把脸扬起来，继续嗑瓜子。

娘儿俩走过去了，留给大树家的是一高一矮两个背影。

一阵风吹起一股灰尘，大树家的来不及避让，眼里进了灰，她一边揉眼睛，一边上楼。打开门，焦煳味扑鼻而来。大树家的猛拍一下屁股，撒脚跑进厨房，揭开锅一看，水干了，排骨煳成一块黑碳。大树家的心疼死了，她咬着牙骂："妈逼的，都怪这个臭娘们！"骂后，她把排骨铲进狗食盆，小黑乐得直摇尾巴，几口就把排骨吞进肚里。

眼看小兰就要放学回家，说好今天吃糖醋排骨的，排骨却进了狗肚，小兰肯定不高兴，闹不好还要哭鼻子。大树家的在厨房里转一圈，主意就有了，她把锅刷干净，把挂在阳台上的咸肉拿下来，割一块，切成丝，用菜心炒了一盘。这是应急办法，小兰要是问起，就说有事耽搁了，明天吃吧。早吃晚吃，估计小兰不会计较的。

2

小树家的回到家，拿两块饼干给小宝，说："小宝乖啊，少少咬，吃快了会噎着。"

小宝拿到饼干，一边往嘴里塞，一边回答："知道了，妈妈。"

可他言行不一，话音刚落，两手就空了，他伸出舌头，小狗似的舔一舔嘴巴，张开小手又要。小树家的回过头看，没好气道："跟你说话，你当耳旁风，没有啦！"

小宝可怜巴巴地说："我饿……"

小树家的说："面朝东，站一会就不饿了！"说后，就去水池上淘米。米倒进锅，她把蛇皮袋里的菜倒出来，把枯叶摘掉，放到淘米水里浸泡。小树家的听别人说，淘米水洗菜祛农药，对身体有好处。她不知真假，她用淘米水洗菜，考虑的是节约，能为家里省一点水费。

菜洗好了，放在篮子里淋水。小树家的在想今天的菜如何做。老菜帮合荤油，用荤油烧，香；当然了，要是有油渣，菜会更香。遗憾的是，家里没荤油，也没油渣。小树家的想到一个好办法，做菜时把锅烧得热热的，多放些葱、姜，多炸一会，锅就有了荤油的香。锅香了菜就香，烧出菜小宝一定爱吃。想到小宝，小宝就往这边来，看样子还是要吃的。果然是，来到水池边，他把小树家的腿抱紧了，说："妈妈，我还想吃饼干。"他怕小树家的不给，竖起一只手指，可怜巴巴地说："好妈妈，再给一块，行吗？"

小树家的一阵心酸，眼中有泪落进水池里，儿子提这点小要求，她不好拒绝。大树家的把小兰当宝贝，吃得好，穿得也好，想啥有啥，要月亮大树家的赶紧找梯子。同样是孩子，小宝得到的太少。这样想着，小树家的就拿出两块饼干。小宝见了，高兴地说："谢谢妈妈！"

小树家的说："答应妈妈，今天好好吃饭！"

小宝说："我听妈妈话。"

饼干到手，小宝没有急着吃，一手拿一块，先是比大小，正面比过又比反面。后来又看图案，两块也一样。比过了，也看过了，没有好玩的，这才开始吃。小宝吃得慢，不是咬，而是舔，才舔完一块，饭就好了。

小树家的今天做菜比往日快。快，是因为有约定。小宝答应好好吃饭，小树家的就不怕他食言。小宝有记性，他答应过的事，就不会反悔。退步说，就是反悔也没什么，小树家的多说几句好话，哄一哄，一顿饭也能糊弄过去。

小树家的今天做的是老菜帮烧粉丝。昨天烧的也是这道菜，吃起来苦叽叽，还有点涩嘴。她知道菜老了，油也搁得少，所以才不好吃。今天她把菜在开水里焯一下，把苦水倒掉，又采用新烧法，菜就有了别样味道。小宝是馋鼻子，闻到香，当有好吃的，拿着饼干跑过来。

小宝把饼干举起来，说："妈妈，还给你！"小树家的接过饼干，夸小宝懂事，知道细水长流。

小宝听到表扬，眼睛笑成两弯小月牙。

饭菜上了桌，小宝脸上的笑不见了。小树家的给他打预防针，说："我们家小宝是好孩子，说话从来都是算话的，不会反悔。对吗？"

小宝强打起精神，坐正身子，大声说："当然啦，我是男子汉！"

3

大树家的想错了，小兰回到家没见到糖醋排骨，嘴巴噘得能挂住油瓶，追问排骨哪里去了。大树家的不好说喂了小黑，说有事耽搁了，没来得及烧，好饭不怕晚，明天吃一样的。小兰耍态度，说："不一样！"又说，"妈妈说话不算话，屁股当嘴巴！"

大树家的听小兰说这话，想批评，又怕节外生枝，忍了。她把炒肉丝端到桌上，用鼻子闻一下，夸张地说："好香啊，香到骨头里！"

小兰鼻子里"哼"一声，身子一扭进了房间，"砰"地关上门。

小兰任性，把自己当成太阳，家里人都要跟着她转，稍不如意就耍脾气，像个小刺猬，碰一下就扎人。孩子的毛病娘惯的，大树家的不怪旁人，责任都在她身上。

大树家的20岁嫁给大树，到30岁才怀孕，生下小兰，又是10年，这块地一直荒着。设身处地想，不管谁，都会把独苗子小兰当成命疙瘩。说句不中听的话，要是永远怀不上，她和大树后半生就依靠小兰了。大树人到中年，抛妻别子，去城里打工，就是希望宝贝闺女吃好穿好，过上风不吹脸雨不淋头的好日子。大树愈是对闺女好，大树家的心里愈是有愧。她愧的是自己没能为大树生个带把的。女人生孩子不同于母鸡生蛋，往窝里一趴，半碗饭工夫就完事——女人过的却是生死关，弄不好就见阎王爷！大树家的亲身经历过。她生小兰，肚子疼了一天一夜，生时大出血，血水像河水哗哗流淌。放在过去，她的命早没了。就这也吓得够呛，月子里多次做噩梦，梦见她和小兰落进河水里，她拼命扑腾，身子还是往下沉，眼见游不动了，一声尖叫从梦中惊醒。大树心疼她，到医院开方抓药，花了好多冤枉钱。小兰一天天长大，她才从阴影中走出。大树家的是好了疮疤忘记疼，只要大树回来就缠他。大树家的肚子像块盐碱地，任凭大树耕耘播种，就是不长苗。忙活10年，大树不抱指望了，她也泄气了。

大树打工，为的是养家；大树家的留守，为的是照顾小兰，做好后勤服务。现在小兰不肯吃饭，大树家的就是失职，没有尽到母亲的责任。冤有头债有主，小树家的难脱干系。不是她，排骨就不会焖。排骨不煳，小兰这会儿一定开开心心地吃饭。顺这条道想，小树家的就成了她和小兰的冤家对头。大树家的眼睛不揉沙子，谁给她揉了，她就要报复谁！这事暂且缓一下，眼下要紧的是把小兰叫出来。人是铁饭是钢，一顿不吃饿得慌。大树家的站在门外，用软话说："好闺女，妈妈求你了，快出来吧，饭菜都凉啦。"耳朵贴到门缝上，不见动静，又说，"宝贝啊，妈向你保证，晚上回来，一定把排骨补上。不补上，妈倒着走！"再听，屋里有了响动。又过一会，小兰才气鼓鼓地走出来，端起碗潦潦草草地扒几口，背上书包就走了。

4

　　小兰从背起书包到离开家，头都没有回一下，大树家的这才看出问题的严重性。这孩子，为一口吃的，生这么大气，还说她屁股当嘴巴，邻居要是知道了，一定会说这丫头不懂礼节，不尊重长辈。说到底还是孩子，放在大人身上，别说排骨，就是龙肉，也不会这样。

　　由此看出，小兰对排骨的钟爱程度。

　　说话如泼水，大树家的没有退路，晚上必须兑现承诺。

　　自打搬进新家，大树家的身子变飘了，啥事不想做。其实，就是想做也没事可做，没有土地，也不养鸡喂鸭，每天除了弄两个人的饭，剩下的时间就是看电视，看累了睡觉。没搬迁那会，大树家的像一条耕牛，没白没黑地忙碌，家里田里，眼一睁忙到熄灯。住进小区，就进了天堂，跟城里人一样。不，比城里人舒服。城里人要上班。上班就得受人管，受纪律约束，而她却是个天不管地不管的自由人。人真是怪，干活那会，身上的劲跟井水似的，用了就生出来；眼下不干事，身子变肥胖了，腰上的赘肉一嘟噜一嘟噜的，腿粗得像大象腿，爬个楼都气喘。大树家的午饭后必须睡一觉，若是不睡，人就软里巴唧，一下午都没有精神。今天不能睡了，她要去菜场买排骨。要买就买二斤，少了到嘴没到肚，吃了不过瘾。眼下钱不当钱使，一张大票剖开来，跟见鬼似的，眨眼就花光。花就花吧，花在闺女身上，大树家的不心疼。

大树家的把吃剩下的饭菜拢到桌子中间，有纱罩也不用。没搬迁那会，剩菜剩饭要及时收到碗橱里，晚一步，苍蝇就像雨点一样落下来，转脸间饭菜上就落下一层，跟撒了黑豆似的，看着瘆人。那时院子里养着猪和羊，茅缸就在院外。茅缸里蛆虫拱动，苍蝇嗡嗡，刮个小南风，家里院里全是臭味。最难以忍受的是解手，人走进厕所，苍蝇就飞起来，吓得你不敢往下蹲。若不是城市外扩，大树家的就不会有今天的舒心日子。

锁上防盗门，大树家的到车棚里推车。是电瓶车，搬家后买的，一千多块钱。车子八成新，跟新的一样好骑。小树家的没这福气，别说电瓶车，她连自行车也没有，走路靠双腿。大人走一走也就罢了，让小宝走，做爹当娘的就有些说不过去。小兰和小宝都是孩子，小宝的命咋就这么差呢。说一千道一万，还是那个败家子作的孽啊！

骑电瓶车的感觉真好，人坐在上面，不花力气，只要动一动手，车子就跑了；速度也快，走小道，跑得比汽车欢。

菜场里丢棍子打不到人，卖肉的摊位都空着。午后的阳光白得晃眼，才是五月天，太阳就长了毒刺，照在身上火辣辣的。正是午休时间，卖菜卖肉的都猫在家里，估摸还要两三个小时才会出摊。大树家的不等了，骑上车子就走，她想睡一觉再来不迟。

5

路上没有行人，也没有汽车，大树家的把电瓶车骑出一阵风，眨眼就进了小区。小区荫凉处坐着一群娘们，不知她们扯的啥，一个个咧着嘴，乐得东倒西歪的。傻娘们有福不会享，图一时快乐而放弃午觉。老话说，吃口猪不跟打一呼。可见睡觉对身体有多重要。大树家的低头骑车，想从另一栋楼绕过去。不想有人叫她，问她大中午不在家里呆着，乱蹿个啥，是找野男人吗？

大树家的听出是楼下的小吴。别看这娘们年轻，孩子才断奶，说话却粗，没荤的不开口，话里夹枪带棒，都是裤带下面的事。

大树家的也不是省油灯，听小吴说她，一把刹下车子，双脚点地，开口道："你个小骚货嘴痒痒是吧，赶紧到砖墙上磨一磨去！"

小吴跳起来拦在车前，笑说："我看你鬼鬼祟祟的，干啥好事去了，快说给大伙听听！"小吴一边说，一边把大树家的往人群里拽。大树家的拗不过，勉勉强强地过来了。促使大树家的过来的另一个原因是，她看到小树家的也在人群里。看到这个臭娘们，大树家的就来气——不是她，她就不会顶着太阳往菜场跑；不是她，她家小兰就不会和她怄气，不怄气，她也就不用花二遍钱了。这个臭娘们真会折腾人，她把别人折腾了，自己却躲在荫凉处偷着乐，看来她是生活清贫精神富有啊。是可忍孰不可忍，大树家的岂能饶恕她！臭娘们你就等着吧，你难堪的时辰到了！

"小吴啊，也就你跟我亲，不像有些人，一肚子坏水，尽生歪心！"听话听音，小吴听出大树家的话有所指。她搞不明白，小树家的到底怎么她了。午饭后，小树家的就来这里，没听她说过啥，人家乐她跟着乐。小树家的是个文静人，说话轻声细语，小宝都几岁了还不说脏话，叫她欺负人，借她一个胆她都不敢。小吴看一眼小树家的，见她低着头，小宝坐在一旁，小猫似的倚着她。小吴心里有些疼痛，她很同情他们。这对母子是无辜的，是小树不学好，让他们没有好日子过。马善被人骑，人穷遭人欺。欺负小树家的不是别人，而是她的亲妯娌。清官难断家务事。小吴只知道她俩积怨很深，却不知因从何起。看来要解除疙瘩，要她俩走进彼此心里，像常人一样相处，非一朝一夕之事。小吴很后悔，她不该把大树家的拉过来，小树家的要因她而遭受大树家的非礼，小吴就满身是嘴也说不清了，不是帮凶也是帮凶。小吴想叫大树家的离开，一时又找不出理由。就这时，大树家的开口说话了。她说：

"小吴啊,你刚才不是问我乱蹿个啥吗?告诉你,我到菜场去了!"

小吴不知她葫芦里卖的啥药,问她道:"这时候去菜场,找魂啊?"

大树家的看一眼众人,说:"不找魂,是买排骨!"

小吴听这话不像是冲着小树家的,放心了,她伸手摸大树家的肚子,开玩笑说:"怀上啦,想吃排骨啦?"

大树家的打小吴一下,说:"怀你个头,是小兰要吃的!"

"排骨贵死了,她要你就买?"

大树家的抬高声音说:"不买不行啊。告诉你,我家小兰嘴刁着呢,中午我炒了一盘肉丝,她不动筷,嚷着要吃排骨!"

"她要星星你也摘给她?"小吴感到不可思议。

"那要看老娘高不高兴!"大树家的往人群里觑一眼,见小宝眼睛亮亮的,正盯着她看,大树家的像服了兴奋剂,陡然来了精神,她说,"本来中午说好吃糖醋排骨的,让我不小心烧煳了,便宜了小黑!"

小吴一听惊叫起来:"你把排骨喂了小黑?人嘴两块皮,你就吹吧,吹上天也不上税!"

"我吹?吹就不是人养的!"大树家的赌咒起誓。

小宝还是过年时吃过肉,几个月下来再没见过,肉是啥味道他早就忘了。听大人们在那里说,他哈喇子都下来了,树胶似的挂在下巴上。小宝把新生出的口水吞下去,对大树家的叫道:"大妈,不给小黑吃肉,宝宝要吃!"

大树家的一听,心里窃喜,她想报复小树家的时机到了,忙对小宝说:"好啊小宝,大妈这就给你拿肉去!"说着,骑车走了。小吴以为大树家的是借机会溜走,她不信她真的会拿肉给小宝吃。过了一会,大树家的返回来,她把小宝叫过去,变戏法似的拿出一块肉,往小宝嘴里塞。小宝还是孩子,他当大妈真的给他肉吃,张嘴接住。肉是咸肉,生的,小宝咬了一下就吐出来。小树家的看到这一幕,脸都气白了,她跑过来,哆嗦着手打了小宝一个嘴巴,骂道:"叫你嘴馋,不吃肉会死啊!"

这一掌打在小宝嘴上，却痛在小树家的心上！

小吴感觉像做梦，眼前发生的事，让她无法应对。

6

小树是个败家子，挺殷实的一个家，硬叫他折腾空了。

小树有木工手艺，会打家具，小树家的当初看中他，图的就是这个。荒年饿不死手艺人，有手艺走遍天下。小树家的选择没有错，结婚时大橱小柜，家用电器一应俱全，另外还有几千块钱存款，这条件在村里数一数二。

大树没有手艺，凭着一身蛮力在土坷垃里刨食，日子过得紧紧巴巴。如果父母不偏心，把老宅一分为二，大树就不用白手起家，那样的话，他的起点就会高许多，日子自然会好起来。世界上没有如果，大树只有认命。但大树家的不认命，她把气憋在心窝里，有机会就释放一下。

举村搬迁，小树凭着老宅，换取两套房；而大树的房子是新建，面积小，仅拿到一个小套。同是父母所养，两家的条件却有天壤之别。大树家的看着眼红，骂公婆一碗水没端平，咒小树得肠梗阻。

真是十年河东十年河西，老天帮忙，让小树好逸恶劳，染上赌博恶习，不多久就输光存款。这时他要是罢手还不晚，输钱买教训，浪子回头，安心过日子。但小树不想罢手，他想把输掉的钱捞回来——因为那本就是自己的血汗钱。这就陷进去了，不多日，又输了一大笔，债主天天上门逼债，吓得小树四处躲藏。是祸躲不过，小树家的赶紧变卖另一套房子。钱到手，很快就瓜分掉。小树家的当还清了，不想还有人上门。家里没有可变钱的了，再卖房他们一家将无立足之地，小树只好打了白条，并说定还款时间，人家才放过他。小树从一个富人变成负债者，感到愧对妻儿，这才重操旧业，进城打工去。过年时他怕债主上门，吓得没敢回来。小宝想爸爸，小树家的卖几斤鸡蛋做路费，带他和小树见了一面。

大树家的听说后，连说报应。

别看小树不成器，却娶个能生蛋的小母鸡，不是怕生多了养不起，还不知生出几个呢。小树家的是个贱货，男人一碰就怀孕，年上和小树见了一面，只住一宿，偏偏就怀上了。小贱货不敢要，到医院刮掉了。刮掉好，要是再生个带把的，大树家的还怎么活人！

7

大树家的用生肉戏耍小宝，在场的人都没有想到。大人有芥蒂，不该迁怒孩子。小宝是无辜的，他遭受戏耍，又挨了耳光，当场就蒙了。小宝不知自己错在哪里，咧开小嘴哭出一声，看到妈妈气白的脸，赶紧把哭声憋回去。

小吴看不下，跳起来指责大树家的，骂她的心被狗吃了，竟然对孩子下毒手。大树家的心里有愧，但嘴巴不想输，于是和小吴顶撞起来，现场一片混乱。小树家的看出大家都站在她一边，声讨大树家的。她怕事情闹大，就没有掺和，拉上小宝离开了。回到家，小树家的关上门，辛酸潮水似的涌入心头，她倒在床上蒙头大哭。小宝站在床前跟着哭，又不敢放开声，哭得一抽一抽的，很压抑。

小宝身子弱，一场惊吓，当晚就发烧。小树家的不知道，做好晚饭叫他吃，小宝坐在杌子上，头勾着，像个病鸡。小树家的又喊一声，小宝抬起头说："我不想吃。"小树家的看情况不对，用手摸他的头，手刚触摸上，就惊叫起来："小宝你发烧啦？天啦，你咋不早说啊！"

小宝说："我怕……"

小树家的问："你怕啥？"

小宝说："怕妈妈生气，怕妈妈打。"

小树家的把小宝搂在怀里，说："妈错了，妈妈不该打你！"

小树家的开始忙碌起来，她把小宝平放在床上，拿出体温表，甩一甩插进他夹肢窝里，叮嘱他夹好了。耐心等待几分钟，抽出来一看，38度。真的发烧了！小树家的用冷毛巾敷在小宝额头上，又拉开抽屉找药。小宝是病秧子，家里备有常用药，三九小儿感冒冲剂、止咳糖浆、退烧药、消炎药都有。小树家的吃不准小宝是感冒发烧，还是受惊吓发烧。她重新换一次毛巾，想等一等，看温度能否下降。药有三分毒，能治病，但也有副作用，最好不要吃。时间走得很慢，半小时后又量体温，还是38度。吃药吧！小树家的决定让小宝吃三九小儿感冒冲剂。这是中成药，副作用小。服药后，温度下降一点，人也有精神了。小树家的心不像先前那么焦急，于是开始张罗晚饭。小宝没胃口，吃几口就推开碗。小树家的没有勉强他，她告诉小宝，饿了说一声，她做好的给他吃。

睡下后，小树家的默默祈祷，愿小宝不再发烧，明天不看医生，也不用吃药。

夜里，小树家的不敢深睡，一会摸一摸小宝的额头。下半夜又烧起来，呼吸也重，像拉风箱。小树家的把小宝抱起来，又服一次药。小树家的不敢睡，睁着眼等天亮。天亮后，小树家的不敢拖延，带小宝去镇医院。

挂第二瓶水时，小兰的老师带小兰来医院。小兰见了小树家的，含泪叫了一声："二妈……"小树家的忙安慰她，说："我们家小兰乖，别怕，有二妈呢。"小树家的为小兰擦去泪水，问她哪里不舒服。小兰说："上学的路上肚子疼，后来就拉稀。"小树家的说："可能是着凉，或者吃啥不卫生的东西。"小兰说："昨晚吃的糖醋排骨，夜里口渴我喝生水了。"小树家的"哦"了一声。老师见小兰的二妈在这里，把小兰交给她，就回学校上课去了。

小树家的叫小宝一个人挂水，她跑进跑出，带小兰看医生，又照顾她挂水。小树家的出门时把家里的钱全部带上，要不小兰的药费还没钱付呢。

小宝的水挂完了，他和妈妈一起陪小兰姐姐，有他们在，小兰不孤单，也不感到寂寞。

8

大树家的接到小兰老师的电话，十万火急，骑上电瓶车就往医院赶。她不知乖闺女病成啥样。闺女还小，没家长在跟前，谁照顾她。老师说，小兰的二妈在，叫她放心。能放心吗？老师不知，昨天他们才闹过，动静挺大的，指望那个坏心眼对小兰好，除非铁树开花老驴长角，她能不让小兰受罪就谢天谢地了。

大树家的恨不能长出一对翅膀，即刻飞到小兰跟前。

每天很近的路今天感到特别长，大树家的赶到医院，电瓶车都来不及锁就往输液室冲。跑到窗口，看到小树家的搂着小兰，小宝也在一旁，三个人脸上都挂着笑，好像说啥开心事，要不是亲眼所见，任谁说大树家的都不会相信。大树家的像钉在地上，她在想如何进去，进门后第一句话说什么。

小宝看到窗外有人，再一看是大妈。他想起昨天的事，吓得直往妈妈怀里钻。小树家的见小宝神色慌张，回头看，是大树家的。小兰也往窗外看，大树家的无处藏身，尴尬地对小树家的笑一笑，就来到输液室。伸手不打笑脸人，大树家的笑是和解信号，小树家的也就坡下驴，回大树家的一个笑，开口说："来啦嫂子？"大树家的回答说："嗯呐！"

万事开头难，打破僵局，下面的话就好说了。大树家的先说感谢话。小树家的说："嫂子，我们一家人不说两家话。"大树家的点头称是，她问小树家的一大早来医院干啥。小树家的说："小宝发烧，这不，刚挂完水。"大树家的脸上一会红一会白，神态很不自然。小树家的看出她在自责，抢先说："小宝体弱，发烧是常事。"

- 013 -

大树家的看着小宝，低声说："小吴骂得对！大妈对不起宝宝……"说着流下两行热泪。

小宝听懂大人的话，他依偎进大树家的怀里，说："宝宝不怪大妈！"

小宝一句话，说得两个大人抱头痛哭，小兰在旁边也一抽一搭的。

小兰的水挂完了，医生来拔针，两个大人才恢复常态。小宝说肚子饿。饿是好征兆，小树家的赶紧带他到街上买吃的；小兰挂过水，肚子也好受些，她还想上学，大树家的就用电瓶车送她。

转天是周日，大树家的想起小兰看病的药钱还没还给小树家的。

还钱是要上门的。自打搬进新家，大树家的还没到小树家的串过门。今天上门是第一次，去时不能空手，得带点礼物。送啥好呢，大树家的琢磨一会，想还是买二斤排骨适中。小宝营养不好，吃排骨补钙又养身，这是一举两得的好事。于是骑上电瓶车就去菜场，买回家就烧，烧好了装在钵子里。出门时，大树家的对着镜子梳理一下，又为小兰换一身新衣，这才下楼。

去的正是时候，进门看到小树家的正往桌上端饭菜。饭是米饭，菜有两个，一个炒菠菜，另一个是老菜帮烧粉丝。大树家的把钵子放到桌上，揭开盖子，肉香飘出来，小宝小狗似的抽动鼻子，说："好香啊！"

小树家的刮他一下鼻子，笑着羞他："馋猫鼻子尖！"大树家的和小兰听了都笑。小树家的又装来两碗米饭，对大树家的说："嫂子，你和小兰就在这吃吧，两家打平伙！"

大树家的拉小兰坐下，说："好啊，打平伙！"

《十月》2012年4期

荷花浴室

"阿毛师傅,向你报到,我等着你哪!"雾气里传来一声喊。阿毛抬手撸去额头的汗水,朝喊声望去,只听见水池里有"哗""哗"的撩水声,还有被热水烫的嘶哈嘶哈的喘息声,看不清说话者是谁。但阿毛当作看到了,他朝水池方向说:"再等俩!"他怕那人等急了,忙添加一句:"今天水热,你多泡一会,舒坦着哪!"

那人脆脆地应一声:"好嘞!"

阿毛是搓澡工,20岁那年从老家来荷花池浴室,到今年整10年。10年里,他靠一双手建起一个家,儿子今年上幼儿园,小日子过得还不赖。

知足者常乐。

阿毛不好高骛远,不做不切实际之事,不出过头力,好比挑担,能挑100斤,决不挑150。阿毛知道,挑多了会累伤的,疝气下来了,歇几天能上去,若累得吐血,病根也就种下了,这辈子就成了纸人,再不能吃苦受累。身体是养家之本,没有好身体,啥都做不成。

阿毛个子不高,但结实,一身腱子肉,攥紧拳头,身上的肉疙疙瘩瘩的，像健美运动员。别人擦澡用的床都是70公分高，而他却把床腿锯掉10公分。擦澡间那张矮床属阿毛专用。阿毛说，矮床擦起来好使劲，客人舒坦。

阿毛的手大，跟身体有点不成比例。这是职业造成的，不奇怪，就像跑船的脚板大，扛麻包的背驼，挑担的两肩的肉厚实一样。阿毛的手整天在热水里浸泡，奇白，像猪蹄，更像菜市场小商贩卖的海产品。这双手在浴室里没多少感觉，到了室外，遭遇冷风，十指跟通电似的，酥麻，有破裂感。阿毛一年四季都戴手套，有防护层，感觉好多了。不明内情的人说阿毛娇气，大男人戴手套，跟小姐似的。有一回，女邻居和阿毛开玩笑，问他和老婆做那事，是否也戴手套。阿毛拍打一下女邻居，一本正经地问："想不想知道？"女邻居说："当然想啦！"阿毛招招手，女邻居把耳朵伸过来。阿毛竖起一根指头说："我俩做一回，你就知道啦。"女邻居见自己被绕进去，追着阿毛打，骂阿毛狗嘴里吐不出象牙。看着两个活宝在闹，阿毛的妻子在一旁乐得咯咯大笑。

荷花池浴室有上中下三层，一层为普池，5元门票，如果搓澡、推盐、捶背，全套也就20元，是工薪阶层的消费场所；二层档次高，门票48元，搓背、推盐、推奶、捶背等等还得另算，几项相加，超过百元。有点高了，但也有吸引人的地方——洗过了，可以到小厅里吃免费小吃。说是小吃，品种还挺多，进去的人拿起筷子就不想放下，想把可口的都品尝一下。不想放也得放，来二层的人都有点身份，不是被人请，就是请人家，洗完澡还有饭局等着。走出小厅，赶紧上三层。三层是休闲场所，服务者均为异性，年轻漂亮，大胆贼大，见了男人就拉，立场不坚定者，小厅里躺一下，按摩费一百多，如果需要特殊服务，再加200元。钱多了不可怕，结账时有发票，回到单位，大笔一挥，发票又变成了钱。

阿毛曾在二层搓澡。后来二层改造，档次高了，老板对搓澡工的身高、长相提出新要求。阿毛因身高不够，从二层下到一层，收入相应也少了。阿毛随遇而安，不怨天尤人，身高、长相是爹娘给的，谁也不能返回去重生一回。接到通知，阿毛啥话没说，拎上搓澡家伙就下到一层。

搓澡10年，阿毛阅人无数，他自认为自己能做半个医生。当然了，他是偏科的，只能诊断男人的肾功能，顺带着还能看出这个男人是否好色。

阿毛搓澡如同音乐指挥，一个人就是一首曲子。开始缓慢轻柔——这是前奏，搓到胸和背就进入了高潮，阿毛展开手掌，酣畅淋漓地拉几个来回，接下来是柔和细腻。有好戏看了，肾功能强的，那东西会一点点膨大、勃起。都是男人，没啥不好意思的，相反，应该引为自豪——这是男人的本钱啊！脸皮薄的会害羞，赶紧伸手遮挡羞处，或找个借口回避一下。阿毛视而不见，当干啥干啥。无人理睬，那东西也就渐渐缩小，再过一会就回到了原模样。肾弱者，那东西仿佛一块死肉，任你在三角区里忙活，它还是蔫里吧叽，一副受罪鬼的样子。

看一个人是否好色，看的是那东西的颜色。色沉，说明用得勤——它和钢枪是反着的，擦多了不亮，而是黑。有无科学性，阿毛就不知道了。但他认定，他的判断有一定道理。

以上这些，是阿毛在二层时琢磨出的。

一层是普浴，来这里洗澡的多是退休人员，也有在岗工人。脱了衣服，他们喜欢到大池子里泡一会，泡得满头大汗才出来。他们搓澡是认人的，谁舍得下力气，他们就找谁，等上几个人无所谓，洗澡嘛，图的就是痛快。搓澡工都清楚这个，所以他们善待每一位客人，希望每个人都是自己的回头客。一层的搓澡工有九个人，别看他们平时嘻嘻哈哈，谁有好吃的会分给大伙品尝，但对待客人却毫不含糊，像平静的水面下暗藏的急流。对待新的客人，他们会使出浑身解数，希望给客人留下印象。印象好了，才会有第二次、第三次。有了三次，差不多就成固定客户了，来此洗澡就会找你。像刚才叫阿毛的那位，往往刚下池子就报到排队，以防被后来者抢了先。

阿毛是从二层下来的，从高到低，有点遭贬的意思。刚下来那天，客人见他面生，又貌不惊人，就没把他当回事，从浴池爬上来，见他闲着也没眼瞅他，宁愿排队等候。搓澡工们见队伍里添了新人，怕客人流失，手上就用了劲，时间也比往日用得多。到晚上，一个个累得东倒西歪，骨头像散了架似的。第一天，第二天，阿毛没有客人，就是说，这两天他是零收入。回到家，阿毛没和妻子说。要是说了，妻子肯定会骂老板有毛病。搓澡工，搞得跟飞机上招空姐，又是身高又是长相，这不是难为人嘛！老天爷饿不死瞎眼雀，他看不好咱，咱就换一家，有一身好力气，还怕没饭吃啊！

阿毛不是没想过。他想是想了，但没舍得离开。荷花池地处闹市，又紧靠市民小区，人气旺，来此洗澡的人川流不息，星期天、节假日人更多。常言说，店铺要焐，焐了才会有人气。人也是这个道理。阿毛相信，过几天，人家看他眼熟了，就会找他了。

如阿毛所料，第三天，就有客人找他。这个人原是别人的客人，今天因为有事，不能久等，见阿毛闲着，就让他搓。这是洗澡者常有的事，是应急的，就一次，搓好搓赖无所谓。不想阿毛的手刚落到身上，全新的感觉就出来了。阿毛搓得仔细，大手像动物吸盘，紧贴着皮肤游动，手到之处，灰条条一根根地滚落下来，不一会地下就落了一层。这个人的骨头酥了，嘴里吸吸溜溜的，不时发出舒服的呻吟，原本是要办事的，后来也不办了。搓完了，又推盐、牛奶浴、捶背，全套做完，阿毛轻轻一托，把他从小床上托起。阿毛看他的眼睛，知道这个人今后不会再找别人了。

万事开头难。阿毛开局不错，第一个客人刚离去，另一个人又躺到他的小床上。这一天，阿毛搓了10个人，没有别人多，更没有他在二层搓的多，但他很满意。阿毛把钱数一下，50元。他把两张10元、一张20元的票子抚平，叠好收起，零钱锁进柜子，留着明天找零用。

晚上回家，阿毛和妻子说起楼层调整的事，当妻子要骂老板的，没想她听后却说："狼行千里吃肉，猪行千里吃糠。不管到哪，咱都干这个。"

阿毛把身上的钱掏给妻子，说："收入比二层少了。"

妻子接过钱说："你想天上掉元宝啊？够吃饭就中！"

阿毛听了，身上热乎乎的，比在浴池里还暖和。

想起在二层搓澡，工友们说过的私房话。

搓澡工干的活虽然辛苦，但是挣钱快，最多时一天有二三百进腰包。晚上回家，婆娘们是要搜身的，不给搜就别想上床。阿毛清楚婆娘想的啥。男人有钱就变坏，她们是怕自己的男人把持不住，跑三层去找骚娘们，把辛苦钱往黑洞里扔。工友们都骂婆娘，只有阿毛不言语。有工友问阿毛，阿毛笑笑，不好意思地说："我家婆娘不搜身。"一句话，引来一片羡慕声，有人怂恿阿毛，要他上三层长长见识，自己挣的钱，不花白不花。阿毛"喊"的一声，说："天下婆娘一个样，没啥好见识的！"工友闻后，竖起大拇指，说阿毛有学问，是女人专家。

阿毛不言语，随他们说去。

又过了些日子，阿毛与其他工友的收入差不多了，有时还能多出一些，但总体不如二层。阿毛观察到，一层的搓澡工有别的生财道道，把堤内损失的，从堤外补回来。

搓澡工进荷花池，要向老板交纳门槛费，每月200元，算细账，一个月有两天的汗水是为老板流的。没办法，池子是人家的，不交你就别想进来。按说交了门槛费，客人用的洗头膏、盐、牛奶等等物品，老板就不要垄断，让搓澡工去小市场批发，从中赚点差价。老板却没有这么做，非但如此，大堂里的水果饮料也是自己买，大钱小钱一起赚。搓澡工就动点子，在客人身上做文章，说白了就是短斤少两，牛奶和盐，两袋用三个人，从中赚下一袋。一袋2元，积少成多，一天也是一笔小收入。这么做也是有风险的，若是被客人发现，告到老板那里，会遭到重罚。明知山有虎，偏向虎山行。到目前，还无人被罚款。

前面两个搓好了，那个排队等候的人从雾气里一摇一摆地走出来。

是个胖子。

这个人很难缠，每次搓澡，阿毛要费好多劲才能把他打发走。此人穷讲究，嫌阿毛的澡巾不卫生，用的是自带的。这很好，如果来洗澡的人都自带，阿毛就不用买澡巾了，一年要省下几十个澡巾钱。这个人带的澡巾很细，搓在身上直打滑，几个来回不见灰。阿毛建议他买粗一点的，搓着解痒下灰。他不听，阿毛也没办法，每次为他搓澡都是先打肥皂，去掉油腻再搓。此人胖，50公分宽的床，他躺上去，肚子上的肉眼见就要淌下来，搓一下，波浪似的晃荡。正面搓好搓背面，翻身时阿毛提心吊胆，就怕他滑下去。真滑下去，摔伤了，阿毛脱不了干系。每次翻身，阿毛都帮助他。搓一个胖子，赶上搓两个瘦子。搓好他，阿毛要歇口气才干活。

胖子躺上来了，阿毛拿过他的澡巾问："小搓还是大搓？"

胖子瓮声瓮气地说："老规矩，小搓！"

洗澡的都知道，小搓5元，15分钟；大搓8元，20分钟。

阿毛先打肥皂，打过了，从脸搓起，一寸一寸往下移。胖子今天喝了不少酒，躺下没一会就睡着了，呼噜声一声高一声低，像跑火车。阿毛用力轻了些，想他睡着了，也不会知道的。抬起头，看到房顶上挂着一溜小水珠，圆圆的，仿佛一只只小眼睛。阿毛注意看，小眼睛里有胖子，也有他。阿毛脸上一热，随即打消这个念头，手上又用了力。

搓完前面，要翻身搓背面。阿毛叫醒胖子，小心地帮他翻过来。搓完背，阿毛不知胖子是否推盐，或是捶背。胖子啬刻，从不舍得花这钱，不过今日喝了酒，说不定能破天荒，花小钱买享受。阿毛拍拍胖子，向他推荐盐和牛奶的品种，说有薄荷香的，也有玫瑰香、茉莉香……品种不同，推后感觉也不一样。胖子不说话，翘起头看一眼墙上的电子钟，这才摇动胖手，带着睡意说："阿毛师傅啊，你就是说破嘴我也是不推的，有那闲钱还不如买瓶白酒，喝了舒筋又活血！"

阿毛明白胖子抬头是看时间——墙上白底红字写得清楚：

搓背、捶背 15 分钟，时间不足，可以拒付。

阿毛是坦然的，虽说他刚才有过偷懒念头，但是没有做。没做就不怕，于是阿毛继续问胖子："不推盐，那就捶个背吧？"

胖子的身子还没翻，他趴着说："不捶！"想想又说，"阿毛师傅，要不这样，你帮我捏几下，我好像落枕了，腰也有点不舒服。"

阿毛建议说："你真的要捶一下，捶过身子就轻松了。"

胖子仍摇头，说："我刚才说了，有钱不如买酒喝，一瓶酒能喝好几天！"

阿毛笑了，对胖子说："师傅啊，你把话说得这么难听，我就不好为你捏了。打个比方吧，你到面馆吃饭，花的是青菜面的钱，却要人家给你肉丝面，人家肯定不会同意的。你知道为什么吗？我告诉你，两种面的价格是不同的！"

胖子闻言，无声地爬起来，穿上拖鞋走了，把小床让给等着的人。

《北方文学》2012 年 12 期

小车司机的日常生活

　　窗外的天还黑着，伟业就醒来。他打开手机看时间，凌晨五点。不敢睡了，今天要出差，大老板去省城开会，他怕睡过点。伟业轻轻移动身子，借着窗口的微光穿衣服。妻子肖晓云跟着醒来，打开灯，看时间尚早，对伟业说："再睡一会吧，六点我叫你。放心吧，不会误点的！"伟业心疼地说："怪我把你吵醒了。你睡吧，昨晚回来得迟，睡不好，今天上班没精神干活。"肖晓云看伟业体贴自己，心里暖暖的，"嗯"一声，重又躺下。肖晓云在晨光国际大酒店做服务员，早出晚归，每天工作在10个小时以上，工钱也就一千多元，收入与付出极不对等。树挪死，人挪活，肖晓云想找一家工钱开得高的酒店干。伟业不同意，叫她不要骑马找驴，这山看得那山高。伟业对肖晓云讲道理，说天下乌鸦一般黑，老板不剥削，他们的钱包就不会鼓。肖晓云听伟业的，一直在这家酒店干着。老板看肖晓云干活踏实，不像是吃着碗里瞟着锅里，把他这里当跳板，上月起给她加薪，每月多给200元。200元不是小数，买菜够她和伟业吃半个月的，买件衣裳可以穿几年。加薪那几天，他们两口子比过年还开心，喝水水甜，吃饭饭香，忘了干活的苦，想的是老板的好,肖晓云甚至想去医院取环,提前要个孩子。还是伟业冷静,说手有余粮,生活不慌,我们还是按原计划行事,日子长着呢。伟业的话如同清凉消暑的风油精,肖晓云听了大脑不再发热,体内那团旺火也渐渐小去。肖晓云从高空返回地面,她想,过日子跟走路一样,穿钉鞋拄拐杖,一步一个脚印稳当;步子迈大了,闹不好就会闪腰崴脚,摔个嘴啃地。

晨光国际大酒店毗邻市府,由政府招待所更名而成,挂牌四星。肖晓云是一年前从别的酒店跳槽过来的。人往高处走,水向低处流。肖晓云原在一家中档酒店做事,老板是现代版"周扒皮",集刻薄、吝啬于一身,发员工工钱如同抽他的血割他的肉,千元分成两次发,而他派给员工的活,没有12个小时别想做完。肖晓云忍无可忍,与姐妹们一道炒了"周扒皮"鱿鱼。几个人到晨光国际大酒店应聘,因是熟练工,全部被录用。干了两个月,有两个姐妹另择高枝,去了更好地方,另一姐妹工作失误遭解聘。肖晓云算是中不溜儿,因没有好去处,不敢贸然行事,一直在这里干着,不想歪打正着,老板主动给她加薪。走掉的姐妹得知消息,打电话祝贺,话没说几句,狐狸尾巴就露了出来——她们要肖晓云掏钱请客。肖晓云与伟业商量,就当没加薪,拿出200元,请她们到烧烤城嘬一顿。是调休去的,姐妹们把烧烤城里几十种小吃尝遍了,还不过瘾,又点了几样要肖晓云付钱。恨只恨肚子不争气,早早就鼓胀起来,饱嗝也一串一串打得响亮。姐妹们你望我,我瞅你,摇摇头,意犹未尽地撤出阵地,挥了挥带着烧烤香气的手告别回家。虽说"好钢"用在了刀刃上,但肖晓云还是心痛的。不过反过来想,花掉的200元,下个月又有了,就好像老家的那眼水井,邻人们都跑来打水,眼看着水浅下去,井绳不够长了,但是一夜过来,水又生出来,清凌凌的,跟昨天一样多,心里又好受些。

一位伟人曾说过,世界上没有无缘无故的爱,也没有无缘无故的恨。这句话的意思用到肖晓云身上,老板给她加薪,就不会是天上掉馅饼。果不其然,肖晓云领第二个月工钱那天,老板找她,给她压担子,要她到二楼去。在这上班的服务员都知道，二楼的工作时间最长，每天要提前到岗，与厨师一道为客人做早餐；晚上还不能早回，无形中延长了工作时间。肖晓云当时没有答复老板，而是说回家跟伟业说一声。说就是商量。伟业很支持，他对肖晓云说："这是老板器重你。我们暂时没有拖累，你多吃苦，说不定会有更好回报！"

回报还是那 200 元，更好的没有看到，每天早去迟归倒是真的。眼下有钱人是越来越多，也越来越爱疯，一顿饭能吃上几个小时，好像过了今天没明天似的。客人不走，服务员就得在一旁待着，端茶倒水，听从召唤。肖晓云印象里，21 点前客人不会走完。客人走了，她们还得收拾，拾掇完回到家，已快半夜了。

伟业起床后，把昨天的剩饭热一热吃了。天刚亮，去单位有点早，他把挂面和鸡蛋拿出来，又洗两棵青菜，开始为肖晓云做早饭。

伟业和肖晓云住的房是租赁的，一室一厅，厨房在后阳台上。房子有点小，好在他们就两个人，感觉挺好的。住小房子的好处是租金低，像伟业、肖晓云这样的打工族租用最合算。肖晓云躺在床上，听伟业进进出出的，就知道他在干什么。肖晓云趿拉着鞋走出来，伟业果然在为她做饭，她拉住伟业说："快点走吧，今天跟大老板出差，时间留充裕些，凡事做在先。"肖晓云把伟业往外推，伟业真就走了。

伟业是下岗后学的驾驶，经人介绍到市党史办开车，干了两年，今年大老板才同意为他交纳养老金。党史办是个穷单位，除了财政拨给的人员工资和少量的办公经费，伟业和内勤员小张的工资靠大老板带领一班人创收来发放。所谓创收，就是编写党史材料，然后到每个单位去推销。另一个来钱的地方不能明说——党史办有一间储藏室，在政府办公楼一楼，里面堆满陈旧杂物。大老板上任后，带人把东西清理掉，房子租给打字社，每年收入两万租金。大老板会经营，党史办的人都佩服他。

大老板姓刘，走出校门就在这个单位工作，一步一个台阶，从秘书做起，多年媳妇熬成婆，50岁那一年去掉"副"字，做上第一把交椅，办公室几个人私下里叫他大老板，当面叫刘主任。大老板喜爱回忆过去，把往事挂在嘴上，说的都是陈芝麻烂谷子。伟业往前推算，大老板说的应该是上世纪七十年代末八十年代初的事，那时还是计划经济，吃肉要票，买粮要证。大老板说他们整天吃香的喝辣的，每周都有单位请他们去讲课，到了国家重大节日，全办人忙成了陀螺，张家请李家邀，课一堂连着一堂讲，喝胖大海，含草珊瑚，嗓子还是干，里面跟着火似的，声音沙哑，说话好像敲破锣。全办没有健康人，个个有喉炎，严重时集体看医生。有付出就有回报，那时候他们的日子好过啊，吃的用的都有人送；出门办事也是一路绿灯，连公安局的人见了他们也点头哈腰的。往事如烟，眨眼间凤凰变成鸡！大老板经常摇着白发发感慨："今不如昔！今不如昔啊！"两年里，伟业把党史办的情况摸得一清二楚。伟业有时会瞎琢磨，想他若是早生几十年，跟大老板开车，那才风光呢，五套班子司机，还有财政、税务、公安那帮小子也不敢小瞧他。伟业这样想时，腰杆挺得笔直，仿佛时光真的回到那个年代似的。

  党史办还有一个小张，上个月刚来，做内勤。小张手里的活本来是伟业做的，像打字、卫生、送材料、发通知等等。伟业主业是开车，兼的事多了，开车就会分心，大老板权衡再三，才咬咬牙到人才市场挑选一个。这个人就是小张。有了小张，伟业轻松多了。

  小张挺讲实惠，颇有心计，来了没几天就想跟伟业平起平坐，谈收入要待遇，上班第二个月，就跟大老板要养老金，被大老板一口回绝，弄得挺难堪。小张当着伟业的面把党史办骂得狗屎不如，说他迟早要辞职走人，此处不留爷自有留爷处，可见到大老板，又满脸媚笑，说的全是恭维话，像戏文里的变脸师。让伟业心生感觉的是，小张会抽烟，却不带烟，见伟业抽了，伸手要一支。烟酒不分家，抽就抽吧。问题是，有时伟业没犯烟瘾，就是说暂时还不想抽，但小张想抽了，他把手伸得老长，嬉皮笑脸地说："伟哥，给一支抽抽吧！"伟业像做错什么，赶紧把烟拿出来。伟业烟瘾小，自己抽，一包烟能抽四天，小张来了后，一包两天就抽完。伟业抽的是南京烟，一包16元。在机关做事，烟就是脸面，差了拿不出手。伟业本来想戒的，职业的关系，他怕戒了跑车犯困，就一直抽下来。再说了，四天抽一包，每天支出4元，能承担得起。肖晓云也不同意他戒烟，她听人说，抽烟的人，突然戒了容易生病，某某某就是这样。有肖晓云支持，伟业就更不想戒了。但是有了小张，伟业就有了想法，一包烟只抽两天，每天支出8元，他感到有压力。逃避压力的最佳办法是出差。出差还有一个好处——拿补助，市里明文规定，出地区每天50元。党史办是穷单位，大老板同意拿一半。一半是25元，这个数字不好听，听着像骂人，大老板拍一下桌子，说："操！加5元，给30吧！"30元不少了，伟业很满意。另外，出差还有别人看不到的好处——吃饭不用花自己的钱，如果有人招待，烟也有的抽，散场了，桌上剩下的散烟，也可以悄悄拿走。算细账，这都是钱啊。

　　为节油，大老板要求伟业下班后把车子停在单位。大老板住在机关东院，步行10分钟，走一走正好活动筋骨。两个副主任家离得远，想要伟业接送，又怕大老板有看法，嘴巴张了张又合上了。公车私用的漏洞被堵死，省了不少油钱。眼下油价像被疯狗追赶似的，一路狂奔，居高不下。穷家难当，伟业很理解大老板。

　　伟业的租住房在郊区，骑车到单位要半个小时。到了后，伟业先是烧水，把水瓶灌满，放到车上，留大老板路上喝，后又打水洗车。伟业勤快，每次出差都把车子擦洗干净，自己开着舒心，大老板坐着舒服。车子洗好了，看时间还早，伟业又把大老板放在后备箱里的皮鞋拿出来上油，擦亮。这双"奥康"鞋是大老板的脸面，外出办事才穿，平时就放在车上。名牌就是不一样，款式好，皮质也好，擦拭后跟镜子似的，亮得晃眼。伟业观察到，每次大老板穿上他擦过的鞋，脸上都露出笑容。笑就是认可，是对伟业的最好褒奖。

出差前要做的事全部做好，伟业才把车子开出来，停在大老板家楼下。按约定，还有10分钟大老板才下楼。伟业闭目养神，坐在车里等。不想大老板提前下来，坐上车对伟业说："肚子还空着吧？走，吃早饭去！"伟业刚要说他吃过了，一想不妥，忙改口说："刘主任，我请您！"大老板笑着说："跟我还客气？快走吧！"

看出来，今天大老板心情不错。伟业有经验，大老板要是高兴了，肯定有好事，去省城不是参加表彰会，就是同学相聚。建党90周年，早听说大老板主编的书获了大奖，今天很可能去领奖。大老板是在省城读的大学，同学多，每次去开会，同学都会请他，选个地方好好喝一顿。伟业跟着沾光，若是住下不走，也能喝个痛快。大老板的同学在位置上的多，喝的酒都是大几百元一瓶，低档次的上不了桌。第二天走了，同学还会馈赠礼品，大老板一份，伟业也有一份。

跟副主任出差，很少有实惠，他俩跑的多是县区，当天往返。跑短途不拿补助，吃的也不好。县区党史办，几个人的小单位，看办公条件，就知道他们日子紧巴。副主任与他们是一条线上的人，同病相怜，没有奢望，下去能有一顿工作餐，已经心满意足了。到县区去，有时也有纪念品，那是他们编写的材料，或是县区对外宣传资料，伟业把资料放进后备箱，回到家主任们也不要，过几天，伟业把资料拎回家，聚多了当废品卖。

伟业最怕和综合处徐处长出去。综合处也就是办公室，前任老板改的名。改得好啊，不改称谓上容易混淆，对外交往，人家也分不清谁是大主任，谁是小主任，为此还闹出过一些笑话。改了，就顺了。

综合处是一个单位的核心部门，鸡毛蒜皮，管的事可多了，伟业除了跟大老板出去，在家就得听徐处长安排。徐处长喜欢使唤人，爱摆架子，跟他出去，有做不完的事，不是去家里拿东西，就是捎带谁到商店购物，或是走医院开点药。伟业和单位签的劳动合同有节油奖一项，按里程算油耗，年底结算，节余了拿油价的一半，超了按油价的四分之一赔偿。开车的都知道，在高速路上行驶最省油。在城里，车多红灯多，速度慢，油耗还高。如果不跑长途，只在城里转圈圈，油耗肯定超，年底算账，他非但拿不到节油奖，肯定要倒贴。伟业有苦难言，对徐处长还要笑脸服务。

　　去省城有三条道，一条老道，走长江大桥。另两条都是高速，一条走长江二桥，还有一条走长江三桥。车出城，伟业问大老板走哪条道。大老板打着饱嗝说："你是'书记'，专管方向的，怎么问起我来啦？"伟业心里暖暖的，笑说："刘主任拿我开玩笑。"大老板把脸转向窗外，看了一眼说："真要我说，那就走三桥吧！"伟业点点头，出了收费站，车就上了高速。

　　刚才大老板带伟业去吃的是长鱼面。伟业在家吃过了，但是见了长鱼面，肚子仿佛又空了，一大碗面，连汤一起下了肚。长鱼面是淮城名吃，选料讲究，做工精细。伟业跟着大老板排队，亲眼所见，面在沸水里滚几滚，挑到碗里，加一勺老汤，再把烹饪好的长鱼覆盖在面条上。面条在手，浓香扑面，用筷子轻挑长鱼，长鱼两端悠悠下垂，柔软如丝。细品，香嫩可口，滑而不腻。淮扬菜是全国四大名菜之一，软兜长鱼是名菜中的奇葩，只有名厨才做得好。伟业是淮城人，但长鱼面他还是第一次品尝。伟业付钱时被大老板挡回。伟业看到，大老板递过去一张百元大票，收银员找回两张10元小票。如此说，一碗面就是40元。太贵了！肖晓云若知道他们吃这么贵的早饭，定会羡慕他，说他有口福。

　　伟业猜想的不错，大老板来省城，真的是领奖。建党90周年，省里搞了几项活动，其中有征文。大老板把自己主编的书寄过去，评奖时，几轮筛选，大老板的书一直位居前三名，终评时前进一位，挤进一等奖的行列。一等奖是大奖，奖金一万元。这钱大老板不会一个人拿，他是策划人，又是主编，可以拿大头，余下的参与者平分。大老板从领奖台走下来，把奖金放进包里，转手交给伟业。伟业从没拿过这么多钱，他把包抱在怀里，见有人回头看，怕出意外，想把包放到车上。一想不妥。包里有重金，人家若把车锁撬了，将钱偷走，那就说不清了。罢罢，还是拿着稳妥。

伟业坐在最后一排，听获奖代表上台发表获奖感言。有三个人上台，大老板排在最后。伟业知道，最后一个是压台，是获奖者中的最高层次。表彰会结束，大老板带上他，到餐厅用餐。

用餐者中，有几个人与大老板熟，不熟的很快也就熟了。同是获奖者，有的知其名，不识其人，主办方做了介绍，一下就对上号了。

喝酒时，伟业的酒杯空着，人家要斟，伟业摆手，说他是司机。斟酒的说："喝吧，下午采风，不用你开车！"伟业看大老板，大老板说："喝吧，下午跟我一道去，开开眼界！"伟业不懂啥叫采风，也不问，他想下午去了就知道了。

伟业第一次见大老板喝酒这么痛快，有人敬他，他端起杯一口闷下去，抬手把酒杯斟满，又回敬人家一杯。伟业知道自己的身份，他不多说话，见有人闲下，就敬一杯。

下午出去，伟业知道什么叫采风。

所谓采风，说白了就是看风景，跟玩是一个意思。主办方用面包车，把大伙拉出去，去的几处都是省城的景点，票也不用买，有人领着，直接进去看。晚上又是喝酒，喝完了返回住处。第二天又玩了一天，划水、登山，晚上联欢，第三天下午才离会。几天相处，大家都有感情了，分别时依依不舍的，有几个女的眼中还闪着泪花，拉着手久久不愿松开。上了自己的车，大老板感慨道："世界上没有不散的宴席啊！"说后重重地叹出一口气。伟业听出，这口长气里有着诸多的话语和难以割舍的情感。

"回家吧，走原道。"大老板对伟业说。伟业发动车子，此刻他希望大老板的手机适时地叫起来——是他的同学打来的，请他不要走，这样，他们又可以在省城呆一天。伟业想的是出差补助，积少成多，多呆一天，补助费就超过百元了。

伟业慢速行驶，遗憾的是，车过三桥，大老板的手机跟哑巴似的，一直没有响起。

几天不在家，见了小张有了距离感，从头到脚不顺眼，小张伸手讨烟，伟业大方地甩给他一支中华。小张没抽过这烟，看了牌子才说："哇！伟哥发财啦，抽这么高级的烟？"说后把烟横在鼻子下，使劲嗅，样子像饿狗见了肉骨头，陶醉、贪婪。伟业看着他说："都是烟，抽着冒烟，分啥高级低级！"口气是居高临下的，小张懵懂无知，没看出伟业的变化，把头点得像鸡啄米，连连说："是的！是的！伟哥说话有道理！"回到家，也有点不适应，感觉是乱，不堪入目。气味也不好闻，有点酸菜缸的味道。伟业清楚，是省城的好日子，让他的眼界变高了，懂得美，会享受了。过去听人说，环境改变人，他当时不相信。现在看，说这话的人是有切身感受的。

发现问题就要解决。伟业把窗户打开，让空气对流；后来又收拾屋子，先整理外间，后进卧室叠被子。肖晓云早晨可能走得急，床被她搞得很乱，像狗窝；碗也在水池里泡着。一阵忙活，回头再看，家变样了，气味也好闻了。

肖晓云不回来吃晚饭，伟业也不是很饿，这几天吃得好，肚子里积了不少油水。伟业煮一碗粥，吃完了看电视。

说来奇怪，过去看电视，不到9点就犯困，哈气一个接一个打，今天过了10点还精神十足。换一个频道继续看。过了一会，听到有上楼的脚步声，估计是肖晓云。果然是，肖晓云看家里有亮，拍着门叫他。伟业打开门，肖晓云刚进来，他一把抱起她，张口要亲。肖晓云一边躲，一边说："去了趟省城，学会浪漫了！"伟业逮到机会，"叭"地吻了一口，说："小别胜新婚啊！"肖晓云挣脱伟业，擦一把脸上的口水，说："说这话，也不嫌害臊！"

话说伟业听得清清楚楚，她连说两句："天啊！""天啊！"伟业感觉出,肖晓云今天特别投入,投入的原因有两个,一个是小别,另一个还是小别——伟业出差三天,没花自己一分钱,净赚90元。月头还出去两次,三次加到一块就是150元,月底报账就能拿回家,能不高兴吗!

日子对人很不公平,像大老板,他老说时光跑得快,不注意就是一年,再过几年他就告老还乡了;而伟业和肖晓云的感觉却不同,他俩感觉日子慢得像老牛爬坡,一个月跟一年一样长。伟业和肖晓云巴望日子快一点,到月底那一天,他俩就可以领工资了。

盼星星,盼月亮,这一天终于来了。上午伟业到会计那里报账,又把工资领了,就回车上。大老板这几天没用车,副主人和徐处长偶尔用用,都是短距离,伟业就在车上等候。

伟业现在很少和小张在一起,能躲就躲,能避则避。小张心有感觉,一次到车上找伟业,说:"伟哥,你好像躲着我啊?"伟业看出他来讨烟抽,就给他一支,说:"那会呢,我俩是一根绳上的蚂蚱。"伟业说的是违心话,小张当真了,高兴地说:"那就好,你是老大,小弟如有不当之处,请你多包涵。"伟业心里说,我若是不包涵,早就撕破脸,不给你烟抽了。

伟业坐到车上没一会,小张颠颠地跑过来,看车上没别人,开门坐进来,挂着脸说:"伟哥,我听人说,人一阔脸就变。没想到,你也是这样的人!"伟业一听就气了,心想你小张还好意思说我,你我同是打工者,凭啥要我供着你?我隔天就掏钱买烟,虽说只有十多元,但也是支出啊。眼下的钱不经用,一张大票剖开来,就跟见了鬼似的,几天就抽光了,回过头想想,都不知咋用的。我成家几年,就因为钱,孩子都不敢要,我跟谁说去!

小张见伟业不说话,当他没听明白,就把话挑明了说:"伟哥,我算过了,这个月你出差5天,补助费是多少你知道,你可不能被窝里放屁——自个儿独吞啊!"

伟业见他不是来要烟抽,而是另有图谋,也把脸拉下来,没好气道:"你想怎样?"

小张见伟业冷下脸,就软下来,换上笑脸说:"你是老大,吃的盐比我吃的饭多,过的桥比我走的路长,见多识广。小弟我整天呆在这里,腥辣不见,跟出家人差不多。这样吧,你请我吃顿烧烤,咱俩还像过去一样亲好不好?"

小张这是狮子大开口啊,吃烧烤那是要花大钱的!前些时肖晓云请人吃烧烤,两张大票眨眼间就进了肚。你小张跟饿鬼似的,若是放开肚皮吃,补助费全部掏出怕也打不住。伟业脑子一动,想出一个两全齐美的办法,他试探着说:"小张啊,我知道你也不易。"小张一听,点头如捣蒜,一迭声说:"是啊!是啊!还是伟哥理解我!"伟业看着小张的眼睛说:"烧烤有啥好,酒肉穿肠过,一宿就变成屎了。嗯,你看这样好不好?"小张一听有更好的,忙表态:"伟哥,你快说,小弟听你的!"伟业见小张迫不及待的样子,估计说出来他也会同意,就说:"我早上刚买的一包烟,还没拆封,送给你,就算我请客!"小张刚才见伟业冷下脸,当他敲不成了,最多也就讨支烟抽抽,不想事情出现转机,伟业主动给他整包烟,也就顺坡下驴,说:"好的!谢谢伟哥!"说着,拿上烟欢天喜地地走了。

烟给了小张,伟业挺心疼的。回头想想,用一包烟保住150元,也挺划算的。

《天津文学》2012年12期

舅　舅

　　舅舅打记事起就没骂过天，这与外婆的教育有关。外婆在舅舅很小的时候就教导他，要他不打爹娘，不骂天。舅舅记住了，这一记就是七十年。但今天破例了。早晨，舅舅起床后，听外面没有落雨声，鞋子都来不及穿好，趿拉着把门打开，伸出头想看看天，就这时吹来一阵风，雨星子劈头盖脸地打过来，舅舅的老眼被迷住了，鼻孔里也落进几滴雨，仿佛飞进一群小蠓虫。舅舅鼻孔痒得难受，连打几个喷嚏，眼泪鼻涕都出来了。舅舅抹一把脸，开口骂道："这该死的天！这该死的天气预报！"

　　进入五月以来，老天就跟死了亲娘，整天哭丧着脸，眼泪说来就来，大时像瓢泼，小时像牛毛，一个月没瞅见过日头。这个月是小麦生长关键期，忙碌半年，收与不收都是这个月说了算。偏偏老天不帮忙，小麦抽穗、扬花、灌浆，正需要日头时，日头却躲在乌云里睡懒觉。舅舅每天定时收听天气预报，想知道黑云何时散去，日头几时出来。昨晚扭开收音机，听女播音员说今天雨渐止，转多云。舅舅当时想，多云就多云吧，总比下雨好。雨下得太多，沟满河平的，麦田里积了大量的水,想放无处去。舅舅看麦子站在雨水里,水已淹到脖颈处,麦穗随着风不停地摇晃,舅舅看那就是向他求救的一双双小手啊!舅舅急得抓耳挠腮,老脸皱得像苦瓜,肩上扛着铁锹,从田头跑到田尾,却不知从何处下手,只能眼睁睁地看着麦子受煎熬。好比自己的孩子被狼群围困,而他却无法解救,舅舅的心像刀剜一样难受。撒眸四看,映入眼帘的全是茫茫雨水。土地第二轮承包时,大伙嫌这一片地离家远,想抛荒。村干部不同意,于是用抓阄来解决这一难题。舅舅手气差,一家几口的地都抓在这里。这是命,怪不得旁人。舅母想埋怨几句的,一看舅舅阴得能拧出水的脸,赶紧把话咽进肚子里。舅母把抓阄的事悄悄打电话告诉两个儿子,两个小子无所谓,说话吊儿郎当的,他们对舅母说,地好也好,地孬也罢,他俩没工夫种。小子们给舅母算了一笔账,说一亩地最多收八九百斤小麦,按市场价一元一斤计算,也就八九百块钱。刨去种子、化肥、农药、除草剂等等开销,剩下小几百,不够一桌饭钱。碰上坏年成,麦子要是生了赤霉病、蚜虫啥的,那可要大减产,一季忙下来怕是连本都难保。他们动员舅母把地扔掉,就在家享老福,兄弟俩按月寄钱回来,保证不让她和舅舅饿肚子。舅母没好气道,才穿几天有裆裤子,就人模狗样地跩起来了!说后挂断电话。舅母把小子们的话藏在心里,没对舅舅吐一个字。

舅舅舅母的两个儿子是敢吃螃蟹的人,多年前就去南方打工。起先是单个儿,待立稳脚跟,转脸回来接家眷,眼下小日子过得还不赖。知儿莫如父,舅母虽没把儿子们的话过给舅舅,但舅舅也能估计到。舅舅把两个小子看得像一碗清水,他们张开嘴巴,他就知道他们想说啥。小子们的心在外边,想叫他们在土坷垃里刨食吃,那是痴心妄想。不刨食就不刨食,舅舅本就没指望他们。离开胡屠夫,舅舅想他是不会吃带毛猪的。

天上的云像急行军,组成不同方阵,一阵过去,另一阵又急驰过来,始终不见太阳的踪影。中午时分云层又厚起来,天色阴暗,好像黑夜降临，竖起耳朵听，云层里哗哗啦啦的好像有流水声。舅舅仰起脸，有雨星子在飘，把脸挠得痒痒的。舅母说："我开收录机听听，看有没有雨。"

舅舅"喊"地一声，没好气道："那东西说话跟放屁差不多，不灵！"

舅母说："多数还是灵的。老话说的，人心昼夜转，天变一时间——它真要变，天王老子都管不住。你骂人家，不是冤枉他们嘛！"

舅舅梗起脖子说："气象台这帮混蛋一个个都是饭桶，他们端着国家饭碗，到月领薪水，却摸不准天上事，叫我说骂是轻的，往重里说应该下岗回家，给我修地球去！"

舅母不再言语，进屋忙自己的事去。

在家里，舅舅和舅母有着各自分工，泾渭分明，就像火车的两条钢轨，平行向前，永不交叉。具体说，就是一个主外，一个主内。舅舅有点大男子主义，在家里，他是甩手掌柜，油瓶子倒了不会伸手扶起，舅母要是怪罪他，他会振振有辞地说，老娘们的事别找大老爷们，自己扶去！一句话把舅母噎在那里。舅母心里生气，却不能顶撞，因为油瓶还在那咕嘟咕嘟淌油呢，那流淌的可全是钱呐！舅母脚下生风，噔噔噔跑到灶台边去收拾。舅母一边忙碌一边生气，心里暗暗道："哼！有初一就会有十五。咱走着瞧，你哪天用着我，我也拿捏拿捏你！"舅母说过狠话，心里感觉舒服一些，肚里的气仿佛戳破的猪尿脬，渐渐散去了。舅母没心没肺，还是老鼠性格，爪子落地就忘记自己曾起过的誓。在舅母看来，家庭就是一叶小舟，分啥舵手水手啊，保证小舟平稳前行，把日子过下去才是关键，讲究多了，就是脱裤子放屁，自找麻烦。舅母这样想，就是僭越，就是眉毛胡子一把抓。舅舅把舅母的行为看成是篡位，想参政议政。道高一尺，魔高一丈。舅舅对付舅母的最拿手办法是拔腿走人，把舅母一个人晾在家里。舅舅这一走就不见人影，他跑到镇街上和老熟人抽烟聊天，中午到小吃店下一碗青菜面，吃完了也不回。电子钟在墙上嘀答嘀答地走，一圈又一圈，跑得挺欢。也就后半晌，舅母就火烧眉毛似的找来，像个犯错的童养媳，勾着头跟舅舅说软话。舅母不停嘴地说啊，说啊，好话说出几箩筐。舅舅听得很受用，舒坦得像喝下一碗糖开水，眯着眼把手里的烟抽完了，这才慢悠悠地抬起脸，睁开眼睛问："告诉我，还多管闲事不？"舅母见舅舅开了尊口，头摇得像货郎鼓，赶紧回答："不啦！不啦！再也不敢啦！从今往后我只管我的鸡毛蒜皮，不问你的家庭大事！"舅舅看舅母没敢掺假，说的话句句是真，这才慢条斯理地收起烟，站起来，把衣襟上的烟灰拍去，背着手往外走，边走边说："大人不记小人过！宰相肚里能撑船！"走到门口，见舅母还在原地呆着，扯开嗓子就嚷："还愣着干啥？回家啊！"舅母"哎"地一声跟上来，他们俩一个前，一个后，颠颠地回家去。

　　风波平息，舅舅舅母各就各位，各司其职。

　　舅舅的两个儿子从相亲到成家，都是舅舅一手操办的，舅母在幕后，只管后勤供给，接送亲眷等等杂活。

　　舅母把握分寸，绝不越线。

　　两个小子的婚事办得体面，也排场，好多年过去，舅母还感觉脸上有光，脊梁骨也挺得直。

　　舅舅干事喜爱铆足劲，出重拳。小子们结婚前一晚，他亲自上门，全村一户不落，把当家的都请来吃暖房酒，第二天正日又吃一顿。就是说，出一份礼喝两顿酒，这在全村史无前例。舅舅的豪爽、大方，全村无人能比。舅母今日想起这事，还要咂吧几下嘴，表示对舅舅的敬意。舅舅钱的来路，大部分是土里生长的；另一部分是两个儿子打工所得。舅舅常说，土地是他的小银行，更是养老儿，你想啥，撒几滴汗水，它就能给你长出来。

　　看来今年的汗水长不出粮食，麦子十有八九要泡汤。

　　这是几十年一遇啊。往年麦子抽穗扬花时也下过雨，但是下了两天，老天就天遂人愿地晴朗起来，就像天气预报说的，雨渐止，转晴。今年的天让人琢磨不透，像犯了肠道病，滴滴拉拉的，隔一会就下一场。

舅舅从屋里走出来，感觉雨星子密集起来，转眼间变成了毛毛细雨。舅舅不躲不避，在院子里转来转去。舅母见了说："你转啥呀？老牛推磨啊？告诉你，衣服淋湿了没干的换了！"

舅舅叹息一声，进屋来。

屋子里湿度大，霉味一阵一阵往鼻孔里扑。舅舅坐下又爬起，把凳子放在门口，刚往下坐，老柜上的电话鬼叫似的嚎起来，把舅舅吓得一跳。舅舅知道电话是小子们打来的，所以不急着接。舅母见舅舅稳坐钓鱼台，催促道："快接呀，那可都是钱啊！"舅舅睨视舅母，"嗤"地笑了，说："外行了是吧？你给我记牢了，只要不拿起电话，电话局是收不到钱的！"说着起身向老柜走去。是二小子打来的，他说从电视里看到老家发大水了，问家里的几亩麦子遭淹了没有。舅舅不想让小子们操心，张口就说："遭淹的是别人家，我们家好着呢！"二小子追问一句："当真？我跟我哥都担心死了。"舅舅心里说，你们是担心，我可是痛心，痛到骨头里！但说出口的却是："这还能有假？你们安心挣钱，安心过日子。记牢了，把孩子给我照看好，家里的事有我呢，不用你们操心！"二小子放心地说："家里没淹就好。那我挂了啊？"舅舅说："赶紧挂，我也挂啦。"临挂时舅舅又补上一句："没事少打电话，有闲钱给孩子买东西吃！"说后才放下电话。舅母在旁边，电话里的话她一字没漏，全部听进耳朵里。舅母心存疑问，她弄不明舅舅为啥要对二小子说假话，淹就是淹了，又不是他们想淹的，瞒着干啥？舅舅走回门口，看着门外的雨，自语道："远水不解近渴啊！"听了这话，舅母就明白舅舅心里想的啥了。是啊，两个小子要是天上的龙，知道家里遭淹了，张口就把水吸走。既然不是，你把实情告诉他们，他们就会心挂两头，不安心做事。听说两个小子，还有他们的家眷，全部在流水线上干活,那活是一个萝卜一个眼,出不得半点差错的。

舅母抬眼看舅舅,心里对他又多了一份敬意。

舅母跟舅舅生活几十年,顺时也好,逆境也罢,从没听舅舅说过孬话,更没见他向困难低过头。

回想刚成家那会,舅舅兄弟俩分家,老屋一分为二,自留地也一分为二。舅舅在家排行老二。家分好后,老大对他说:"老二,那块地本来是我种的,耕田时我把肥料下进去了,你看咋办?"舅舅想了想说:"既然这样,你把肥料取走吧。"老大本意是想多种一季,待收了庄稼再把地还给老二,想不到老二让他取走肥料。老大闻后,点头说:"好。"说后就挥锹取土,把田里的熟土一锹一锹挖走。两天后,舅舅田里的一层熟土不见了。舅舅看着属于他和舅母的那畦坑坑洼洼的生土田,二话没说,挑起担子就下河塘。春种在即,舅舅要把老大取走的土还原。河塘土湿、沉,舅舅挑了一天,肩头先是红,后是肿,再后破皮出血了。晚上脱衣服,衣服和皮肤粘在一起,舅母用热水浸泡好久才把衣服脱下。舅母看舅舅的肩膀肿得像冻山芋,心疼得流泪,要舅舅歇几天,等伤好了再挑。舅舅说:"季节跟娘们生孩子一样,耽搁不得。"说后倒头便睡。第二天继续挑,连挑十天,田才与老大家的一般高。河塘土黑黑的,里面有腐物,挺肥沃,很适合庄稼生长。耕种时,有土坷垃滚进沟里,舅舅会当成宝贝似的捡回来——这土是他一担一担挑回来的,流失了实在可惜。当年播种的是玉米,虽然比老大家晚种几天,但出苗后没多日就追赶上。舅舅白天参加队里劳动,早晚到自家田里走走看看,有草就拔,苗密了就间。舅舅还别出心裁,在玉米的行距间种豆子,栽山芋。玉米在拔节长高,叶子又宽又肥,叶面发出蓝油油的光,仿佛利箭斜指天空。玉米长到一人高时,开始扬花,腰间也钻出稻头,左一支右一支地别在腰间,像盒子枪,有的还别了三支,英姿飒爽,一副傲慢之气——好比孕妇,B超过了,知道自己怀的是多胞胎,昂首挺胸,把秘密嚷嚷出去。稻头顶上有一撮小胡须。当胡须由清嫩变成棕色,稻头就成熟了。第一年舅舅喜获丰收,产量比老大家高出一倍。舅舅和舅母偷着乐。有了粮食,舅舅碗里的饭由稀变厚,隔三差五还能做面疙瘩吃。

收了玉米,舅舅挥镰砍去玉米秸秆,阳光瀑布似的照进来,豆苗蹿高,山芋秧沿着土垄爬行。舅舅乐呵呵的,嘴巴整天合不拢。舅舅喜爱观察,发现谁家庄稼长势好,他就往那里跑,把好经验搬过来,这样做的益处是少走弯路,不受损失。舅舅常对舅母说,不会过日子看邻居。人勤地肥,舅舅耕种的几分自留田,长势一直比老大家好,老大一家看着既羡慕又嫉妒。

土地承包后,舅舅是英雄有了用武之地。舅舅有两个孩子,一家四口,分得十多亩责任田。两个孩子尚小,舅母要照管他们,还有一日三餐,田里的活基本是舅舅一个人干。舅舅是耕耙锄耱,播撒栽插样样在行。舅舅采取的是套种法,地一年四季不闲着。土地承包第五个年头,舅舅的大小子考入高中,二小子升入初中,两个小子玉米苗似的往上蹿。正是花钱的时候,舅舅突然病倒了。也不是啥大病,能吃能睡,看着跟好人一样,就是腿不听使唤,站起来先是疼,后是麻,想动一动,就是不听指挥。到乡医院,医生开来大包药丸,吃了不起作用,花了好多瞎眼钱。万般无奈,舅母陪他到县里的大医院去,先拍片,后做CT,两次检查结果一样,都是腰椎间盘突出。医生当即开单住院。舅舅拿着片子对着光亮瞅,眼睛瞅酸了也没瞅出哪里突出,哪里凹陷,一溜骨头跟肉案上的猪排骨差不多。舅舅把片子摇得哗啦啦响,问医生这病要命不要命。医生说:"不要命,但是比要命还难受!"舅舅一听不要命,就想回家撑着,要舅母扶他走。舅母做事从不越位,更不越俎代庖,但今天破例了。她没听舅舅的话,就在舅舅像落水般地伸出手,希望舅母搀扶他时,舅母毅然离开,走时竟然把手伸进舅舅的口袋,在舅舅毫无防范时拿走钱包,舅母跑出一阵风,到住院处把钱交了。舅舅像被施了定身法,想追挪不了步。大概是腿疼得厉害,他"咝咝"地吸溜牙花子,从牙缝里骂出一句:"臭娘们,反了你了!"话音未落,人就跌坐下来。

钱进了医院的账户,舅舅硬着头皮住下来。

这病有两种治疗方法,一是手术;二是推拿、牵引。舅舅见不动刀也能治病,当然选择了后者。

推拿安排在上午。来医院才知道,生这病的人挺多,推拿室里坐了一排溜,跟抢购紧俏物品似的。捺着性子等,快到中午才排上队,面朝下腔向上地趴在床上,医生的手便在病着的地方动起来,手法跟娘们揉面差不多。起先有点痒,继而是酸,酸得挺舒服。舅舅想酸的地方可能就是病菌驻扎的地方。他想请医生多用些劲,把病赶跑,或者就地弄死——弄死好啊,要不它还魂了还会祸害人。舅舅在琢磨说辞,腹稿还没打好,医生的手已停下,对他说:"到时了,下一位!"舅舅怕医生偷工减料,偷偷瞄一眼墙上的电子钟,刚好半小时——这时间是医院定下的。

舅母扶舅舅回病房。短短的路程,舅舅走出一身汗水。舅舅躺到床上,抹去额头的汗,叹息道:"我咋得这种病哦。这病是富人得的,我们耗不起呀!"

舅母安慰说:"心急吃不得热粥,既来之则安之吧。"

舅舅说:"眼看就要秋收,心难安唷!"

舅母说:"病根找到了,医生对症下药,很快就会好起来的。"

舅舅把身体放平,直直地躺在床上——这样睡,腰才舒服。舅舅叹息一声,自语道:"听天由命吧。"

舅母没再搭理,拿上碗去食堂买饭,吃了饭就可以去牵引室牵引了。

来的正是时候,牵引室还有空床,不用排队就有位置。

牵引床头低脚高,人倒着睡,脚头吊一只沙袋——脚高,是防止牵引时人往下出溜。所谓牵引,就是将沙袋固定在患者的腰间,以沙的重量把身体往下拉,让突出的地方松弛下来,不再压迫神经。神经不受压迫,腿自然就不疼了。舅舅想,医生的话听起来有道理,细琢磨却有漏洞。你想啊,人睡在床上,身体被拉松了,突出的地方不压迫神经,腿自然成了好腿。问题是,人不可能一辈子都在牵引,总要起来的。一旦起来,松了的地方就会还原。还原了,那病又会兴风作浪,为非作歹。舅舅把话藏在心里,待医生离开了才对舅母说。舅母听着有道理,但不敢顺着舅舅的意思来,于是说:"别瞎琢磨,你又不是医生!"舅舅摇摇头,说:"病魔未除,明摆着的道理!"

舅母说:"听医生的,不会错!"

舅舅就听医生的,上午推拿,下午牵引。一个疗程结束,病没见好转,钱却跟流水似的,全部淌进医院的账户。这天下午,护士通知交费。舅舅问:"来时交的一千多,光啦?"

护士说:"差不多了,要续交,不交明天停止治疗!"

护士的话,像根棍子横在舅舅的耳朵里,舅舅听着难受,对护士说:"住院十天,我一没打针,二没吃药,一天一二百,你这哪是开医院,是开旅店哦!"说后就吩咐舅母去办出院手续。

说出口的话,泼出门的水。舅母见舅舅态度坚决,知道劝也是口抹石灰——白说。于是就到住院处去结账。

舅舅和舅母是坐晚班车回家的。秋收在即,好多事等着他。舅舅顾不上自己的病,第二天就下田去。

腿还是疼。舅舅和舅母一起割稻子,腿疼了就蹲下来,一步一步往前挪。大片的稻子割倒在地,要用独轮车运回打谷场。舅舅忍着疼痛装车,车子刚装一半,舅舅的腿跟触电似的一阵麻木,人失去平衡,沙袋似的摔倒在田埂上。舅母跑过来扶他,被舅舅强行推开。舅舅咬牙站起,把车子装满,车襻套上肩头,挺身站立起来。腿疼不能走,他把车子压在肩上,昂首挺立,让腰承受车子的重量。舅舅这是明知山有虎,偏向虎山行,明目张胆地与病魔叫板!豆粒大的汗珠从舅舅的额头滚下，经过面颊，蚯蚓似的钻进衣服里，不一会上衣就潮湿了。舅母捶胸顿足，请求舅舅放下车子。舅舅置若罔闻，就那么站着，直到人和车子一同倒下。晚上，舅舅来到打谷场，把稻子打了两个捆，用扁担穿上挑在肩头。舅母睡觉时不见舅舅，四处寻找，最后在打谷场找到他。还别说，舅舅的土办法真的管用，几天后，他的腿疼得轻了；又过几天，竟然不疼了。

舅舅对不同的疾病有不同的对付办法。感冒发烧，嘴里寡淡不想吃饭，舅舅就强迫自己吃。三碗下肚，肚子里翻江倒海的，像用棍子搅，一阵恶心，舅舅想忍没忍住，"哇"地呕吐起来，吃下去的全部倒出来。过一会，舅舅端起碗又吃。再吐。再吃。反复几次，终于不吐了。人是铁饭是钢，肚子里有了饭，就有与感冒对抗的力量。结果，舅舅的感冒不治而愈。

在舅母心目中，舅舅是个强人，从村东数到村西，无人能比过他。

舅舅虚龄七十三。老话说，七十三八十四，阎王不请自己去。这个年龄是个关，好多人就倒在这个关上。年前，舅母买块红布，一针一线地给他缝两条裤头，剩下的零布做一根裤带。舅舅不穿，也不扎红裤带，说大老爷们穿红戴绿的，给人看到，要笑掉大牙的。舅母劝说："可不敢大意，穿上能避邪免灾呢。"舅舅说："啥邪啊灾的？我种田吃饭，不偷不抢，不犯王法，谁还能吃了我不成？"舅母说不过舅舅，她把两件东西悄悄塞进舅舅枕头里，算是派上了用场。

野风吹老少年人。

在舅母眼里，舅舅多年前就是这个样子——脸上的褶子一道连着一道，像新耕过的土地；腰有点弯；手大，骨节也大，看着像假肢；走路外八字，两脚一撇一撇的。舅舅平常都在田里，舅母看不到。自打下雨，舅舅被困在家里，舅母和他碰鼻子撞脸，这才有工夫打量他。

老牛闲下就倒嚼，为的是给养；舅舅坐下就打盹，给人感觉是累了，要睡觉，其实他是在养精蓄锐。只一会，舅舅就会睁开眼。眼睛睁开时，人跟充过电似的，浑身都是劲。舅舅站起来，摸起家伙就出门。舅母见了笑说："做梦了是吧？雨还没停呢！"舅舅清醒过来，在雨里站了一会，才转身回屋。

雨是午饭时停止的，日头从云缝里钻出来，天地像拉开大幕似的突然亮堂起来。舅舅推开碗跑出去，打起眼罩往天空瞅，阳光把他的老泪都扎出来了。舅舅顾不上擦泪，扛起铁锹就走。舅母跟在后面喊："你的饭还没吃完呐！"见舅舅不理睬，跑出门叮嘱他："当心啊，路上滑！"

舅舅走在村路上，多日的雨水，把路基泡软了，走在上面像踩在棉花胎上。路面坡洼处，长出一层绿青苔，舅舅怕摔倒，把铁锹当拐杖，小步往前挪。云散得差不多了，太阳明晃晃地挂在天上，才一会工夫，路面被晒得热烘烘的，隔着鞋都能感觉到。下了村路，进入田间小道。道旁长着一溜巴根草，舅舅走在巴根草上，脚下稳当，不担心滑倒。

来到自家田里。田里站不住人，人停下就往烂泥里陷。舅舅撸下几穗麦子，在手心里搓，吹去麦皮，摊开手掌一看，全是秕粒，而且还生了赤霉病。看来今年是白忙活了。舅舅扛来铁锹，本意是把田埂挖开，让积水流出一些。天晴了，太阳晒几天，水很快就会蒸发掉，乐观看，多少能收获一些，不会绝收。现在看，自己估计错了。提步来到田头，放眼远看，舅舅就想把麦田改成水田，种一季水稻，把夏季损失弥补回来。另外，麦秸秆割回家，打不出粮食，晒干了可以喂牛，牛长肥了卖钱。想到这，舅舅的心像天空一样，变得晴朗起来。

芒种刚到，舅舅就开镰收割，把麦秸秆运回场上晾晒。忙了两天，两个小子带着家眷从南方回来。舅舅见了他们问："不过年不过节的，你们回来干啥？"

大小子看一眼场上的湿麦子，说："你在电话里说这里没遭灾，我们回来夏收啊！"

舅舅见老底被揭穿，也就说了实话："我那是要你们安心挣钱，别惦记家!"

二小子抢过话说:"你把地扔掉我和哥就安心了!"

这话舅舅又不爱听了,他狠狠地瞪了两个小子一眼,骂道:"地把你们养大,你们却反脸不要它,一对白眼狼!"说后,推起车子气呼呼地走了。

舅舅推车走出村,由大道拐上小道,抬眼往田里瞅望,心里的气即刻烟消云散,心情豁然开朗起来——脚下这片土地确是好哦,只要你舍得撒汗水,它就不会让你失望。好田是这样,田边地角也如此,你随手栽几棵瓜秧,丢几粒种子,到秋天,它就给你结一串胖瓜,长好多果实,叫你吃也吃不完。再往灌溉总渠那里看,水边的杂草长得高过人头,去年的还枯着,今年的又长出来,青的覆盖枯的,密实的像一道屏障,风吹不进,雨浇不透。这些东西砍回家就是好柴火,可惜无人要。现在烧饭不用柴火了,家家烧沼气,开关一扭,蓝火苗就蹿出来,一锅水眨眼就开,既干净又省事。想过去,青黄不接时,家家是吃了上顿没下顿。锅里没粮食,锅下缺柴火,走出去想拾一把都困难。三十年河东,三十年河西,今非昔比喽。舅舅慨叹着走到自家田头。放下车子,抓起一把湿土,用手掰开来,迎着太阳看,土黑黑的,发出一种油光,细瞅还有好多小细孔,跟发酵过一样。舅舅和土地打了一辈子交道,知道手里的土劲头足着呢。土是熟透了的,就像好女人,男人一碰就怀孕。想到这,舅舅咧开嘴"呵呵"笑起来,自己骂自己老不正经。骂后动手干活。

两个儿子和他们的家眷,把东西放回家里,转脸就到田里来。说到底还是年轻人啊,做事利索,多几双手做事,到晚上,田里就有了眉目。

晚上,全家人坐在一起。大小子把孝敬舅舅的酒拿出来,舅舅也不推辞,拧开瓶盖就往杯里倒。人老话多,喝了酒的老人话更多。两杯酒下肚,舅舅打开话匣子,掰着手指给两个儿子算细账,说他一年种庄稼收入多少,加上养的鸡啊鸭的,加到一块不比打工挣的钱少。说到这,舅舅把他的新计划说出来。舅舅说:"堆在场上的那些麦秸秆,那可全是宝啊。"

大小子伸长脖子问:"能派啥用场?"

舅舅说:"喂牛啊,那可是上等的饲料!"

大小子又问:"我们家养牛了?拴在哪里?"

舅舅喝下一口酒,用筷子点着大小子的脑袋,笑呵呵地说:"买啊!有钱啥都买到,瞧你笨的!"

二小子的眼睛本来就大,一听说要买牛,眼睛睁得更大,说:"大,你还没忙够啊?告诉你,我和哥这次回来,就是要做你的思想工作,让你跟上时代!"

舅舅放下酒杯,眨巴着眼睛问:"做啥工作?又搞运动啦?"

二小子说:"下午说过的,丢地!"

舅舅没再骂,他笑着说:"一年两季庄稼我只种一季,就是听了你们的劝。你们得寸进尺,又要我丢地。真丢了,我和你妈喝西北风啊?"

二小子拍胸说:"放心,我们不吃,也要让你和妈吃个饱!"

舅舅冷起脸,声音也高起来:"宁可要人嫌,绝不要人怜。我和你妈有手有脚,不依赖你们!"

大小子抢过话说:"大啊!你都七十三了,还当三十七啊,不年轻了!"

舅舅冷脸说:"少废话!我把实话告诉你们,今年小麦绝收,我想种一季水稻,把损失补回来!"

两个小子,还有他们的家眷听了都急了,说:"栽水稻累死人,比种小麦辛苦多啦!"

舅舅对他们说:"那是老皇历喽。告诉你们,眼下水稻不用栽插,抛,站田头往里抛,跟打水漂差不多。"舅舅站起来,示范给他们看。

二小子看了笑说:"大啊,你莫不是说醉话吧?"

舅舅喝酒最怕人说他醉，二小子是哪壶不开提哪壶，这就撞到舅舅的枪口上了。舅舅心里的火蹭蹭往上冒，他用手点着二小子，后又点大小子，气呼呼地说："你俩明天就给我远走高飞，离开你们，地球照样转！"说后就离开饭桌，到灶屋打水冲澡去了。舅舅干了一天活，又喝了几杯酒，身子骨有点乏，早就想睡觉了。冲澡时舅舅想，明天要做的事是平整出一块田，把稻谷落下，等到秧苗长出半拃高，就可以往田里抛了。舅舅相信，这一季不会再绝收的。

《翠苑》2013 年 4 期

六周龄

《现代汉语词典》上说我们是鸟类一科，嘴扁腿短，趾间有蹼，善游泳。肉可吃，毛可以用来絮被子、填充枕头。词典说得这么清楚，你们知道我是谁了吧？

对，是鸭子！

我不知我从哪里来，更不知道爸爸妈妈是谁。听说人类是三岁记事，而我们鸭子只要三天就能记住事。也就是说，钻出蛋壳后那三天在哪里，我是不知道的，到我能记住事，我和我的伙伴们就在这里了。我管每天来为我们送饭送水的人叫妈妈。这样称呼她，我想不会错。叫人不蚀本，舌头打个滚，多说话总比闷葫芦不开口的好。我们鸭子是讲文明、讲礼貌的，谁对我们好，我们就跟谁近，就跟谁亲。借用人类的一句话，叫做有恩必报。

说起这个妈妈，她真的很爱我们，用成语概括，那就是无微不至。

别的不说，就说为我们做饭吧。

说起吃饭，人类是一日三餐，而我们是一日多餐，嗉子整天鼓鼓的，一天不知打多少饱嗝，放多少臭屁。妈妈说吃得多才长得快、长得大。妈妈的话就是真理。真理不会错，我们衷心拥护。再说了，妈妈做的饭实在好吃，很对我们口味。世上的行当比我们身上的毛还要多，行行出状元。厨师算一种。厨师有级别，特级是顶级，只有招待贵宾的大饭馆才用得着。话说回来，小饭馆也有好厨师。人不可貌相，海水不可斗量，你千万不能小觑小饭馆里的厨师。俗话说，没有金刚钻，不揽瓷器活。敢出门闯天下，依靠自己的双手养家糊口，往往都有拿手绝活。啥叫绝活？绝活就是特色，说明白点就是独创、他人做不出、别的饭馆没有的。客人奔着饭馆去，其实就是奔着特色去的，品尝新鲜，吃个稀罕。

妈妈做饭是有特色的，我敢说她若当厨师，评特级没问题。

我的味觉特别好，科学说法就是味蕾发达。我吃出妈妈做的饭有能量、蛋白质、无机盐和维生素四种；饭里放的添加剂有营养性、非营养性、中草药等等。饭的原料配制很科学，不是大杂烩一锅煮，而是按比例，单位精确到克。妈妈的水平高就高在变化上，她每天做出的饭不重复，甚至上顿和下顿也有小小的变化。妈妈的变化不随意，具有针对性，是有的放矢。我们吃了妈妈做的饭，身体像吹气似的，日日膨大，茁壮成长，妈妈看着高兴，我们自己也开心。

一周龄是危险时期，我们刚来到这个世界，幼小无助，弱不禁风，稍有不慎，病魔就会光顾我们。疾病具有传染性，流行开来如同秋风扫落叶，所向披靡摧枯拉朽，谁都别想活下来。这个我们不用担心，因为我们有个好妈妈，她未雨绸缪，预防在前，我们吃的是科学饭，喝的是洁净水，住的是恒温房。时光如箭，一天也就是眨眼的工夫，不知不觉就到了第二周。

二周龄与一周龄的明显变化是体重增加了，我们自身也有了免疫力，小病小恙夹着尾巴逃走了。我们朝气蓬勃，我们精力旺盛。我们来到这个世界就这么几天，与人类比相当于10岁8岁的孩子，处于童年期。老人有言：10岁8岁狗都嫌。意思是说这个年龄段的孩子顽皮捣蛋，自控力差，跟野马驹差不多。一次我亲耳听到妈妈训斥她的两个孩子。那天两个孩子正在鸭舍里打闹，一个把另一个按在身下当马骑。妈妈喝住他们，吹胡瞪眼说："你们安静一点好不好？再闹屋顶就要被你们掀翻了！"听听，掀翻屋顶是多大动静啊，跟地震、海啸、刮台风差不多。妈妈的话听得我心惊肉跳。由妈妈的孩子想到我们鸭子，我们鸭子没有童年，也没有自由。我们住在鸭舍里，鸭舍做成一个一个小栅栏，一鸭一间。二周龄时我们就进了这个弹丸之地，彼此鼻息可闻，近在咫尺，有心戏耍却不能如愿。人类把关押犯人的地方称之为牢笼。犯人住的是牢笼，但定时放风，而我们却没这个待遇。这么一比较，我们就不如犯人了。我们处境堪忧，虽说吃得饱喝得也好，但是不快乐。幸福的前提是快乐，没有快乐哪来的幸福？因此说，我们是不幸福的。我想跟妈妈提意见，请她打开栅栏，还我们自由，就像她的两个孩子，你追我赶，尽情地戏耍玩闹。可是妈妈太忙，她总是来去匆匆，很少在某处停留，所以我总找不出机会和她说。

真是说曹操，曹操就到。妈妈来啦，她拎着水桶，不用说，是给我们送水来的。哗啦啦，一桶清水倒进水槽，水像一条银线向我们流来。听到水声，我的身子就痒痒得难受，我希望妈妈对我特殊一点，给我一瓢水，哗啦啦浇在我的头上，把我淋成落汤鸭！哈哈，你们笑我乱改词了是吧？反正就这个意思，你们懂了就行。

三周龄时我经历了一件事，当时那个高兴啊，我激动得又蹦又跳，只听"咚"的一声，我的头撞在了栅栏上。我头晕眼花，眼前金星飞舞，像下流星雨。我闭上眼睛，好一会儿才睁开，见自己还在原处，才知是黄粱美梦。

我把这件事情的来龙去脉说说清楚。

那天晚上，妈妈已回她的宿舍，劳累了一天，准备休息了。睡前她想起一件什么事，于是又返回鸭舍。进了门她随手把灯打开——忘了说，我们鸭舍里的灯可人性化了，光度适中，我们用餐时妈妈把它打开，餐后立即熄掉。妈妈是节约型妈妈，时髦说法，是过低碳生活。没有灯光，瞌睡虫跟着就跑来了。我记得我是闭上眼睛的，想不到却看到一塘清水，水里有小鱼小虾，还有水蚤、螺蛳等等——这些东西都是我们的美食啊。我抬起头，天空蓝得好像要往下滴水，有白云挂在上面，一朵一朵的，棉花似的盛开着。我看着高兴，"扑嗵"一声跳进水里。真舒服呀！好凉快呀！我扇动翅膀，"嘎嘎"欢叫，大声歌唱，翅膀带起的水滴像珍珠洒向四方，水面热闹了。伙伴们跟我学，一个个往下跳，下饺子似的，全部跳进水里，用翅膀撩水取乐。水塘沸腾了，出现了人类说的鸭子吵塘的热闹场面。小鱼小虾还有水蚤不知咋回事，惊慌失措，四处逃窜，我一个猛子扎下去，几只小虾就成了我口中美食。我浮出水面，深吸一口气，又一个猛子扎下去，这次觅到的是螺蛳。螺蛳有点大，我从水里钻出来，伸长脖子往下咽，螺蛳像个小球，顺着食管慢慢往下滑动。伙伴们不知咋回事，目不转睛地看着我。当螺蛳进了我的嗉子，它们才明白过来，于是纷纷扎进水中，觅起食来……吃饱了喝足了，我们开始戏水。我们的羽毛光滑柔顺，像抹了油，当我们从水里浮出来，水似珍珠从身上滚落。太阳洒下万道金光，我们的羽毛像面镜子，阳光照在上面，羽毛就成了金衣，光彩夺目，璀璨亮丽。想往日，我们就像翻毛鸡，肮脏邋遢，黯然无色，是名副其实的丑小鸭。是水让丑小鸭变成了白天鹅。我们为白天鹅而欢呼，我们为白天鹅而歌唱！

"咚"，我的头撞在栅栏上——梦醒了。

四周龄时，在妈妈的精心照料下，我们的体重快速飙升，身体肉乎乎的，像舀水的瓢，成了椭圆形。我们已长成中鸭，用人类的话说，是小大人，也就是大小伙子。夜深人静，我能听到自己骨骼与肌肉、羽毛的生长声，"咔吧""咔吧"，像小麦拔节。我们的饭量猛增，扁嘴像个无底洞，老也填不满。妈妈比以往更忙了。我看出，妈妈是高兴的，因为这天早晨，妈妈把我从栅栏里抱出来，轻轻地放到一台电子秤上，电子秤跳出一行红字，妈妈看后说："乖乖，1.5千克！"听话听音，我听出妈妈的声音里透着喜悦。人的喜悦无法遮掩，如同花香四处飘扬。我被感染了。我想妈妈喜悦了，说不定能把我抱出鸭舍，让我看一看外面的世界。我想妈妈若给我自由，第一件事我就跳进水塘，痛痛快快地洗个澡，然后扎猛子，把梦里做过的事实实在在地做一回……妈妈把我从秤上抱起来，我已经看到理想在向我一步一步走来。我张开嘴巴，高兴地"嘎嘎"大叫，我要把这天大的喜讯告诉大伙，让它们都来羡慕我、崇拜我、嫉妒我……令我意想不到的是，妈妈压根儿没这个意思——原来我是剃头匠的挑子一头热啊！妈妈毫不犹豫，直接把我放回栅栏里。就是说，我的理想成了泡影。我好失望，为自己的自作多情而脸红！

妈妈出门去了。我看不到外面，凭感觉，妈妈没有走远，因为她的脚步声一直萦绕在我的耳畔。果然不出所料，不一会儿，妈妈又回到我们身边。见到妈妈，我的心情就云开日出，豁然开朗了。妈妈是给我们送饭来的。我们长大了，妈妈就给我们加餐，白天四餐，夜晚两餐，一天共是六餐，比人类多出三餐。现在我们一顿吃下的饭，一周龄时两天也吃不完。那时妈妈对我们限量供给，她怕我们小，吃多了撑破嗉子。现在不怕喽，我们吃得越多，妈妈越开心。妈妈对我们说："你们死劲吃吧，只要吃得下，我就做，就是累爬下我也高兴！"听了妈妈的话，我们都笑了。妈妈说错啦！吃饭是件愉快的事，幸福的事，不是做苦力，是不用花力气的。

时光荏苒，日月如梭，很快我们就五周龄了。五周龄，我们长大了，成大鸭喽。我们膘肥体壮，丰胸胖臀，男鸭大腹便便，像个大款；女鸭雍容华贵，像个富姐。几天前我们还能在栅栏里自由转动，舒展筋骨，现在转不了啦，想把身子掉个方向，真比登天还难。不动就不动吧，我们就头向外，腚朝里，方向一致，懒猪似的吃了拉，拉空嗉子再接着吃。妈妈做的饭，大部分成了我们身上的肉，长不成肉的变成废物，被我们排出体外。排出体外的是粪便，臭不可闻。我们不管这些，粪便有人清扫，我们的居室永远是干燥、洁净、通风的。

有一件事不知当不当说，不说吧，藏在心里憋屈，说出来又有点难为情。踌躇再三，还是一吐为快吧！

三周龄时，我做过下水游泳的梦，时隔两周，我做了另外一个梦。这个梦也与水有关，可说是发生在水里的故事。嫌我啰唆了是吧？好，那我就推开窗户说亮话——就是做爱！

事情是这样的。今天天刚蒙蒙亮，妈妈给我们送来一天里的第一顿饭。一夜过来，我饿得浑身乏力，嗓子像只空口袋，正等着往里装东西。饭来了，我张开大嘴饕餮起来，像饿死鬼转世，失了大款风度。转眼间"口袋"满了，感觉已到了"口袋"口，实在咽不下了才停止进食。嗓子像秤砣似的往下坠，有点头重脚轻的。我轻轻地趴下，感觉舒服多了。我转过脸看同伴，它们全都趴着，一顺溜儿的，眯着眼打盹。看来它们与我一样，也是吃多了——原来我们彼此彼此啊。

人类有一句话，叫做温饱思淫欲。这话明显带着贬义，也有调侃的意思，是说日子好过了，肚子饱了身上暖了，就想歪歪点子，思念起异性来。淫欲，性事也。回想我做的梦，我们鸭类同人比，是一丘之貉，都不是好东西。

不说人类的事了，还是说我自己吧。

我趴下没多久，也打起盹儿。我知道我进入了梦乡，分明又看见自己走出鸭舍。鸭舍前有一条小道，羊肠子似的，两边开满油菜花。油菜花金黄金黄的，与太阳一个色调。我抬头赏花，低头看草。草根下有一条蚯蚓在拱土，我跑步上前，猫戏老鼠似的看了一会儿，看够了才伸过头去，用扁嘴叼住蚯蚓。蚯蚓知道危险来临，眼看要成为我的口中美食，于是拼命挣扎，把吃奶的劲都使出来，用身子缠我的嘴，想让我放开它。我隐约听到蚯蚓在"吱吱"乱叫，大概是骂我，或者是威胁我。我的心变软了，想既然要吃人家，就别让人家白费力气了，来个痛快的，要么放生，要么"咔嚓"。于是我吸溜一口，蚯蚓面条似的顺着食道下去了，味道好极了。我咂巴咂巴嘴，想一不做二不休，再弄几条吃一吃。我的扁嘴像犁铧在草根下耕耘，草根都拱烂了，不见蚯蚓，也不见虫子。罢，罢，还是看风景吧。我大摇大摆地往前走，举头远眺，发现前方有一汪碧水。这汪水似曾相识，好像在哪里见过。哦，想起来了，三周龄时我做过一个梦，梦中在这里游过泳，还吃过很多美食。我做的是连环梦，也叫梦中梦。两个梦一个连着一个，就像俄罗斯套娃，拿开一个还有一个，太有趣了。有风吹来，风里带有水的气味。气味如同绳索，牵着我一步一步往前走。我马不停蹄，我磕磕绊绊，像电影里的慢镜头，走了半天才到水边。放眼望去，发现我的伙伴已捷足先登，此刻游得正欢。我大叫一声："我来迟也！"话音未落，飞身扑进水中。我的脚蹼像船桨，稍稍一动，我的身体利箭一般向前冲去。我的耳边传来"嗖嗖"声，这是我的身体穿破水层的声音。我憋着一口长气，待一会吐出一些，直到气用光了才钻出水面。举头四看，岸在远处，身在塘中——就是说，我一个猛子扎到了水塘中央。我的身边挤满了我的同伴，它们纷纷向我点头，我们互致问候。想往日，我们邋里邋遢，千鸭一面，不分男女，不辨美丑；看今朝，我们旧貌新颜，花枝招展，尽显本色。世上没有相同的树叶，更没有相同的鸭子。看我的同伴们，男鸭俊美，女鸭娇媚，个个青春焕发，精神抖擞。远的不说，就说我身边的这位小姐，看她的羽毛像彩虹，凤眼似清泉，嘴巴玲珑迷人，笑容千娇百媚……她不像我们同类，倒像是天鹅下凡，仙女现世。许是我看得太久，小姐不敢与我对视，羞答答地低下头去。我也是色胆包天，不管不顾地游到她身边，"嘎嘎""嘎嘎"……我低吟轻唱，说情话唱情歌，把人间最美的辞都献给她。小姐粉脸低垂，含情脉脉，非但没骂我臭流氓，反而"嘎嘎""嘎嘎"地点头回应我。我是初恋，不是情场老手，但我知道，冲锋的时刻到了！我血管扩张，热血奔流，我体内的每个细胞都在为我鼓劲加油。我浑身痒痒，羽毛下仿佛藏有无数只蚂蚁。"蚂蚁们"一齐向我呐喊："美男子，冲啊！""美男子，冲啊！"叫声震耳。我骨酥体软，不能自持。我呼吸困难，眼看将窒息死亡。我不能死，我不想死，我要幸福地活下去！我张开嘴巴，一口叼住小姐的颈毛。小姐知道我要干什么，她矮下身子迎合我，于是我一个飞身，轻松地上了她的身。我的身子通电似的一阵酥麻，我大叫一声："好舒坦哟——"

哎呀呀，不好啦，我梦遗啦！

梦遗好刺激噢，感觉像蹦极，一颗心忽上忽下的，插一对翅膀就能飞出喉咙，冲向蓝天。打个比方，好像气球撒气，"噗"一下，气漏光了，身子跟着就疲软了。我被自己的喊声惊醒了，睁开眼睛，看自己趴在栅栏里，叫花子似的，我的心从沸点降至冰点。我偷看左右，观察伙伴们的表情。我担心它们听到我的梦话了。梦是个人隐私，隐私泄露出去，那就成了绯闻，好事者再添油加醋地瞎传播，我在鸭界就没法混了，不被羞死，也会被大伙的唾液淹死。万幸哟，伙伴们的注意力不在我身上，看得出，它们压根就不知我做梦的事，更不知道我梦遗了。此刻，它们正眼巴巴地盯着大门瞅望，它们关心的是饭食，盼望的是妈妈快一点到来。我悬起的心落下来。我站起身，跺一跺脚，伸展一下身体，又打出一个长长的哈欠，学着大伙的样子，也对着大门张望。

在后来的日子里，我一直没忘那个梦。那个梦跟真的一样，每次想起都让我脸红心跳，兴奋不已。人类说梦想成真，我的梦能成真吗？我不知道。

夜去昼来，转眼我就六周龄了。

六周龄相当于人类的壮年。壮年是正午的太阳，炽烈、正劲，是一天最好的时光，而我们缺少的正是这些。我们懒惰、颓废，我们老气横秋，我们暮气沉沉。妈妈看我们这样，没有忧愁，更无惋惜之意，她的神情像个面对大片成熟的庄稼的农人，脸上露出的是开镰的喜悦和稻谷满仓的满足。这一天，妈妈又小心地把我抱上电子秤。称后，妈妈惊讶地叫出声来："天啦，3千克，6斤啊！"说后，妈妈跑出门去，不一会进来一个男人。这个人派头十足，他是老板，还是妈妈的老公呢？我们不得而知。这个人笑眯眯的，背着手在鸭舍里踱了一圈，走到妈妈跟前，对她竖一竖大拇指就离开了。这个人有点胖，走路一摇一摆的，很像我们鸭子。

后来我们才知道，这个人是无常，他来是要我们的命的。可当时我们并不知道，看到这个人还挺高兴，看他笑模笑样的，还揣测他的身份。哪知他是刽子手，是杀人魔王——虽不是他亲手杀害我们，但是他把我们集体出卖的。

这天跟往常一样，无一点不好征兆。妈妈给我们饭吃，我们吃得嗉大腰圆。我刚趴下来，开始回味那个遗精的梦，门外突然传来一阵"突突"声响，响声惊天动地，身下的栅栏也跟着晃荡起来。我们惊慌失措，当世界末日来临了。妈妈进门来，见到妈妈，我们感到有了依靠，也不那么害怕了。妈妈把门和窗户全部打开，鸭舍一下子明亮起来。这亮让我们一时难以适应。那个男人走了进来，后面跟着几个五大三粗的男人。那个男人一挥手，几个粗人就把我们连同栅栏一道往外搬。粗人做事笨手笨脚，好像我们不是活物，而是木头，或是泥巴。我们被他们随意地搬来扔去，我们出了栅栏又进铁笼。我们哭爹叫娘，我们晕头转向。妈妈，你在哪里？快来救我们呀！我们看不到妈妈。妈妈已不知去向。

当"突突"声再次响起时，我才知道这几辆铁家伙叫拖拉机，它们要把我们拉去屠宰场。我们泪水涟涟，我们的心在滴血。路在延长，鸭舍在远去。此生我们是第一次出门。车轮下的这条路，成了我们的断肠路，不归路。

经过长时间的颠簸，拖拉机进了城。城里的人真多，跟我们鸭子似的挤挤挨挨。我乘坐的这辆车进了菜市场，后面的车继续赶路，目的地是"肉鸭屠宰场"。后来我才知道，去"肉鸭屠宰场"是幸运的，那里是现代化屠宰，伙伴们是无知觉死亡——刽子手一揿电门，大伙集体倒下，眼一闭，毫无痛苦地去了天堂。进了菜市场就等于走进地狱。我们被鸭贩子买去，鸭贩子再把我们卖给食客。食客们不会连毛吃我们，要鸭贩子把我们杀死，然后脱毛、开膛破肚，在砧板上把头、舌、脖、胨、爪分开。若把身子剖成两半，多半是做烤鸭；剁成块状，不是清炖就是红烧。鸭贩子太不人道，他当着我的面杀害我的同伴。我在铁笼里，看着同伴被抓出去，先是过秤，然后被剪刀剪断喉管，再被扔进一个黑乎乎、臭气冲天可能是沥青的锅里脱毛。刚才还是我的同伴，转眼就白身子出来，最后被放到砧板上，任随他们宰割……我被吓得魂飞魄散，不敢看这血腥的场面了。我知道我难逃一劫，于是闭上眼，等着死神的降临。我的伙伴一一离去了，离世前都发出一声惨叫。这叫像尖刀刺心，我的心在滴血。我想有如在这里受折磨，还不如早点儿死去！于是我不再龟缩，主动挪出来。一个胖子与我的目光相遇，我知道我最后的时刻到了。果然，鸭贩子的魔掌伸进铁笼，把我抓了出来。我咬紧牙关，想走得体面一些，结果事与愿违，刚张开嘴巴，就听"咔吧"一声，我的喉管断了，哭声跟着热血喷涌而出。我浑身抽搐，灵魂"嗖"地飞离身体，不远不近地跟着我的肉体，它要看清我的肉体去向何方。细节不多赘述，我知道我的终点是餐桌。我被做成烤鸭，上了桌子，一群食客见了我油亮亮的肉体眼睛亮了一下，但不肯下箸。食客里大多是胖子，他们的肚子跟怀孕似的。有一个胖子说话挺内行，他用筷子点着我的肉体说："鸭子只有六周龄，是吃激素长大的。看，这膘肥得流油！"另一个胖子听了，吃惊地说："天啦，我若是吃了，就等于吃激素，会更胖的！"第三个胖子拍着自己的大肚皮说："全是激素惹的祸。没有激素，就不会有我们的大肚子！"这一说，胖子们不再理我。转盘转到一个瘦子面前，瘦子也不理我。大家都不吃，我还是上桌前的样子。席终人散，我被完整地撤下去。撤下去，我进了垃圾桶，成了垃圾。第二天，我与其他垃圾一道被人拉走，一路颠簸，进了一个四处无人的秘密地。这里是生产地沟油的一个窝点。我被倒进一口大铁锅，与好多变馊变臭的垃圾汇集到一起，被烧煮。我的肥膘开始分解，油脂漂浮起来，流出铁锅，经过再次加工、提炼，最后变成了油——也就是地沟油。地沟油被贴上标签流向市场，最终又走向餐桌。看看，还真是万物不灭呢！

  我们是这个世界的匆匆过客，六周是我们的一生。吉尼斯上记载，一位寿星活了16年！16年，那是天文数字，我们不奢望。我们只想活上一年，看看四季美景，体验一下成鸭的生活，就死而无憾了。

《雨花》2012年4期

耳光响亮

男人回到家是在他离开女人的第七天深夜。这几天男人几乎没有合眼，不分白天黑夜，一直在寻找一个人，两眼熬得像火球，结果一无所获。打开家门，男人见女人雕塑似的枯坐灯下，心里刺痛一下，他放下汽车钥匙，对女人说：从明天起，你还开白班，我开夜班。说后往床上一倒，鼾声随之而起。女人过来为男人盖好被子，明知他看不见，还是用力地点点头。

女人的眼睛也像火球，泪水汪汪，还肿，明眼人一看便知，女人的眼睛是哭红的。女人的头发干枯、散乱，杂草似的披散着。这几天，女人在不停地寻找男人，打他小灵通，要么无人接听，要么就是无法接通。女人知道无人接听，那是男人不愿理她；无法接通，说明男人走得远，小灵通不在服务区内。女人欲哭无泪，喉咙嘶哑得发不出声音，愈是找不着男人，心里愈是忐忑不安。女人逼着自己不往坏处想，但种种迹象表明，事情正在往危险的方向发展。女人似火煎熬，如坐针毡。女人想报警，请公安帮助寻找，多次拿起电话，最后又默默地放下。报警是最后一步，不到万不得已女人不会去做。除了男人，女人暂时还不想让别人知道她的事。世界太小，人心难测，如果走漏风声，她就没脸在世上活了，只有死路一条。女人不敢想，也不敢做最坏的打算。

女人的肚子是空的，饥饿像西北风发出尖利的吼叫，但她却没有食欲。女人记起来，自从那天早晨回到家，直到现在，她没吃过一口东西。

男人平安归来，这是最好的结果，比女人预想的要好出一千倍一万倍！男人瘦了，跟一周前相比判若两人。但男人是正常的，从他刚才说出的话里就可以听出来。女人心里的一块重石放下了，她和衣倒在床上，睁着眼等天亮，天亮了就出车去。

女人和男人都是出租车司机，他们车龄不长，从学车到现在，连头带尾还不到二年。

女人和男人原来在一个厂工作。男人坐机关，在团委做共青团工作；女人在车间，是车床工人。有一年工厂搞厂庆，厂里让每个部门出个节目，为活动添彩。团委人手少，只有书记和男人，两个人出不了节目。这没有难住他们——近水楼台，书记当天就带男人下车间，仅半天就挑选出八名脸蛋好身材高的姑娘。女人就是其中之一。时间是最好的粘合剂，一来二去，男人和女人熟悉了、逐渐成为知己。到厂庆那天，他俩已确立下恋爱关系。事后书记酸溜溜地对男人说，你小子真是神啊，搂草打兔子，工作恋爱两不误，好事都让你撞上了。男人知道书记还没谈女朋友，他的眼睛瞄着官场，有机会还想上个台阶。

说不上是何原因，厂庆之后，工厂再没有红火过。是丧钟迟早都会敲响。随着时间的推移，工厂是每况愈下，一日不如一日，先是减员，后是停产。男人运气不佳，第一批减员就榜上有名——团委与其他科室合并，男人就成了多余的人。男人是新婚，与女人结婚还不满一年。这一年里，工厂像个危重病人苟延残喘，效益一直不好，别说奖金，连工资也不能按时发放。男人和女人着眼未来，他们没要孩子，计划等形势好转再作打算。

世事难料，形势非但没有好转，反而往不好的方向发展。

智者千虑，必有一失。当时看这个计划没有错，现时分析却欠思考，有点顾此失彼。下岗以后，男人产生极度的悲观心理，感觉比女人矮了一头。人往高处走，水往低处流。女人婚后没有怀孩子，无牵无挂，男人想女人若是嫌弃他，把他一脚踹了，他是喊天不应叫地也不灵的。那几天，男人寝食不安，如同热锅上的蚂蚁惶惶不可终日。女人看出苗头，怕男人出意外，主动辞工，与男人同甘苦共患难。男人闻说后，心里的一块巨石轰然落地，随之一个更为严峻的问题又摆在他面前：断了薪水，今后的生活怎么办？男人责怪女人，说：你不该冲动啊，你生生把我俩的吃饭家伙给砸破了。女人凄然一笑，宽慰男人说：没那么严重。你放心，老天爷饿不死瞎眼雀。男人明白，女人说的饿不死，指的是活期本上的五千块钱。那钱是他俩婚后的共同积蓄。

　　太阳照常升起，岁月如书一页页地往下翻。女人辞工不久，厂里好多工人都下岗了。看别人，比自己，男人的情绪稳定许多。

　　情绪稳定了，男人就开始琢磨事。他掰开手指一算，他和女人回家已一月有余。就是说，这三十多天，他们非但没有积累，而且还在吃老本。这样一想，男人就慌了。五千元不是小数，但也经不起折腾，他们就这么坐吃下去，不要二年，他们将成为穷光蛋。男人不寒而栗！那天吃过早饭，男人对女人说：我出去转一转。女人明白男人转的是什么，本想与他同行，但说出口的话却是：去吧，我等你的好消息。男人怜爱地看一眼女人，高兴而去。女人心里涌起一股暖流——他们结婚才一年，还算是新婚，但她已久违男人这种暖如春日的目光了。自从认识男人，女人就发现他的自尊心很强，典型的大男子主义者，他俩的事都是他拿主导意见，如果她把话说在前面，他就会有想法。女人在家依赖父母，饭来张口，顺从惯了，男人这样，她觉得挺好。

　　没到中午，男人就满面春风地回来了。女人见男人有话要说，就静静地等着。果然听男人说：把存折给我。女人也不问什么事，从橱里拿出存折。男人看一眼女人，说：我想学驾驶，等学会了，就出去开车，听说开出租车挺挣钱的。女人看男人神情笃定，知道他是经过深思熟虑的。思索一会，女人轻起薄唇，对男人说：要是这样，我也学吧，学会了咱俩一起干。男人闻后牙痛似的吸溜一声，半响才说：你的话有道理，问题是我俩同时学，交了学费就变成了穷光蛋，连吃饭的钱都没有了。女人问：一个人学习要多少钱？男人看一眼存折说：C照二千五，两个人加一块刚好五千元。听话听音。女人听出男人担心的是吃饭钱，并没有反对她学驾驶，于是开导他说：舍不得孩子套不住狼，没有投入哪来的产出？等我们都学了技术，还愁吃饭钱吗？保管大鱼大肉都有的吃！听女人说话有道理，男人愉快地同意了。下午男人和女人到银行取出钱，去驾驶学校把名给报了。

　　生活的曙光穿云破雾，从东方冉冉升起，男人和女人看到了希望。从驾驶学校回来，男人顺道买两瓶啤酒，当晚两个人对饮起来——这是一个多月来他俩吃的最开心的一顿饭。

　　一个月的学习既紧张又兴奋，考试那天，男人和女人见主考官冷着脸，好像被谁骗了钱财似的，看谁不顺眼就刷下，提心吊胆，害怕考不过去，没想到双双过关。领到驾驶证那天，男人高兴坏了，回家途中又买两瓶啤酒。男人对女人说：我们今天放开量喝，往后做上司机就不敢喝了。女人附和说：是啊是啊，驾驶员是严禁喝酒的！做饭时也没有加菜，两个人酒瓶对酒瓶，你来我往，两瓶酒很快见了底。

　　喝酒第二天，男人的心情好得像初升的太阳，光明、和煦。早饭后，他和女人带上驾驶证，兴冲冲地出门，去出租车公司毛遂自荐。男人想，他们带着技术上门，这是打着灯笼难找的好事，出租车公司一定会欢迎的。从此，他们将成为出租车公司的正式员工，像下岗前一样，到月领工资，衣食无忧，过正常人的生活。男人想，生活一旦走入正轨，他和女人就生个孩子。有了孩子，他们这个家就完美无缺了。

美好的生活蓝图就在眼前，等待着男人去打开。男人心里美滋滋的，欢欢喜喜地走进出租车公司。

不想事与愿违！接待他们的工作人员弄明男人和女人的来意后，像看外星人似的看着他们，头摇成拨浪鼓：我们公司从来不招工。

不招工，你们的司机都是从哪里来的？男人不死心，他当工作人员幽默，与他们开玩笑。

工作人员说：社会上来的。

这就对了嘛！男人与女人对一下眼睛，把他和女人的驾驶证递给工作人员，也说了一句幽默话：我们也是从社会上来的，而且自带技术，不要你们花一分钱。

工作人员不看他们的证件，对男人说：你没弄明白我们公司的性质。我们只负责管理，车辆都是驾驶员自己的。

男人一听，瞪大眼睛问：一辆车要十几万，哪个买得起哟？

工作人员耐心解释：我们公司一次购买二百辆车，眼下没有一辆剩余的。

男人看一眼工作人员，嘴巴张了张，想说什么而没有说。

女人上前拉一把男人，说：我们走吧，去别人家看看。

男人拔腿就走，生气地说：我就不信，手捧金饭碗，会讨不到一口吃食！

市里有几家出租公司，还有一家私营的。黄天不负有心人，最后他们在私营公司把工作定了下来。

私营公司的车辆也是一个萝卜一个坑，没有多余的。不过男人和女人来的正是时候，有一个车主想改行干别的，欲将车辆转租出去。双方经过反复磋商，最后以每月交纳九千元租金而成交。

周瑜打黄盖，一个愿打，一个愿挨。

第一轮谈判时，车主狮子大开口，要出天价，男人左砍右杀，去掉的仅是零头。车主对男人说：九千元是底价，再减免谈。男人求职心切，也不征求女人意见，就与车主签订协议书。对此，女人非但不生气，相反对男人如此果断的做事作风还暗暗赞赏。在驾校学习时，同学们为了一个共同的理想走到一起，闲暇没少交流，女人从中了解到很多出租车行业不为外人所知的秘密。学习驾驶理论时，女人和男人在一个班，上车学习他俩就分开了。女人们在一起喜欢唧唧喳喳说东道西，想必男人们课余时嘴也不会闲着。没有金刚钻不揽瓷器活，女人估摸男人知道的不会比她少。

把九千元划分一下，每天是三百元。把三百元分解开，白天是二百元，夜间是一百元——这钱是为车主所挣。成本也要算进去，汽油费、保险费、养路费，这三项相加又是庞大的一笔，把这些杂七杂八的开销刨除掉，多出的部分才是自己的。你千万不能挑肥拣瘦，你不干别人还在等着呢。男人打的是有准备之仗，学习之前他就打听清楚，要不他是不会下血本学驾驶的。

开张时，男人从安全考虑，让女人上白班，他开夜车。女人开车出门，男人不放心，要跟车了解行情。车子开出一程，有人招手，女人将车停下，那人见车里有人就放弃了。男人看因为自己而影响生意，不敢再坐了。下午六点出来接班，女人盘点一天的收入，一数竟然超出五百元！除去给车主的钱，剩余部分足够一天开销了，夜间再挣就全是自己的。乖乖，干这行不赖，他们的选择没有错！女人看一眼西天，太阳虽然落山，但她的心情依然明媚。男人的心情跟女人一样舒畅，他精神饱满，干劲冲天。夜间的客人虽说没有白天多，但是跑一程总能碰上招手的。也该男人发财，打车人要到区里去，男人放下计价器就出发了。到达目的地，表上显示出里程与金额。男人担心打车人要和他讨价还价，谁知那人如数付款，让男人窃喜不已。回来时男人挂挡加速，想尽快赶回城里，不想有人向他招手。男人减速靠过去。是个中年女人。此人看来老打车，上车讲价钱，拦腰砍一半，问男人二十元行不？男人想说不行，一琢磨这是顺手牵羊，钱虽然少一点，但比跑空车划算，于是同意了。

　　夜渐渐深了,商店门前的霓虹灯不再闪烁,只有路灯不知疲倦地亮着,把城市照得如同白昼。路上少有行人,男人跑了几条街也没带到客。眼下油价很高,每公升五块多,加一箱油要三百元。干这一行就得精打细算,大手大脚不行。男人将车子泊在一家豪华的洗浴中心门前,一边小憩一边等人。这种经营之道也是学习时听来的,用他们的行话说叫守株待兔,少有落空的。来这里消费的不是生意人,就是官场中人。前者自己有车,他们花自己钱,无所顾忌,大摇大摆而来,大摇大摆离去;后者则受人邀请,是悄然而来,也是悄然离去,神不知鬼不觉。他们不用自己的车,也不带司机,花钱坐出租,这是最保险的事。男人停车没有几分钟,有两个干部模样的人出来。男人把车子发动起来,两个人就上车了。午夜计价比白天高,这一跑就是十多元。下车时两个人要发票,男人一高兴多给他们一张,找零时那人一摆手说:别找了,算小费吧!听声音有点熟,男人回头看,这一看还真认识,此人是发改委员会主任,过去他们厂红火时,男人常见他来厂里视察。男人现在是生意人,不愿往深处琢磨,眼下他只想多拉客,多挣钱。

　　夜色在慢慢地变浅变淡,天一点一点地亮起来,看东方,仿佛一幅水彩画,红日、彩云,背景是蔚蓝色的天空……男人工作时喜欢舞文弄墨,头脑里的好词如街头的糖葫芦一串一串的。他琢磨得正起劲,听到有人敲车窗,当是打车的,一看是女人来换班。男人盘点他一夜的收入,一数超出了二百元。这可是净赚啊!天爷呀,如果天天如此,一个月可以净赚六千,一年就是七万二,两年下来自己也可以买车了!到那时,挣多挣少都是自己的。自己给自己打工,那是世界上最美最好的事情!

　　女人开车谨慎、文明,把安全放在首位。老年乘客夸女人开车稳当,坐着放心;年轻乘客则嫌慢,说像蜗牛爬行。女人闻后莞尔一笑,不说一言。过十字路口,黄灯还没亮起,绿灯还剩最后一两秒,女人就减速停车。有的驾驶员把钱看得太重，遇到这种情况，一加油门冲将过去，车子快得像要飞起来，看得女人心惊肉跳。十次事故九次快，多争一秒事故来——这是安全课上老师说过的话。老师还列举几起血淋淋的案例分析给学员听，听得女人毛骨悚然。做了驾驶，女人把老师的话当作警钟，时时敲响，提醒自己注意。

女人早上六点接班，晚上六点交班，一天十二小时，除去吃喝拉撒，其余时间全在车上，辛劳可想而知。

女人生活的城市人口稠密，道路狭窄，高峰时车辆首尾相接，甲壳虫一般，一眼望不到头，车速慢如蜗牛爬行。市中心有几条道，在规定的时间内禁止行车，走错道被警察抓住了罚款是轻，重者要被扣分。对驾驶员来说，分比钱重要。驾驶员管理条例规定，驾驶员如果连续违规，一年内扣分累计达到10分者，驾驶证将被吊销。驾驶证是驾驶员的身份证明，失去将不能开车，要想拥有必须从头学习。所以，驾驶员违章后，宁愿罚款，也不愿失分。但是罚多了也承受不起。女人听说，有一新手，开车不到一个月，竟然闯了20次红灯。一次红灯罚款200元，20次就是4000元。交罚金时，那个人当场哭了。女人设身处地想，这事若放到她身上，她会被吓傻的，怕是连哭都不会了。

女人也被处罚过。那天下车买盒饭，刚吃一口，有人打车，女人把盒饭带上车就出发了，过十字路口时见警察拦她，女人恍然大悟，知道自己忙中出错，忘系安全带。女人被罚了50元。那个警察挺好的，没有扣女人的分。50元不算多，但女人还是心疼了好几天。

这事女人没跟男人说，她怕男人知道了影响情绪。

花钱买教训吧！女人打掉牙往肚里咽。

午后到上班前这段时间，打车的人少，有时跑几条街也带不到客人，空耗汽油。眼下油价还在飙升，每公升已接近六元，国际油价日日回落，国内油价却不见下跌。油价高，营运成本也高。女人和男人核算过，他们的收入呈下滑趋势，与当初比一天少赚近三十元。这不是小数！女人在设法降低成本，想将少赚的钱找回来。女人是聪明人，通过观察，她发现午后将车子泊在酒店门前最合适，既省油，还可以休息，多数情况下都不会落空——来酒店消费的人，散场后喜欢打车，真是一举多得。

这天女人刚把车子泊到酒店门口，从酒店出来一个中年男人，上车后说去城南，女人放下计价器就出发了。不一会，女人听到身后响起如雷鼾声，她看一眼后视镜，见中年男人倒在座位上，睡相很不雅观，嘴巴大开大合，像溺水一般。喝酒的人都这毛病，上车睡觉是好的，有的人喝多了还吐，把车内搞得肮脏不堪，酒臭味一天都消散不去。从内心讲，女人不愿拉喝酒人，但是想到多拉一个人，就能多挣几元甚至更多的钱，也就忍了。车到城南，女人不知往哪里去，于是把车停在道边。女人想叫醒中年男人，看他睡得正香，就想让他多睡一会。中年男人挺机灵的，车刚停稳就醒了，说：我睡着了？不好意思，耽误你做生意！话里充满愧意。女人说：没关系。男人看一眼方位，告诉女人他去的地点。到达后，丢给女人五十元，说别找了。女人要按计价收钱，中年男人不同意，关上车门就走了。女人目送中年男人，心里升起一股暖意。中年男人仿佛是一扇窗，透过他，女人对喝酒人改变了看法。这个下午，女人好像沐浴在春光里，心里一直温暖着，不知不觉已到男人来接班的时辰。男人一眼就发现女人与往日有所不同——看面色依然蜡黄，但少了疲惫，两只眼睛亮晶晶的，像两眼清泉碧波荡漾。男人想起他们恋爱时，女人的眼睛就是这样的。男人心里动了一下，深情地看了女人一眼。女人感觉到什么，面颊飞起两朵红云，羞涩地低下头，声音小得像蚊子叫，说：我回去了。男人喉结上下一动，咕嘟吞下一口口水，说：你上车，我送你！女人说：你出车吧，挣钱要紧。男人很固执，说：你上车，这事也要紧！女人顺从地拉开车门，坐到前排位置上。

男人与女人就在这交班接班中，时光过去了两个月。两个月别说肌肤之亲床第之欢，饭都没在一起吃过，这哪里是夫妻，说白了就是一对挣钱搭档！车到家门口，女人先下车，男人紧随其后，刚进家门，男人就迫不及待地抱起女人，直接进入房间。他们是久旱遇甘霖，两个人做得都很投入。事后男人对女人说：我今晚不出车了，在家陪你！女人不相信，说：你是骗我吧？男人用力把女人搂在怀里，说：骗你是小狗！女人见男人与她赌咒，才不再怀疑。女人让男人歇息，她去做饭。男人吻了一下女人，说：你已辛苦一天，不能再累了。女人开了一天车，刚才又用了力，感觉是有点累，身上的骨头好像散架似的。她见男人体贴自己，就懒懒的不想动了。

吃饭时，男人与女人说起调班的事。

女人知道夜班轻松，行人少、路好跑，市中心的几条禁行道也开放；到下半夜，客人少了还可以在车上一边休息一边待客。担心的就是安全，怕遭遇坏人。男人说不会有事的，他跑了两个月，没遭遇过一次危险。男人告诉女人，每条路口都设有治安点，遇到出城的，去治安点登记一下，保管没问题。听男人这样说，女人打消顾虑，于是同意了。

在家睡了一整天，两个月的辛劳蝉蜕般的离开了躯体。傍晚时分，女人精神抖擞地出来接班。男人如约而至。女人见男人冷着脸，霜打似的提不起精神，当是开车累的。女人心疼地说：饭焐在锅里，你回去吃了就歇息。听话啊！女人估计错了，男人不是累的，而是要对她发泄心中的不满，他说：今天真他妈倒霉，车子要年检，还当是一会儿呢，哪知一去就是半天，没挣钱不说，还被车管所收去三百元，你说冤枉不冤枉？女人一听也感到冤枉，想这钱应该找车主讨回来，是他的车子不达标。一想协议书上没写这一款，提出来车主也不会认账。罢！罢！哑巴亏已经吃下了，还是咬咬牙忍了吧。吃一堑长一智，下年签协议，这一款一定要加进去。想通了，女人就安慰男人，说年检一年就一回，迟早都要检的，别往心里去。男人气呼呼地说：你说得轻巧。迟不检早不检，快过节了检，到嘴的肥肉吃不着，我能不急吗？女人明白，干他们这一行的人有两盼，一盼天气骤变（下雨下雪或是奇冷奇热），二盼过年过节。前者是老天让他们发财,后者要归功于老祖宗,是五千年的文明史让他们发财。这两个发财的黄金时间女人有着亲身感受,那钱挣的真是容易,好像是捡,车子从早到晚就不见空闲,刚把前一个客人送到目的地,后一个客人又在向你招手。一天忙下来,把票子刷刷一数,比平常两天赚得还多!明天就是中秋佳节,男人没赚大钱不说,还小二姐倒贴,往外掏出三百元,放谁身上都不会有好脾气。但是生气也没用,女人想的是早点出车,多跑多赚钱,把今天的损失降到最低。女人坐进车里,放下玻璃对男人说:你回去吧。记住了,好好歇息。说着就发动车子出发了。

开夜车真是爽啊,路上车辆少,行人也少,车子跑起来风驰电掣。女人低头看时速表,指针已指向八十,车速还在往上飙升。女人不敢再快了,赶紧松开油门,让车子自由滑行。女人自干这行起,一直开白班车,车速从没这么快过。白天开车不易,两只眼睛睁得像铃铛,右眼关注乘客,左眼关注行人,余光还要注意红绿灯,车速刚快起来,遇上一个横穿马路的,得赶紧踩刹车,反应慢了会有危险,一天忙下来,脑袋都要累炸了。有一回女人去公司参加安全学习,听驾驶员在一起开玩笑,说出租车司机个个都是杂技演员,若是开赛车参加国际比赛,人人都能拿大奖!此话虽有点王婆卖瓜的意思,但是也道出实情——他们整天在大街小巷中穿行,车技也确实了得,那些跟领导开小车的人与之相比那是一个天上,一个地下,真正的天壤之别啊!女人在边上听得热血沸腾,浑身带劲。女人在这个行业里还是新人,但是她相信,不要多久,她也会成为一名技术娴熟,能与杂技演员媲美的车手的。

女人的车子跑得顺溜,心情也舒畅,思绪像快乐的小鸟在城市的夜空里自由飞翔,接班时的不快像西天的乌云飞到了九霄云外……突然,车内响起一阵亲吻声。女人当是错觉,仔细听,亲吻声还在继续。女人感到耳热心跳,她像做贼似的偷看一眼后视镜,镜子里的一对男女学生正拥抱在一起,男生的嘴巴紧紧地压在女生的嘴巴上,不时发出池鱼吃食的喳喋声。女人的心跳得厉害,她赶紧收回目光,把心思用到开车上。

这一对大学生是返校去的。他们的学校在大学城,离他们所在位置有二十多公里。女人走的是环城路。环城路人少路宽,沿途没有红绿灯,跑起来车速快,十多分钟就到了。女人收下钱,看着他们相拥而去,还没来得及发感慨,又有客人打车。这是一个女生,要进城去。女人走的还是环城路。车到城里,女生说去淮海宾馆。女人从后视镜里看女生,见她穿着入时,打扮艳丽,就想她是富人家的闺女。车进宾馆,一个中年男人从大厅颠颠地跑出来迎接她。看他们亲昵的样子,不像父女,倒像情侣。女人曾听人说,现在的大学生思想解放,敢用身体换钱花。女人听后不信,今天看到这个女生,她有点信了。这世界真是糟糕!女人慨叹一声离开宾馆。

夜渐渐深了,客人也稀少起来。女人掂一掂夹子上的钱,至少有二百多元。这才半夜,下半夜还会有收入,这就叫堤内损失堤外补,男人要是知道了心里一定会好受些。女人想打电话报一声喜,又怕时间晚搅了男人的梦,就忍着没打。女人精神十足,把车子开到市中心去碰运气,转了几条街没遇到打车的,想起男人说过的话,准备把车子泊到洗浴中心去守株待兔,刚到路口遇着一个男子向她招手。男子上了副驾驶的位置,女人发现他蓄着胡子,眼睛像刀刃一样在她的脸上剐来剐去。女人问他去哪里。男子说大学城。女人放下计价器,刚行驶又遇人打车。女人不予理睬。男子喊停车,说和他是一起的。女人想起男人对她的嘱告:对夜间分开打车的人要高度警惕,以防他们心怀叵测,另有图谋,最好的办法是拒载。女人在犹豫,还没想好应对办法,只见那人冲着她的车子跑过来,女人想不带已经晚了。这人上车后一言不发,车子驶上环城路,女人感到腰间有件硬物死死抵着她。女人过去是车工,凭感觉腰间的硬物应该是改锥。女人一阵心慌,知道遇上打劫的!车子摇晃一下又正常行驶。女人强迫自己镇静,当什么事也没有发生,她挂挡加速,想遇到行人或是车辆就停车呼救。哪知改锥已刺破衣服直抵皮肉，身后那人压低声音责令她停车。女人不听，继续行驶。蓄着胡子的男子伸手掐她，女人被迫减速，车刚停稳，双手就被反扭住，嘴巴也被胶带封上。女人吓昏了，下面的事就不知道了……

女人损失惨重，被劫财又被劫色。

早晨男人出来接班，见女人花容失色，眼睛红肿，纽扣脱落，人好像丢了魂魄，一副遭劫的样子。男人从女人手中要过钥匙，问她是病了还是遭遇麻烦？这一问，女人才找到发泄的出口，"哇"地一声号啕大哭。男人从女人的哭泣中得知夜间发生的事，气疯了，不问青红皂白，抬手给女人一记耳光。女人被打蒙了，像被武林高手点了穴位，半晌没动。女人两眼一眨不眨，死死地看着男人，像看陌生人一般。男人还在气头上，没说一句安慰话，开上车子就走了。

男人一走就是一个星期。

读书时男人学过一句成语叫做心如刀绞，他还用这句成语造过句。那时男人是死搬硬套，不解个中深意。今日男人有着切身感受——这感受深入肌体，痛入骨髓！

一个星期，男人没有合眼，饿了吃面包，渴了喝冷水，一直在这座城市里奔跑。开始时男人不带客，他把打车的人一律视为仇敌，遇见招手的男人，他想加速开过去，一下撞死他们！他在心里恨恨地骂道：你们是色狼！你们是恶魔！是你们强暴了我的女人，老子决不会放过你们，今天就是你们的死期！但他终究没有做。理智提醒男人，坏人只有两个，他那样做只会伤及无辜，给别的家庭造成缺憾和痛苦。冤有头债有主，男人要寻找的是禽兽不如的坏人！

这一天，男人一直在环城路上行驶，他寻找的是女人说的蓄着小胡子、眼睛像刀刃的男人。半天过去，一无所获。这天是中秋节，打车的人特别多，男人放着钱不赚。跑到下午，车箱里的油耗光了，车在报警，男人不得不停车加油。男人身上只带找零的钱，这钱仅能加很少一点油，如果还这么空跑，车子再次报警，他连加油的钱都没有了。车子无油就不能行驶,那样他将无法寻找仇人。无奈之下,男人才开始带客。

男人以环城路为起点,辐射城市及周边县区,客人下车他就返回来,目的只有一个——寻找小胡子。小胡子蒸发了,一天不见踪影。到交班时间,男人不去指定地点。女人打他电话,男人听而不闻,让铃声一直响下去。

日子仿佛凝固一般,每一天都那么煎熬。男人也想回去,但是没有找到小胡子,深仇未报,他心有不甘!时间过去七天,这天夜里,男人感到身体轻飘飘的,好像要虚脱,就把车子停在路边,想歇息一会再继续寻找。这一歇竟然睡着了,待他惊醒,已被几个人团团围住。夜已深,环城路上阒寂无声,男人来不及反抗,刚想报警,一个蒙面男子一把抢走手机,用短刀逼住他问:是要钱还是要命?好汉不吃眼前亏。见这场面,男人把几天跑的钱全部交出来。这事发生在一瞬间,得手后,几个人作鸟兽散,眨眼消失得无影无踪。

男人抬一抬酸痛的四肢,像做了一场噩梦!

男人愈想愈怕,今夜他破了财,但是免灾,算是侥幸!

男人由己而想到女人——这是突发事件,放在男人身上都无法应对,何况女人!女人遭遇不幸,内心一定痛苦不堪,而他非但没说一句安慰话,相反还离家出走。女人是无辜的,是他提出与女人调班,责任在男人,而不在女人!想到这里,男人狠狠地抽打自己一记耳光。耳光震耳,响彻在城市的夜空!抽打之后,男人用力抹去嘴角上的鲜血,把车子发动起来,挂上挡就往家的方向驶去。

走在路上,男人想,在心里掘一座坟墓吧,把痛苦深深地埋葬掉!

《天津文学》2009 年 7 期

白城之恋

咚！咚！咚！门外传来三声叩门声，声音很轻，很柔，白城一听就知道是谁来了，心咯噔一下停止跳动，继而像马达一样狂奔起来。白城热血沸腾，浑身痉挛。他赶紧放下筷子，双手紧紧地按住胸口，待心跳平稳了，才起身去开门。

果然是史敏来了！

史敏一脚跨进来，反手把门关上。

白城说，我知道你今天要来，所以就在家里守株待兔。史敏一听，举起拳头捶打白城，佯装生气地说，你坏，你坏，说人家是兔子，下次不理你了！白城笑呵呵地说，兔子不好吗？是红眼睛长耳朵的小白兔。说着将两手食指竖起，分别放在两只耳朵旁边，表明那就是兔子耳朵。史敏没忍住，被逗得咯咯大笑。

两个人来到沙发上坐下，史敏看到桌上的饭碗，惊讶地说，才吃早饭呀，你这个大懒虫，看都什么时候了？

白城从烟盒里抽出烟叼到嘴上，呵呵一笑，说，我是一个人吃饱，全家不饿，着什么急呀？

史敏一听不高兴了,脸立马拉下来,嗔怪地说,你还当你是一个人呀?真是的!说着把白城嘴上的烟摘下,在烟灰缸里揿灭了。

白城心疼得直咂嘴,说,烟是草中王,越抽寿越长。这支烟我刚抽一口,就被你糟蹋了,可惜啊。"老人家"曾经说过:贪污和浪费,是极大的犯罪。

史敏绷着脸说,奇谈怪论!她来到桌前,看白城碗里的饭,眼睛湿润了,责怪道,看你吃的什么,清汤寡水,一点营养没有!

见史敏心疼自己,白城拍拍肚子,故作轻松地说,早饭没那么多讲究。再者说,我营养过剩,也该减减肥了!

史敏一听大叫起来,你看你长得啥样,前胸贴后背,瘦得跟猴子似的,再减就成非洲难民啦!说着话两个荷包蛋已端到桌上,白城也不客气,摸起筷子一边吹一边吃,转眼就下了肚。史敏收拾好碗筷,跟着就着手准备午饭。白城这才看到,史敏来了,把中午的菜也买来了。

有家真是好哇!白城内心发着感慨。

史敏在厨房做事,白城一步没有离开,帮着端盘递碗,打打下手。其实也不要白城上手,两个人的饭还不够史敏一个人忙活的。史敏做事有条不紊,不一会三菜一汤就搭配好,再一会就炒好装进盘子,变魔术似的。白城目不转睛地看着,想往日自己在厨房里,手慌脚乱,眉毛胡子一把抓,丁零当啷忙半天,把厨房搞得乌烟瘴气,端到饭桌上一看,也就是一菜一汤。

吃饭时,白城拿出酒瓶倒了两杯酒。史敏不喝,说哪有女人喝酒的?白城劝道,酒是粮食精,越喝越年轻。喝两杯吧,美容的。史敏一听笑喷了,说,看你,刚才说烟,现在说酒,歪理一套一套的。

白城两眼看着史敏,问,你喝还是不喝?

史敏赶紧低下头,说,别老看人家,把人的心看得一跳一跳的。我……我喝还不行吗!

白城露出胜利者的笑容。

喝酒吃菜，白城直夸味道好。史敏说，好吃你就多吃点。白城听这话耳熟，好像在哪里听过，一想就想起来了，这是电视里的一句广告词。白城想，史敏可能与自己差不多，闲得无事，把时间都耗在电视上了。

几盘菜分量不是很多，两个人刚好够吃。菜和汤露了盘底，两个人的肚子都饱了。白城打着嗝，无比向往地说，这才叫生活，这才叫日子，我是早也想晚也盼，直盼着深山出太阳！

史敏强忍住笑。她走进厨房去洗刷，半响才接话，说我们这样不是挺好吗？就像赵本山和宋丹丹小品里说的，距离产生美。

白城叹息一声，说，他们那是演戏，表演给人家看的，而我要的是实实在在看得见摸得着的生活。

史敏听了心里一动，跟着重重地叹息一声。为了掩饰自己，她将水龙头开大，把厨房弄出一片哗哗声。

白城闹不清，他俩中间只隔着一层窗户纸，一捅即破，她怎么还不松口呢？

史敏五十五岁，比白城小三岁。别看史敏小，年初已办理退休手续。女人不比男人。白城五十八，上个月才退居二线，由局长变为调研员。白城原来是单位一把手，既然领导谈了话，他就交出手中的权，回家安心"调研"去。调研员是什么？就是退休代名词啊！白城性格豁达，心情开朗，人没退休，思想却提前退了。奔六之人，太阳已快下山，生命已走进黄昏，黑夜就在眼前。好比秋后的蚂蚱，不管身体多么健壮，精力有多旺盛，也蹦跶不了几时。但现在生活好了，条件高了，人的寿命普遍延长，活个百岁也不稀罕。联合国里那帮大鼻子蓝眼睛外国人大笔一挥，把人的年龄重新划分，这么一来，白城和史敏就被划进中年人的行列。中年好啊，年富力强，人生的路才走下一半，后面的路还很漫长。

但是有的人在路上走着走着却掉队了，落伍了，离开温暖的家庭，到另一个世界去了。

史敏的丈夫是十年前走的,那年史敏刚满四十五岁。古话说人生的悲事有三:少年丧母,中年丧偶,老年丧子。史敏刚到中年,就遭遇人生的一大悲事。遭此打击,史敏枯了萎了,足有两年时间,她才从丧夫的悲痛中走出来,开始正常人的生活。

史敏有一个女儿。女儿聪慧,品学兼优,在大学读书一直是学生会干部,毕业后留校工作。女儿是史敏的骄傲,更是她的安慰。女儿理解母亲,知道母亲一个人寂寞,动员她再婚。史敏没有想过这个问题。丈夫在世时,她的心里装着他们父女;丈夫去世后,她的心里只有女儿。史敏想就这么过下去,为丈夫守节终身,给女儿一个温暖的家。女儿说,妈,都什么年代了,您应该为自己着想。同事也劝史敏再婚,直到同事为她牵线搭桥,一个叫赵大发的男人出现在她眼前,她才动摇,打算再婚。

赵大发原也有过家庭,他的妻子在儿子两岁时下海经商。妻子水性杨花,移情于合作伙伴。赵大发一直被蒙在鼓里,他把妻子的夜不归宿理解为业务繁忙,直到妻子提出与他离婚,他还不清醒。妻子说出实情,他才如梦初醒。妻子去意已决,他不得不在协议书上签字。妻子带走她的产业,留给赵大发的是一套住房和正上幼儿园的儿子。光阴荏苒,岁月匆匆。目前儿子已读高中,与赵大发齐肩,是个大小伙子。

自与妻子离异后,赵大发把精力都放在儿子身上,把他视为自己的生命。与史敏结合后,赵大发一如既往,儿子上学他送,放学去接,风雨无阻,儿子回到家他心里才踏实。赵大发对儿子心重,对钱同样心重。史敏有女儿,两个人重组家庭后,他们就是四口之家。史敏的女儿读大学,住校,在一起生活的只有三个人。身为丈夫,赵大发把自己的工资紧紧地抓在手里。他把家庭的生活开销分为三份,他出两份,要史敏出一份,她的女儿节假日回来按天另算。赵大发的单位福利好,隔三差五就发鸡蛋、大米什么的。赵大发把这些东西都折算成钱,下个月分摊费用时如数扣回来。史敏想这不像是夫妻过日子，而是国外人相聚时的AA制，忍无可忍说了。赵大发拒不接受，反过来说史敏的不是，还吹嘘他是世界上最宽宏大度的男人，史敏住他的房子，他一直没算租金。史敏理直气壮地说，你我夫妻，房产共有，什么你的我的！赵大发嗤地一笑，从抽屉里拿出一页纸，抖一抖放到史敏面前。史敏一看，是房产公证书，上面写得清清楚楚：房屋所有权归赵大发所有。史敏惊呆了，好像不认识眼前这个男人了！这个男人与她名义上是夫妻，其实连同事也不如！史敏不想与他生活下去，她搬出自己的东西，与他分道扬镳。

这是一次失败的婚姻，史敏从此断了再婚的念头。

白城与史敏是在泰山邂逅的。

白城赋闲以后，一下成了时间的富翁，往日的繁忙与喧嚣远去了。面对无尽的寂静，虽说白城思想上早有准备，但当这一天真的到来时，他一时还难以适应，甚至有点手足无措。白城想调整心态，使自己尽快适应目前的生活。一日看报，一则旅行社的广告映入他的眼帘：泰山三日游，价格一千元。白城心有所动，他记下联系电话。泰山，白城曾经去过，具体是哪一年，与谁同行，一时想不起来。白城在位时国内好多名胜古迹都去过，有时开会，有时出差，公私不分就把景点看了。但大都是走马观花，看得不够细致。回过头来想，他想细看也细不起来。那时他大权在握，每次出差，身边不是司机就是秘书，到一个地方，对方要按规格对口接待、陪同，一行人看风景，乱哄哄跟赶集似的，看什么都静不下心，也很难发现美。现在不一样了，不管他去哪里，都不会有人陪同了。

史敏也是看到报纸上的广告，跟旅行社出来游玩的。

一个团队出游，就是一个整体，一个大家庭。佛家云：百年修得同船渡，千年修得共枕眠。素昧平生的人走到一起，而且一待就是三天，这是缘份。大家文明礼让，互相尊重。白城和史敏是这个团队年龄偏大的，受到的关照也多。为了照顾方便，导游安排他俩同行。听到这样的安排，白城和史敏对视一眼，相互一笑。就是这一笑，拉近了两个人的距离。

　　登山那天，史敏问白城来过泰山吗？白城说来过，但不记得了，来过跟没来一个样。史敏闻后哈哈大笑。白城反过来问她来过吗？史敏说没来过，平头百姓出门不容易，与你们当官的是天上人间——没办法比！白城惊问，你怎么知道我当过官？史敏说，现在都地球村了，你这个大局长三天两头在电视上露面，直往人眼睛里跑，我能不知吗？上车那会我就认出你了。白城认认真真打量史敏，正好史敏抬眼看他，见了笑说，你怎么这样看我，我又不是特务，专门来窃取你的机密。白城说，我已经下野，你这个"地球村"大概还不知道吧？史敏骄傲地说，我哪会不知？告诉你，我还知道你有一儿一女。儿子优秀，大学毕业后考进机关当公务员，刚二年就擢升为副科级干部；女儿出众，研究生在读，听说还没毕业就找好工作单位。白城惊问，你咋知道得这么多？史敏摊开手说，我是竹筒倒豆子，知道多少说多少。哎哎，你是当事人，我说得不错吧？白城被史敏逗笑了。白城感觉这个女人挺有意思，很想和她多聊聊，于是边走边说，你说得不错，请接着往下说，看看还知道些什么？史敏连连摆手说，没有了，真的没有了。白城想他的妻子两年前故世，这么大的事她不会不知。她知道而不说，一定是怕他伤感，可见这个女人的心地是多么善良，又是多么细腻。往山上走，白城从史敏的一言半语中知道她有一个女儿。她女儿是在省城读的大学，毕业后留校任教，现在是讲师。应该说，她的女儿也是出类拔萃的。但史敏轻描淡写，说得很平静，不夸大不卖弄，好像说的是别人家的孩子。白城突然对史敏有了好感。这个女人不一般，虽然刚刚相识，但白城已被她的谦虚、低调所折服。

　　史敏只字不提她的那一口子。白城感觉出，史敏可能与他的情况相似，要不她的丈夫一定会同游泰山，就像同车来的那些游客一样。

从泰山回来后，白城与史敏有了联系。

是白城主动打电话找史敏的。

回来休息一天，白城感到体力恢复得差不多了，就是腿还有点胀痛，肌肉紧绷，像要破皮而出。白城知道这是登山累的。白城缺少的是运动，在位时车子就是他的腿，上班接下班送，一天走不了几步路；到了二线，他连门都很少出。看来今后要多跑跑。生命在于运动，跑多了就不会有这种感觉了。

晚上，他给俩孩子分别打了电话，报一下平安。女儿问他玩得开心吗？他说挺好的，泰山之旅是他人生中最开心的一件事。女儿又问他都看了哪些好景致。白城张口结舌，支支吾吾地说不出所以然。女儿笑着替他回答，说泰山为五岳之首，古名岱山，又名岱宗、岱岳、东岳、泰岳，名称之多，为全国名山之冠。高峰玉皇顶，海拔 1545 米。泰山山体雄伟壮观，景色秀丽……白城印象里似乎见过这个地方，怎么就记不住呢？那时可能和史敏说话，一心无二用，没把周围的景致记在脑子里……白城找到原因，脸腾地红了，羞愧得如同偷懒的学生被老师抽查到作业。他忙抢过话说，鬼丫头，你又没去过泰山，咋知道得这么多？女儿嘻嘻一笑说，听哥哥说你去游泰山，我上网搜的。原来如此，难怪史敏说"地球村"呢！女儿在那头听到了，问白城道，老爸你说的是谁呀？谁叫史敏？是不是有人给你介绍阿姨啦？白城惊醒过来，知道说漏了嘴，赶紧遮掩说，没什么，没什么。放下电话，白城坐在沙发上想心事。这个鬼丫头，好像有千里眼顺风耳，比孙猴子还机灵，一句不慎她就听出端倪。自夫人走了后，同事朋友都劝他找一个，女儿和儿子也支持他再婚。他也动过念头，见过两个都不合意，感觉她们比不上故去的夫人。这事不能着急，白城想找不到合意的，他下半辈子就一个人过。夜渐渐深了，他拉开窗帘向外看一眼，星星在天上对他眨眼睛，好像在问他为什么还不睡？白城此时还不想睡，很想找个人聊聊天。家里只有他一个人，有话也无人说，只能闷在肚子里。白城在几个房间里走进走出，走得头都晕了。往日他有心思会用看书来催眠，往往是一页书没看到底，睡眠就排山倒海地涌来，眨眼间他就被淹没了。今天这办法有点失灵，他看了两页书还不想睡，看来今天不找个人聊天他是不会睡觉的。找谁？白城头脑里蹦出一个人，她就是史敏！

　　昨天从泰山回来，他们急急地分手，相互之间也没想起留下电话号码。在登山途中，白城想起这件事，后来被什么事岔开了。眼下唯一的办法就是打114查询，但是能否查到，白城吃不准。白城担心史敏家的电话用的不是她的名字，就像他家的电话用的是他的名，而不是已故的夫人的名字。白城抱着试试看的心理，拿起电话就拨，不想竟然查到了！白城屏住呼吸，颤抖着手拨打，他希望接电话的人就是史敏，而不是别的什么人。天遂人愿。白城激动得声音都变了，他对着话筒小声说，请问这是史敏家吗？史敏一听就知道是谁找他，故作不知问，你是谁呀，这么晚了还打电话找人？白城说，对不起，我是白城，请史敏接电话。史敏按捺住激动，问白城道，你咋知道我的电话？白城惊喜得站起身，口吃地说，你……你……真的是史敏？史敏忍不住了，笑说，你不管我是不是，先回答我的问题，你是怎么知道我的电话的？史敏连说两遍"我的电话"，白城听出端倪，更加确信自己的判断。于是卖弄地说，这还不简单，打114问呗！史敏恍然大悟，表扬道，你真聪明！

　　他们聊了很久，白城拿电话的手累得酸溜溜的。放下电话，已是深夜十二点。白城一身轻松地爬上床，想好好温故一下他们在电话里说过的话，不想竟然睡着了。白城做了一个梦，他和史敏重游泰山，在玉皇顶，他紧紧地拉着史敏的手，像电影里的慢镜头，跑啊跑啊，脚步跨得大大的……史敏羞得不敢抬头，说你快松手呀，众目睽睽的，人家会笑话的。白城开怀大笑，说，我才不怕呢，我俩谈恋爱，光明正大！白城笑声很大，自己把自己给吵醒了，醒来才知是梦。

　　通过几次电话，史敏主动要来白城家看看。史敏说是顺道来的，她到白城居住的小区办事，办好就过来。

得到消息，白城就开始忙碌起来。平时他一个人在家，东西到处放，抬眼一看乱七八糟的；地也很少擦，地板上浮着一层灰。夫人在世时，这些小事从不要白城动手。

史敏到来时，白城的家庭卫生还没有搞完，不过东西都归拢好了，看起来还像个样子。史敏看白城忙得满头是汗，夸奖道，想不到一个大局长，还蛮会做事的。哪个女人嫁你，那才叫幸福呢！白城苦笑笑，摇摇头说，我可没你想的那么勤劳，不是你来，我是懒得动手的。史敏过来抢拖把，说，我又不是贵宾，用得着你这样吗？白城和史敏面对面，他看着史敏的眼睛说，在我心里，你比贵宾还重要！史敏说，你过奖了。说着话，不知不觉就把一个房间的地拖好。白城在旁边搓着手说，你第一次来我家，咋好意思叫你做事？你赶紧放下，还是我来吧。史敏手不停顿，她对白城说，有你客套这工夫，好多事都做好了。白城这才想起去淘抹布。两个人做事快，史敏擦地，白城抹台面，半上午就把几个房间的卫生做好了。家里窗明几净，台面亮得像镜子。白城大发感慨，说真干净，家里好久没这么打扫过。史敏说，想干净还不容易，今后有用得着我的地方，招呼一声，我做你的义务保姆。白城连连摆手，说不能不能，再不能劳驾你了。史敏佯装生气，说你拿我当外人，不理你了！白城赶紧讨饶，说，听你的，下次有事就打电话请你。史敏噗嗤笑了，说，这还差不多！

上午的时间很短，眼看就到中午。白城想到这个问题，他对史敏说，你在这里坐一会，我去买几个菜，我们共进午餐。第一次来白城家，史敏不好意思叨扰，于是找个借口说，我还有事，和人家说好的，不能失约。既然如此，白城也不好勉强。白城坐下来和史敏说话。史敏问，你不买菜啦？白城说，你不在这里，我一个人不讲究。史敏说，我帮你做吧，做好了再走不迟。说着话就往厨房来，白城想阻止已经来不及，他尴尬地跟在后面。

家里没有菜了。史敏在厨房里看看，找出米开始淘洗。米下锅后，又着手准备菜。冰箱里有两个鸡蛋、一条黄瓜、一个土豆、几瓣大蒜，灶台上放着油盐酱醋，别的找不出可食用的东西。白城腼腆地说，不好意思，东西都在这里。史敏一言未发，她在想是不是出去买点东西来。白城像看透史敏的心思，叫她回去赴约，菜他自己做。史敏说，还是我来吧。说着就动起手来。史敏量体裁衣，先将鸡蛋打在小碗里，放入适量的油盐等作料，没有葱，她扒一瓣大蒜切成蒜泥代替，然后加入少量冷水，搅匀，放入锅里蒸。下一个菜是炒土豆丝。史敏刀功好，耳听笃笃笃一阵轻响，像风过树林，蓬蓬松松一堆丝状物就呈现在眼前。黄瓜做凉菜，去瓤切成片状，用盐拌，沥去汁水，然后用蒜泥、麻油炝制。前后二十分钟，三个色彩不同的菜已放到饭桌上。史敏解下围腰准备告辞。白城拃挲着手跟在后面，发自肺腑地说，这几个菜，打死我也做不出！史敏看时间不早了，她回家还要做自己的饭。她边走边说，还是那句话，今后有用得着我的地方，我招之即来，做你的义务保姆！白城点头如捣蒜，赶紧说，那敢情好！

  史敏说到做到，她真的成了白城的义务保姆。事在眼中，见到哪里不顺眼，史敏就帮助拾掇，做完了和白城聊天。白城也去过史敏家。他去是回访，更主要的是求证。

  事实摆在那里，白城的判断是正确的！

  从史敏家回来后，白城的心就活了。

  通过这些日子交往，白城感到史敏就是他所需要的人，但他不知道史敏是否与他有同感。从表象看，史敏对他的印象不错，要不她也不会如此待他。白城观察，史敏是个严谨、正派的女人。相识以后，他们交往频繁，除那天从泰山回来握过一下手，此类举动至今没有。白城想把他们的关系往前发展，让史敏知道他所思所想。当然最直接最有效也最痛快的方法是推开窗户说亮话，明确向她求婚。白城多次给自己壮胆，几次话到嘴边都没好意思说。看电视里那些年轻人，张口闭口就是我爱你，三分钟热度，有的人甚至下了床就翻脸，陌生如路人。白城想不明白，他们今后碰面了如何相处。两座山不碰头，两个人生活在同一天空下，想不碰面都不容易。心里搁着大事，白城如鲠在喉，不吐不痛快。日有所思，夜有所梦，说出来令人羞愧，但更叫人高兴和激动。一天夜里，白城为史敏梦遗了。梦遗是年轻人的事，白城婚前常有，结婚以后再没有出现过——这种生理现象说明，白城还年轻，精力也很旺盛。难怪大鼻子外国人要把人的年龄重新划分，原来人家是有科学依据的。

第二天，白城还在为梦遗的事兴奋，不想史敏突然来访。真是说曹操，曹操就到。白城心慌脸热，像做贼被人抓了现场，不敢面对史敏。史敏有所察觉，开玩笑说，看你躲躲闪闪的，有啥心思说出来听听？白城神态忸怩，不置可否。史敏走过来，想进一步询问，冷不防被白城抓住手腕。白城眼睛里火光闪烁，史敏看了一眼赶紧低下头，两腿像失去筋骨站立不稳。冲锋的时刻到了。白城看着史敏，开闸泄洪一般把心里话全部说出来。史敏听后，呼吸加快，身子如疟疾病人般的抖个不止。恰好相反，白城此时很平静，也很轻松。他在等待，等待史敏给出一个满意的回答。

过了很久，史敏才开口说话。她说，谢谢你这么看重我，我想我们还是做好朋友吧！

白城想不到史敏会拒绝他，他的心仿佛鼓足气的皮球突然被史敏拔去气门芯，勇气突然间跑走了。他松开史敏，默默地坐到沙发上。

白城是主人，主人不说话，史敏感到很别扭，没到中午就告辞走了。

史敏几天没到白城家来。

白城想史敏是不会来了。早知这个结果，那天他就不会那么说了。欲速则不达，白城为自己的行为后悔不已。可惜世上没有后悔药，如果有，哪怕是黄连，他也宁愿吃。

没有史敏，白城的日子过得清汤寡水，百无聊赖。

时间仿佛有了浓度，每一天过得都很缓慢、窒息。

这天下午，白城正准备出门，史敏来了。白城当史敏还像第一次那样来这里办事,顺道来看他,于是问,事办完了吗?史敏摸不着头脑,再一看白城拒人千里的样子,一切都明白了。史敏说,我专门来看你,第一次也是。

如此说史敏心里还有他,自己是杞人忧天了。白城问,这些日子你突然失踪,连人影也不见,怎么回事呢?史敏满脸歉意,说,我到女儿那里去了,那天想好要告诉你的,你紧紧拉住人家的手,说了那么多话,人家不好意思,后来就忘了。

原来如此!白城心里云开日出,阳光明媚,笼罩在心头的疑云一扫而光!那天史敏没急着走,在白城家吃了晚饭,又说了一会话才离开。

白城的生活又走上正轨。

史敏每周来两次,上午来,下午回。白城把这两天当成自己的节日。白城有点贪心,他想每一天都是节日。与史敏说起这事,史敏总是含糊其辞,不作正面回答。

白城有所不知,史敏是一朝被蛇咬,怕的是重蹈覆辙。

史敏虽然没有明确答复,但只要来了,也不再客气,午饭都在这里吃。

午后的时间很漫长。史敏今天听从劝说,喝了两杯酒,眼睛涩涩的,感觉有点困倦,于是和衣躺在沙发上。白城精力还很充沛,他看史敏闭眼小憩,赶紧合上嘴巴,轻手轻脚地走进房间。白城躺在床上,却睡不着,他竖起耳朵,能听到史敏轻微的呼吸声。白城躺着感觉有点凉,想史敏也是冷的,于是拿起毛毯,来到沙发前为史敏盖上。史敏却醒了,她一把拉住白城,要他坐在身边。白城顺从地坐下,史敏把毛毯拉一半在他身上。两个人共用一条毛毯,手在毛毯下相遇,便紧紧地握在一起。史敏双目微闭,嘴唇像朵美丽的花微微张开。这朵花为谁开放呢?白城凝视一会,情不自禁地俯下身,将自己的嘴巴轻轻地贴上去。

史敏好像知道白城会吻她,白城的嘴巴刚靠近,她就有了回应,客厅里像池鱼闹塘,响起一阵喋喋声。

花朵在呻吟,花朵在歌唱。

花朵像干渴的禾苗终于盼来甘霖。

花朵得到滋润，发出颤抖的声音：白城，你……你今天就吃了我吧……

白城像士兵听到冲锋的号角，身体腾地有了反应，浑身的血液开锅似的直冒气泡，心仿佛是一头小鹿在胸腔里不停冲撞……史敏柔情若水，怕冷似的把身子投进白城的怀抱。白城怜爱地看着她，从头到脚，目光随着身体的起伏而起伏。史敏有点等不及。

然而此时此刻，白城非但没有进一步行动，反而慢慢地平静下来，胸腔里的小鹿似乎疲倦了，不再拼力冲撞，回到原有的节奏上来。白城坐正身子，顺手把史敏也拉起来。白城想，他不能像年轻人那么冲动、草率。他要等史敏答复他，直到成为合法夫妻，否则他永远不会迈出那一步。

《山东文学》2009 年 4 期

男人的耻辱

　　今天与往日一样，太阳刚升起气温就高了。现在的天暖得早，春天只是过渡一下，春装穿上没几天就得换夏装。这不，离夏至还有二十天，夜里就盖不住棉被。石河子火力旺，前几天他就让白云把薄被抱出来晾晒。白云怕冷，夜里还捂着厚棉被。石河子笑话她，说她是母鸡孵小鸡，温度低了蛋就旺了。白云对石河子翻一下眼睛，嗔道：没正经。人家有鼻炎你又不是不知，着凉了鼻子难受。石河子说：那这样吧，你盖厚的，我盖薄的。白云说：这话可是你说的，咱们说好了，夜里不许钻我被窝！石河子笑说：哟嗬，想和我分居呀，那可不成！他们说归说，夜里当钻被窝照样钻，白云不会阻挡。日历一页页往下翻，他们的日子也一天天往下过，转眼就到了五月，还有十多天，女儿石月就要小升初考试了。养兵千日用兵一时，苦读六年，上重点中学还是上普通学校全看石月自己。这个话题石河子和石月说过不止一次，两天前他突然缄口不语，他怕说多了适得其反。石月是个懂事的孩子，他不想给她过多压力。

　　石河子不会想到，今天将是他活在人世的最后一天，明天他将离开这个世界。

　　这天一早，石河子像往日一样，起床后就进厨房，给白云打下手。在家里，石河子是合格的二传手，他和白云配合默契，白云做上一件事，他就做下一件，像工厂的流水线。譬如白云拿缸子舀米，石河子就往盆子里放水准备淘洗；白云洗菜，他就拿刀拿砧板；白云拿碗，他就收拾餐桌叫石月吃饭……早晨时间紧，两口子齐上阵，石月才能按时吃饭，按时上学，否则就赶不上早自习了；另外，石河子自己也要准备午饭。饭好办，是第一天留下的，用大葱蒜瓣炒一下，香喷喷地装进保温盒，上面再扣一碗青菜粉丝就是一顿丰盛的午餐。石河子的工厂离家远，中午回不来。白云考虑自己带饭实惠，既能吃饱而又节省钱。问题是天气暖了，饭菜放到中午容易变馊。石河子有的是办法，进厂后他把保温盒放到通风的地方，中午吃时不冷不热。当然经济条件好点的人家就不费这个事了，他们中午可以去食堂，买两个小菜，省得家人忙活。

　　石河子是车床工，过去带过几个徒弟，是名副其实的老师傅。厂里这几年效益不好，坡滑得厉害，几年里非但没招新工人，老人员还猫叼似的接连流失。走的都是强手。这年头大家思想都很解放，有奶便是娘，没钱叫爹都不应。石河子几次想跳槽走人，因顾虑颇多而难下决心。白云胆小，不敢让石河子出去闯荡，她对石河子说：别这山看得那山高，其实走到哪里都一样。既然白云这样说，石河子也就斩断走的念头。石河子收入不高，每月六七百元。一个大男人，家庭的顶梁柱，拿这点钱委实少了。好在白云会持家，虽说餐桌上难见荤腥，但米面蔬菜从没断过。

　　白云原来也是有单位的，而且单位还挺不错，一副生机勃勃后劲十足的样子。一天她在班上忙着，听车间里的姐妹们悄悄议论，说她们的厂要卖给外商。有的姐妹不信，说别瞎说，好好的厂子，卖给外国人，作死啊，打死我也不信！白云不爱烦神，厂子卖与不卖这不是小老百姓考虑的事，想了那是蚍蜉撼大树自找不痛快。只要有班上，到月领工资，哪怕厂子卖给外星人也不关她的事。岂料，几天后全厂的机器突然哑了，姐妹们通通回家休息。问是啥事，来者是个生面孔男人，他说厂里要搞人事改革。又问啥时上班。生面孔说到时通知你们。于是姐妹们散伙回家，他们盼星星盼月亮，惶恐不安地等了一个月，等来的不是上班的好消息，而是办理结算手续，要她们一次性买断工龄。白云虚龄三十八，工龄连头加尾不满十五年。这个年限结算就吃亏了，到财务处签字领钱，看着厚厚一扎，掂一掂还有些重量，一捻一数才八千元。白云拿着钱往回走，她清楚从今往后她与这个厂一刀两断，彻底没有关系了，生老病死要她一个人兜着。走出厂门，白云驻足回头，认真地看一眼，这一看她的泪如断线的珠子纷纷滑落。她抽一下鼻子，把下面的泪憋回去，揣上钱回家了。那天的天很好，万里无云，太阳亮得晃眼。进门时白云想，好天气里也会有不痛快的事情发生。

　　从这天起，白云走上了打工生涯。

　　开始白云还挺自信。古话说得好，老天爷饿不死瞎眼雀。白云好手好脚，身体健康，就更不担心被饿死。白云从那一扎钱里抽出三张去二手车市场买回一辆三轮车，紧跟着又去相关部门办了相关手续。三张票子没够花，她又抽出两张添进去。白云不怕花钱，但她从不乱花，要花也是花在刀刃上。手续齐全了，转天她就上街拉客。拉客当然得去车站。白云生活的这座城市工业不算发达，外来人口较少，火车、轮船、机场都没有，所以拉客只能去城南的长途车站。白云双腿有力，把车子骑出一定的速度，同时两眼不停地往两边睃巡，就这时她看到一名男子向她招手。白云一个急刹把车子靠过去，问他去车站吗？男子点点头，继而向白云打听去车站的价钱。白云第一次做这事，不知要多少合适。她想她是去车站拉客的，这是顺带，给多给少都是赚，就说你看着给吧。男子一听上了车。拉着人不比空车，上坡时需要下猛力，不然就上不去。上大桥时，白云像小时候那样离开车座站着骑，男子见了要下来，白云喘息着说：你坐好，我能骑上去。骑上桥顶白云呼出一口长气。下坡就省力了，白云任车子俯冲，待车速慢下来差不多就到车站了。白云停下车，男子递过来五元钱。白云要找零，男子说：别找，你说过随我给的。白云笑笑接受了。她目送男子去售票处买票，心想这人心地善良，是个好人。白云情不自禁地又投去一瞥，这才擦去汗水，到出口处等客。这一等就是半天，也不是没有客人，而是白云刚入这一行，同行者欺生，不让她靠前。这么一来，客人就被别人抢走了。好在白云已挣了五元，有那钱垫底，她今天就没有落空。后来白云就不在这里等，她想你们欺我，我就去外面，把客人往车站里拉，看你们拿什么办法对我。这样一来，吃苦的是白云，因为她不知什么地方有客，所以就得不停地骑。这座城市正在创建全国卫生城，好多道路不准三轮行驶。白云刚做这一行，看不懂路标，她不知哪里禁行哪是单行，结果被城管人员发现，当即扣下车子。问题大了，白云好说歹说，苦苦哀求，最后罚了二十元才放行。白云心里细算一笔账，半天下来，吃苦不说，这一进一出，她非但没赚钱，还倒贴十五元。上午的好心情像雨后的彩虹眨眼不见了，她看时间不早，掉转车头回家去。午饭后，石月上学，她又把车子骑出来。有了上午的教训，白云谨慎多了，她每到一条路都先看路标，再看有无三轮通行，有了她就大胆地走。这时她遇到一名男子招手拦车，白云心里一喜，心想与早晨一样，她的好运气来了。男子留着八字小胡，目光里有凉凉的东西，看着让人害怕。白云暗笑自己，说你拉人苦钱，又不是相亲，观察那么仔细干啥。她回头问男子去哪里。男子想了想瓮声瓮气地说：桃花岛！桃花岛白云知道，在城市的西郊，阳春三月，桃花盛开，那里是谈情说爱的好去处。男子不问多少钱，白云也不说。白云想还随男子给，男人大方，料想也不会少给。骑了几十分钟，走街过巷，出了一身汗水，终于来到目的地。白云停下车，男子前后一看，叫白云顺着小路往树林里骑。这时白云应该有所警觉，但她没把男子往坏处想。前面已没有路，白云才停下车。白云从车上下来，等男人付钱给她。哪知男人没掏口袋，反而动手拉她，把她往树丛里拽。白云头脑一闪，像闪电划过长空，她厉声问：你干啥？男子举止轻佻，龇着黄牙反问：你说干啥？白云沉着冷静，警告说：你规矩点，不然我叫人了。男子淫笑说：叫人？你四下看看，鬼都不会来这里！白云前后一看，果然不见人影。她感到事态严重，情况危急，当男子再次扑来时，她撒脚就跑，一路跑一路叫，直到看见护林员才停下。她寻求帮助，护林员跟着来了，哪知找到那里，男子早溜之大吉，还顺手牵羊地骑走她的三轮车。白云懊恼透了，她流着泪回家，气得一夜没合眼。石河子安慰她：在那种情况下，你能保住自己已是万幸。事情明摆着，这一行不适合她。从那往后，白云卖过菜，扫过马路，还收过废旧物品……每件事都干不长，最后她选中做钟点工，被服务的人家知根知底，比较放心。目前，白云为两户人家做午饭，每户给二百，她一个月有四百元收入。白云选中这个，主要能兼顾家庭，让石月按时吃上饭。

  白云做饭的这两户人家住在一个小区，而且是同一幢楼同一个单元。这也不奇怪，白云在前一户人家做事，后一户人家来串门，看白云做事干净利索，就选中了她。白云开始没敢答应，她怕忙不过来，顾了人家丢了自家，叫石月受委屈。后来听说两家同住一个单元，就答应下来。白云为两家做事，为两家买不同的菜，做不同的饭，但账目一清二楚明明白白。主人对白云很放心，还把家里的大门钥匙给她，让她进出方便。白云受到如此信赖，做事更加尽力，把主人的家当作自家一样看待。

  白云很会安排时间。石月上学、石河子上班后，她把家里拾掇好，时间大约八点左右。这时她出门，去菜场为两家买菜，一小时后到第一家，把菜准备停当，再去第二家做准备。时针指向十一点，两家的饭菜全部做好。菜是两荤两素。荤菜装进钵子，用盖子盖上保暖；素菜不怕凉，用碟子装。还有一个汤，配好作料，主人回来自己做。收拾清爽了，白云骑上自行车再次去菜场。这次白云是为自家买菜，她选择这时候去，图的是便宜。万物土中生，蔬菜离开水土，经过数小时摆放，水份已失去大半，看起来蔫巴老相，内行人知道质量并不很差，回家用温水浸泡几分钟，菜就舒展了，炒出来口感与早市买的不相上下，但价格却低得很多。白云原来不懂这个，菜场跑多了经验也就有了。看来每个行当都有学问，就看你是否用心观察。白云每天为家里买的菜大多是青菜萝卜，韭菜豆腐，隔三差五才会买几个鸡蛋——这是给石月吃的。石月正长身体，读书用脑筋，不补不行。虽说她和石河子两个人的钱加起来，每月在千元左右，人平三百多，但是不敢乱花。这物价看着往上涨，还有水电煤气、物业管理、人情往来、四季衣服……开门七件事，样样都要钱。最主要的，眼瞅着石月就要上初中，她的成绩在班级是前几名，但谁也不敢保证她一定能考上市重点，如果考砸了，要上市重点，不交一两万，门都进不去。家长会上老师多次表扬石月，说了她许多优点，还说她成绩平稳，没有大起大落。前两天班级开家长会，石月的班主任硬把白云请上台，要她介绍教子经验，让别的家长学习借鉴。白云能说啥，她的经验就是让石月一日三餐吃上及时饭，中午休息半小时。这能算经验吗？每一位家长都能做到。白云说不出口，就说没啥好说的。就这样她也老黄牛过河露了一回大脸，白云走下讲台往回来，开会的家长们目光齐刷刷地望着她，她从他们的目光里读出两个字：敬慕！白云好不自豪！她下岗咋了？石河子的工厂半死不活的又咋了？他们养了一个好女儿，这个女儿是千金难买、万金不换的！就是这样一个好女儿，白云和石河子还是不敢掉以轻心，他们怕石月考场失手。这样的事也不是没有，家长会上，班主任举出几个反面例子，要家长们吸取教训，不能重蹈覆辙。白云听后浑身直冒冷汗，她怕石月成为另一个反面教材。家长会回来后，白云就不让石河子给石月施加压力，考试前让她放松心情，自由发挥。老师说了，石月只要发挥正常，就一定会考出好成绩。

　　白云买菜选择的是露天菜场。露天菜场的菜新鲜而且便宜，这也是通过比较知道的。来露天菜场卖菜的大多是郊外农民，他们园子里种植的蔬菜吃不完，就割些到城里卖。去别的菜场卖菜要征收摊位费，还有那里的菜贩子搞垄断，不让农民进去，说农民进去会扰乱秩序，要卖只能整趸给他们，否则走人。如此一来，他们就可以哄抬物价，把场租和摊位费全部加到菜价里。露天菜场没有这事，菜都是农民直销的，没有中间环节，便宜也在情理之中。

  白云今天想给石月改善一下生活，过些日子就考试了，算是犒劳。她挑选几样蔬菜后，到卖鱼卖虾那里看了一眼，又继续往里走，在一家卖肉的摊位前停下。白云不记得石月有多长时间没吃肉了，反正自从肉价上涨她就没买过。要说白云没买肉也不现实，她每周都要来买几次肉，那是为主人家买的。那两户人家只要求吃好，有营养，从不问菜价。白云每天都来菜场，卖肉的男人看她眼熟，问她买多少？说着操起尖耳小刀在磨刀石上蹭两下，拿势要割。白云知道肉价，她犹豫着从口袋里掏出两枚硬币，指一指肉案上的肉，笑笑说：师傅，我买两元钱的。男人一听，刀往肉案上一扔，拉着脸说：你开玩笑吧，两元钱怎么割？不卖！白云有点难为情，她恳求说：师傅，我女儿读毕业班，学习很苦，我想让她补补身子，你多少割一点，我回家炒一盘。男人眼都不抬，说：我这里不是慈善机构。腿肉十六元一斤，五花肉十四元一斤，爱买不买。离远点，别影响我做生意！白云脸上挂不住，想她每天来男人这里买肉，他态度挺好，白云要什么他就割什么。现在想来，他那是认钱，没钱本性就暴露出来了。这时过来几个买肉的，男人开始忙碌起来。白云到另外几家肉案上看了看，暗暗叹息一声，又往回走。白云买菜喜欢认人，她过去一直在男人这里买肉，她想刚才男人对她发脾气，或许正跟什么人怄气，让她给碰上了。现在男人忙于生意，可能已把不快之事丢到脑后，她再次提出，男人说不定会高高兴兴地割肉给她。谁会放着生意不做呢，两元虽少，但也是钱呐。白云带着这种心情返回男人这里，她看到肉案上放着几块肉，分量大小不等。白云知道这是男人提前割好的，供买者挑选。白云默默估算一下，案上最小的那块五花肉有二斤，要二十八元才能买到。白云真想大方一回，买回那块肉，让石月痛痛快快地吃一顿。石月像石河子一样爱吃肥肉，她说肥肉香，好吃。想到石河子，白云也想让他改善一次，这块肉要是红烧，父女俩一顿准能吃得精光……白云想着，像梦游似的伸出手去，趁男人不备拿上肉就走。男人好像长着三只眼睛，白云刚离开他就发现了，他把尖耳小刀猛插到肉案上，一把擒住白云，要她放下肉。白云清醒过来，知道她做下丑事，向男人解释，说她不是有意的。男人冷笑一声说：奶奶的！我是火眼金睛，第一眼看见就知道你不是好人，偷了我的肉还说不是有意的。老实交代，偷过几次了？白云想她十二点前必须赶回家做饭，否则石月午觉就睡不成了。她垂着头向男人认错，说：对不起，我真的没偷过，这是第一次，请你相信我。男人说：鬼才信你！你若偷人被你男人抓住，保管也会说是第一次！说着挥手向白云的脸上抽去，紧跟着又是一脚。白云应声倒地，人在地上打了一个滚，手里还紧紧抓着她刚买的菜。白云看菜场里的人纷纷往这里聚拢，只想尽快脱身，她双膝并拢给男人跪下，请求男人饶恕她。男人像老鹰叼小鸡似的拎起她，抡圆臂膀又甩出一掌。白云的嘴里出血了，鲜红的血液顺着嘴角流下来。一个买肉的女人看不下，挡住男人，说：你怎么下得了手？不就一块肉吗？你称一称，算我送她的！男人看打也打了，他又没受损失，于是就坡下驴地把那块肉称了，收下女人的钱完事。白云感谢女人，起身向女人深深地鞠了一躬，逃也似的离开去。女人拿上肉追赶白云，两个人好一番推让，白云推辞不过，拿上了。

　　白云脸痛、身子痛，心里更痛，她不用照镜子也知道自己的脸肿得难看，回家后她处处遮掩，用背对着石月。石月粗心，竟然没有发现。下午白云哪里也没去，睡了一会起来，把肉拿出来洗了，切成块状红烧。

　　白云做肉很有特色，那两户人家吃了赞不绝口，说她炒肉脆而嫩，烧肉香而不腻。白云振作起精神，想她今天要拿出看家本领，为石月、石河子好好做一回，让他们见识一下她的烹饪手艺。

在那两户人家做菜，白云是照着菜谱操作，在此基础上又有所创新。那个小区用的是管道煤气，一打开关火苗蓝蓝地蹿出来，火力很猛。肉丝滴进少许酱油、醋和酒，醒几分钟，下锅爆炒，把锅端起来颠几下就装盘；烧肉用冷水过一遍，开锅后把水倒掉，加作料煸炒，待肉吃进作料再加水用文火慢烧。白云原打算也用此方法烹饪的，肉下锅后她又改变主意，她想还是用老方法好。说实在话，把烧肉的水倒掉真的很可惜，那水是富有营养的——白云今天想让这块肉的营养完完全全地进入石月和石河子的肚子。白云先用葱姜在油锅里炸，油烧热后把肉放进去煸，煸好后加少许水。家里用的是罐装煤气，火力远不如管道气好。白云把灶火拧小，用文火慢烧，让味一点一点地渗透进肉里。过了一会，厨房里布满了肉香味，那味如丝如缕，直往人鼻腔里钻。白云想石月和石河子很少闻到肉香味，而她每周都能闻上几次。白云不是馋嘴人，换句话说，她要是嘴馋想吃肉，为那两户做饭，怎么也能品尝一口，打打牙祭过过肉瘾。然而她没有，她没有一点这方面的欲望。

时间差不多过去一个小时，白云不用开锅，从气味上就判断出肉已烧透。她把灶火关上，把肉装到钵子里，等着他们父女二人回来。

是石月先回来的，快考试了，老师不打疲劳战，也没布置家庭作业。石月进屋后，张开鼻孔这里闻闻那里嗅嗅，拉住白云问：妈，你做什么好吃的？家里这么香！白云刮一下她的鼻子，羞她说：小馋猫，妈妈什么事也瞒不了你。石月摇晃白云，说：好妈妈，我口水都下来了，快告诉我是什么嘛！白云说：红烧肉！石月一听，高兴地跳起来，拍着手说：呕！呕！太好啦！就这时石河子下班回来，见石月跳着叫好，问什么事这么高兴？石月眼睛眨动一下，向白云摇摇手，示意她别说话，这才转过身说：爸爸，你猜猜看我们家做什么好吃的？石河子刚进家就知道了，他开口就说：烧肉了对不对？石月看一眼白云，像个大人似的叹息一声，说：一定是妈妈提前告诉你的！石河子笑说：我比你回来得晚，咋会先知道？石月不再管爸爸是如何知道的，她不停地流涎水，直催妈妈快吃饭。石河子动作很快，他把桌子收拾好，还把过年喝剩下的酒拿出来。父女俩坐下来，石月抢先打开钵盖，拣一块肥肉放到嘴里，吧嗒着嘴说：真香！石河子看白云没有过来，说：快来呀，来晚了我们就吃光了。白云有意磨蹭，她说：你们吃吧，我头疼不想吃。石河子听白云说头疼，也就没多想，和女儿比赛似的大口吃。二斤五花肉，不一会就见了钵底，石月端起钵子把肉汤倒进碗里，和饭吃了，抹抹小嘴出门玩去。石河子喝完酒，突然感到哪里出了问题——今天不过年不过节的，吃什么红烧肉呀！石河子喊出白云，指着空钵子说：这一钵子肉多少钱？白云不抬头，说：肉都吃了，问这个干吗？石河子闻后心里不解，想这叫什么话？平常你从牙缝里省钱，今日出手大放，我问一问不行吗？白云见石河子脸色不好，想他一定是心疼钱，就说：今天的肉没花钱，是好心人送我的。石河子一听感到奇怪，眼下肉价飞涨，白云是个下岗女工，谁会送肉给她？这里面别有问题呀。他板起面孔对白云说：你实事求是，把今天的红烧肉说说清楚。白云还是不抬头，她说：你放心，这肉绝对干净，我没做对不起你的事。石河子愈听愈糊涂，他气恼地说：我问你肉是怎么来的，你咋绕来绕去的不说真话？白云看石河子认死理，知道不说是过不了关的。但要是如实说她又张不开口，于是恳求道：别问了好不好，我求你了！石河子一听呆住了，像被谁点了穴位似的一动不能动。石河子的心在流血。白云与他是贫贱夫妻。贫贱夫妻百事哀，但他没有想到白云会耐不住贫穷走上歪道！这个贱人，她不让问，我今天偏要问个明白！石河子刚才喝下的几杯酒全跑到头上，把脑袋都快撑炸了，他咬牙切齿说：不行，你把你做的丑事说出来，不然我和你没完！白云偷眼看到，石河子脖子上的青筋像蚯蚓似的暴凸起，两只手攥成拳头，整个人都痉挛了。白云与石河子夫妻多年，她知道石河子气急了就是这样。果然，他一拳砸在桌子上，钵子跳到地下，"砰"一声摔得粉碎。白云看事情闹大了，这才哭着把事情的经过说出来。石河子闻后久久无语，他把拳头举起来照准自己的脑袋狠狠地砸下去。白云扑上来按住他，说：要打你就打我吧……石河子甩开白云，一头钻进卧房，直到睡觉也没有出来。

这一夜很煎熬人，时间像蜗牛一样爬行，已是后半夜了白云还没有睡着，身子早就麻木了，白云想换个姿势睡，身子刚动，板床就咯吱吱乱叫。该死的床！白云在心里暗骂一句，赶紧停下来。白云感觉石河子也没睡着。石河子爱打呼噜，呼噜声没有响起，说明他还醒着。白云不想说话，也无话可说。电子钟在夜色里不紧不慢地走动，滴答！滴答！枯燥、机械、乏味得很。白云想的全是白天的事，她的大脑像放电影反复回放那令人难堪的一幕。这是她人生的耻辱！白云的脸在发烧，她想这是她人生的污点，一辈子也不能抹去。她谴责自己，诅咒自己。白云知道这事要是传出去，那两户人家再也不会信任她，说不定还会把她当作瘟神一样扫地出门。换位思考，就是她白云也不会引狼入室，与一个手脚不干净的人打交道。试想要是无处打工赚钱，一家人依靠石河子那几百元过生活，那日子将会如何？还有女儿石月，不久就要升学考试，如果她听说自己的母亲是个贼，为二斤肉被人家抓住了痛打，可以想见对她的打击是何等之大！这无疑将会影响她的成绩，一旦考场失利，上不了重点学校，石月自己接受不了，她和石河子更不能接受！白云心如刀绞，她不敢想了……

如白云所想，石河子真的没有睡着。家里出了这等大事，他怎么能安然入睡？他毕竟是个男人，一个男人的妻子当众遭人凌辱，为二斤肉给人下跪，这不光是白云的耻辱，更是他石河子的耻辱！人们常说男人膝下有黄金，殊不知，女人膝下也是有黄金的啊！人一旦给人下跪，这辈子就矮了，永远挺不起人生的脊梁。石河子活了四十岁，第一次发现自己是个无用的人，他愧对妻子，愧对家庭。他枉为男人！

男人是什么？男人是妻儿的晴雨伞，烈日当顶，晴雨伞是一片阴凉；雨雪来临，晴雨伞又是一方晴朗的天。而他非但不是晴雨伞，而且还躲避风险，在家庭的港湾里苟且偷安，满足当前。同厂的师傅大多外出闯荡，经受风雨洗礼，如今他们的生活都比昔日好，而他却前景茫茫，生活堪忧。

石河子心里电闪雷鸣，他像冬眠似的苏醒了，复活了，身上的每一根血管宛如一条条小溪哗哗地流淌。这条条小溪里奔涌的是一个血性男人的血！石河子再也躺不住，他从床上下来，从石月的书包里找出纸和笔，给白云写下一封简短的信：

白云我妻：
　　石河子枉为人夫，枉为人父，我无颜面对你们！
　　　　　　　　　　　　　　　　　　　　石河子绝笔

石河子摸黑把信压在电子钟下，然后找出一根绳子，悄悄地走出家门。废黄河边有棵歪脖子树，石河子径直向那里走去……

《西湖》2010年2期

忠字塔

1

梦想的床上功夫很是了得，一般人比不上。她每天凌晨四点醒来，到七点飞翔离开家，整整三个小时，她像冬眠的虫子一动不动，给人造成沉睡的假象。这功夫不是与生俱来，而是多日苦练，才成正果。

老话说，台上一分钟，台下十年功。开始时，梦想也躺不住，过不多久就变换睡姿，仰睡、侧睡、俯卧，像烙饼，把席梦思折腾得像行驶在海面上的一叶小舟，漂浮、颠簸、摇晃。结果是梦想自己"晕船"，睁着眼睛盼天明，而飞翔却轻驾"小舟"，乘风破浪，直抵黎明的彼岸。

飞翔早出晚归，每天都是很晚才回家，十二点上床。他睡眠很好，身体某处像有开关，上床即睡，天明即起，七点出门，每天如此，日子仿佛复制一般。

梦想今夜有点反常，没到三点就醒来，感觉小腹胀痛。梦想想忍一忍，坚持到天亮。谁想小腹很不好受，感觉像气球，再"充气"就要破裂，于是赶紧起身，到卫生间解决问题。昨晚明明打电话回来，说

"十一"长假不回家,和同学爬黄山去。梦想尊重他的意见,说你是大人,大三的学生,应该有自己的主张。明明高兴地说,你是天底下最好的妈妈。妈妈万岁!说后忙不迭地挂电话。知儿莫如母。梦想知道,明明说的同学,一定是他的女朋友。梦想跟看到一样,明明打这个电话,他的女朋友就站在他身边,正竖着耳朵听他们母子说话呢。明明的小秘密是今年暑假在家时不慎泄露的。开学前梦想问他,他左遮右掩,头摇得像货郎鼓,说没有这事,妈妈造谣。梦想说,你不说也罢。不过妈还是要提醒你,妈是过来人,过的桥比你走的路长,吃的盐比你吃的米多,你既然和人家好,就要以诚相待,用心和人家相处。你是男人,男人要言而有信,君子一言,驷马难追。明明听出母亲话中有话,表态说,妈妈你放心,我一定记住你的话。

梦想有个习惯,有了心思就要吃瓜子。吃了瓜子口干,于是就不停地喝水。水喝多了就要小解。从卫生间出来,梦想就睡不着了。室内很静,电子钟的走动声聒耳烦人,梦想就用数秒来分散注意力。她从一数到千,又从千倒着往回数,反复多次,不厌其烦,如同少女时代做游戏。窗口隐约出现一丝曙光,光像长了脚,透过窗帘走进卧室,水墨似的漫漶浸染,一寸一寸地往前走,过程稚嫩而缓慢,像春蚕吐丝,似小鸡破壳,好像受到惊吓就会逃走似的。曙光走遍卧室的角角落落,把物体的轮廓勾勒出来——天渐渐明亮起来。飞翔蠕动一下,适时地睁开眼睛。

飞翔不恋床,睡醒即起,把衣服抱去洗漱间穿戴。飞翔讲究仪表,头发梳得一丝不乱,领带也打得恰到好处。前几年,梦想就是他的镜子,领带也是梦想帮助他打好。现在不用了,他都是在洗漱间对着镜子完成这些事。

飞翔离家时是七点五分,比往日晚走五分钟。

2

飞翔是个不大不小的老板,身价千万。这个数放在十年前可算为天文数字，但在今天，只能算一般。在梦想生活的这座城市，可以说是不足挂齿的。

回过头看，飞翔有今天也是不易。

梦想原来和飞翔同在一家服装厂工作，梦想做缝纫，飞翔当机修工。梦想做的是流水业，一件服装从上线下来，她按分工缝纫好其中的几道线，转手传到下线去，工作紧张而有序，车间像个大蜂房，机声唧唧，"蜜蜂"忙碌。这事放在今天，机器人都会做，而且做得比人快。梦想做二十年缝纫，连一件完整的衣服都没有做过，更别说裁剪那样的技术活了。飞翔则不同，他干机器修理，这事不好流水作业，更不能像医院，内科外科分得清楚，技术必须全面才行。谁的缝纫机坏了，报修单交到修理班，班长交给谁，谁就拎上工具包出来，像医生出门为病人诊治一般。在服装厂工作过的人都知道，干缝纫的都是女人，干修理的都是男人，二者不可颠倒。如果哪个男人混在女人堆里做缝纫，或是哪个女人裹在男人群里学修理，是要遭人笑话的。好了，机修工来了。梦想此刻不管多忙，都会忙里偷闲地看一眼来者。在服装厂，修理工与缝纫工同属工人阶级，相互依存，是唇齿关系，但地位却有悬殊——前者优越，傲起来鼻孔能翘到天上去；后者有求于人，身价自然就低了一点。如果不服，那就等着吃苦头吧。人吃五谷杂粮，小病小灾在所难免；机器每天运转，零部件难免受磨损，积羽沉舟，突然某一天机器就闹罢工不运转了，这时你就有求于机修工。你也可以不求人，大家为了一个共同的革命目标走到一起来，我报修是工作，你修理也是工作，大家按公办事，谁也不欠谁。机器修好了，修理工拔腿走人。可没过几天，那台机器又旧病复发。机器三天两头出故障，工作效率就低了。一泡鸡屎坏缸酱，一台机器直接影响到那个班组的工作成绩，流动红旗眼看就要落户其他班组。组长急眼了，主动与机修班沟通，要求把飞翔派过来。飞翔的夫人就在这个组，他来了自然尽心。果然不一样，那台机子经过飞翔精心修理，比新机子还好使。那个女工，不但对飞翔崇拜，对梦想也亲近起来。

如果不是企业转轨改制，他们的工作和生活将会按原有的轨道运行。工作虽然紧张，但很充实；生活虽说清贫，但是没有奢望。

服装厂改制后，飞翔站出来把梦想所在的车间承包下来。

有人说，人要是走运，跌个跟头都能捡到狗头金；若是倒霉，喝口冷水都牙疼。飞翔属于前者。

缝纫车间承包下来，飞翔改变思路，由做服装改做劳保用品。开始梦想还有顾虑，怕做劳保用品利润低，到年底挣不出承包金。飞翔思路清晰，主意笃定，他把精力一半放在生产上，一半放在市场上。在梦想的记忆里，用一个字就可概括：忙。那时加班是家常便饭，星期天也不休息。人为财而忙碌，鸟为食而奔波。加班有钱拿，女工们不但不叫苦，还说飞翔好话。近水楼台，那时梦想已离开车间，到财务科当科长。账面上不断有钱汇进来，常常是一份订单的活还没做完，下一张订单已开始催货，说日进斗金也不为过。

日出日落，桌上的一本台历在不知不觉中被翻完了。年底盘账，刨去承包金，赢利八万！那时月工资不足千元，飞翔用不到一年时间就让他的家迈进小康。

3

与往日一样，飞翔离开家，梦想就起来了。梦想的生活也是复制的，但今天她晚起了五分钟。其实她早起也无事。明明在省城读大学，不用她照料；她自己也不用上班，她是一个人吃饱，全家不饿。梦想的早餐很简单，一杯豆奶，一块蛋糕就对付过去。回想做缝纫那些年，肚子像漏斗，老也填不满，少一口都不自在。现在别说少吃一口，让她一天不吃都不会有饥饿感。梦想不为难自己，不想吃就少吃点，就像睡觉，走的是形式，完成的是任务。

从卧室来到客厅，又来到洗漱间，梦想在寻找，她像个爱钻研的好学生，要求证出飞翔迟走的原因，摸清他在这五分钟里干了些什么。

洗漱间的镜子如果是摄像探头，她揿一下回放键，事情就一目了然了。可惜不是。梦想与镜子里的自己对看一眼，无奈地摇摇头。梦想顾不上洗漱，重返客厅。梦想家的客厅是经过改造的，原来与阳台之间有一堵墙，装修时怕采光不好，把墙打掉，与阳台连接起来。阳台是全玻璃封闭，钟点工昨天刚来过，玻璃被擦拭得一尘不染，就像没装玻璃一样。阳光很好，穿过玻璃，像舞台上的追光照在茶几上。茶几上有一堆瓜子壳，被"追光"镀上一层金色，蝉蜕似的卧在一处。瓜子壳排列有序，没有一粒横卧或是倒放，很是壮观。吃瓜子时，梦想想着事情。这一堆瓜子壳，是在自己无意中排列出来的，如果有意而为，是需要极大的耐心的。昨晚幸好没有收拾，收拾了就见不到了。梦想心里酸酸的，落寞的心情和室外的明媚阳光有着极大的反差。梦想两眼快速眨动，让泪水倒退回去。

飞翔一定是看到的，他今天迟走，莫非为的就是这个？

不可能！这个想法刚冒出，就被梦想掐掉了。

继续寻找。梦想的目光落在一袋未拆封的瓜子上——瓜子下压着一张纸条，梦想抽出一看，是飞翔留下的。上面写着：

梦想：

几天长假，我出去走一走。

飞翔即日

答案找到了！梦想坐到沙发上，如释重负地叹出一口气。看来飞翔是出远门了，他会去哪里呢？此行不会是一个人，他一定会带上财务科那个小妖精的。梦想想弄明白，顺手拿起电话，拨了一半又停下。飞翔已经走了，就是带着小妖精，你奈他何？这种事电视剧里多的是，男人一旦当了老板，没几个不好这一口的。全是臭钱惹的祸！

梦想把那包瓜子拆开，捏出一粒往嘴里送去……

4

小妖精的名字叫相逢，和梦想在一个班组。她俩曾经是无话不说的好朋友，用姐妹们的话说，好得一个鼻孔出气，好得同穿一条裤子。相逢笑眉笑眼的，小脸鲜嫩，双乳尖挺，蜂腰弯弯，圆臀翘翘，别说男人，就是同班组的姐妹们也爱多看她两眼。用今天的话说，叫吸引眼球。"小妖精"是姐妹们合伙起的，是昵称。因为她和梦想好，她的缝纫机坏了，梦想就让飞翔来修理。飞翔自然尽心，把看家本领都拿出来。机子修好了，还用棉纱里里外外地擦拭一遍，把机子擦得锃光瓦亮，能当镜子使。飞翔离开时，出于礼节，相逢想送一送，刚抬脚就被梦想拉住。梦想说，别婆婆妈妈的，他认得路！相逢笑笑收住脚，目送飞翔远去。

飞翔承包缝纫车间，把车间更名为"飞翔服装厂"，厂长就是飞翔本人。麻雀虽小，五脏俱全。既然是厂，相应的科室就该设置，如同人的四肢，缺一不可。梦想和相逢同时离开缝纫岗位。梦想到财务科当科长，兼管总账；相逢到办公室做主任，兼接待。两个人同时成了飞翔的左膀右臂。姐妹们都说，相逢的岗位变化，是梦想的枕头风吹的。这话有些夸大，但也不无道理。

那时候，飞翔出差回来，常去的就是财务科和办公室。财务是命脉，收支必须了然于心；办公室是企业形象，也是对外窗口，来的都是客，全凭嘴一张，接待不能马虎。在办公室做事，最难还是喝酒。与相逢共事多年，梦想压根儿不知道她那么能喝酒。梦想与相逢一道接待过一次客人。是飞翔硬拉她去的。上了饭桌，梦想滴酒不沾，话也说得少；饭后去歌厅，梦想既不唱歌也不跳舞，像个局外人，与热闹的场面格格不入。相逢就不一样了,她八面玲珑,谈笑自如,喝酒不让须眉;到了歌厅,她先歌后舞,像只美丽的蝴蝶,在客人间飞来飞去。人比人死,货比货扔。亲眼目睹,梦想惭愧不已。梦想有自知之明,后来飞翔再叫她陪客,她就不愿掺和,主动避开。

渐渐地,飞翔来财务科的次数少了。要了解收支情况,都是回到家里。但他到办公室的次数没有减少,除此,还经常把相逢叫去厂长室谈话,一谈就是半天。这也无可非议,办公室就是为厂长服务的。后来情况出现新变化,飞翔出差也把相逢带上。这事飞翔和梦想说过,他出门洽谈业务,难免要喝酒,带上相逢,目标分散,他就能少喝一点。这话梦想深信不疑。酒场如战场,好多业务都是在酒桌上拍板的,前提是看你喝酒的态度如何。酒桌上有一句话:感情深一口闷,感情浅舔一舔。闷就是喝,不管大杯小杯,端起来一口闷下去。看他们那个喝法,梦想有点不寒而栗。酒烈如火,她为他们担心,怕他们的胃被酒烧穿了。

财务科的姐妹曾提醒过梦想,要她注意点,防患于未然。梦想不愿把他们往坏处琢磨。飞翔与她自由恋爱,感情深厚,想他不会见异思迁,做出草率之事的;相逢是她多年好友,亲如姐妹,也不会做出对不起她的事情。她可以高枕无忧,不必自寻烦恼。

明明读高三那年,飞翔让梦想回家做全职太太,全身心照管明明。怕梦想有想法,飞翔做她工作,说工厂是我的,也是你的。你回家不是下岗,而是做贵族,待明明读大学,你想干什么都行。梦想听飞翔说话有道理,就回家了。

5

刚回家那几天,梦想把家里里外外地收拾一遍,洗被子洗窗帘。家变得纤尘不染,走进屋子,清新的气息扑面而来,恍如走进三月的桃林。梦想家里有钟点工,做午饭、除尘都不要她动手。梦想回家后,午饭改为自己做，钟点工每周来一次，只做卫生。这与飞翔的初衷相去甚远。梦想对飞翔说，我又不是七老八十，好手好脚的不干活，别人会说闲话的。飞翔想事已至此，也就不多干预。其实也就是一顿饭的事，做好了也就没事了。梦想闲时间很多，明明上学后，她要么睡觉，要么看电视。电视没多少好看的，有些电视剧不看还好，看了让人心乱，添了许多烦恼。譬如，有些男人有了钱就生花心，养小蜜包二奶，把糟糠之妻冷落一边。更有甚者，把原配夫人休了，将二奶转正，正经过起日子。由人及己，梦想心里有了忧愁。飞翔身价千万，已然不是昔日的那个飞翔了。那个服装厂他先是承包，赚了钱，干脆把工厂买下来。现在的厂是飞翔本人的。也可以说，是他和梦想共有——这话姐妹们对她说过，飞翔也说过。梦想好像在梦中，心里没着没落的，不相信这是真的。相反，她却有弃妇之感。

　　这种感觉不是无中生有，更不是无病呻吟，而是真实存在。明明在家时，飞翔还记着家，隔三差五早回来一次，问问明明的学习情况。明明考上大学，他在家的时间就少了，家变得很小，小成了一张床，睡觉而已。梦想刚过五十，还没进入老年，身体还有需求。她记得清楚，飞翔从办厂起，与她说话就少了，床上的事也稀了。她回家后，床上的事就断了。断就断吧，人总有老的一天，也不是离开那事就活不成。梦想没想到这一天会来得这么早，早得她惊慌失措。梦想站到镜子前反复端详自己，她的脸虽有皱褶，但还有光泽，也有弹性，还没到有碍观瞻的地步；头发较过去稀了，也黄了，但是没有白发。五十的人，有她这个样子已是难得。但是不能和年轻人比，也不能跟相逢比。相逢小梦想五岁，到她这个年纪，别说五岁，小一天也是资本，值得炫耀。

　　梦想在健康杂志上看到，男人的更年期比女人到得晚。民间谚语说：年过七十五，养个趴地虎。说的就是男人。梦想与飞翔同岁，梦想还没到更年期，飞翔就更不应该到。想年轻那会，他俩是多么好啊，好得如胶似漆，谁也离不开谁，白天盼天黑，上了床就直奔主题。办厂之前，他们虽没有年轻时的激情，但隔三差五还是要燃烧一次的。火是温火，不很热烈，但是也能温暖家庭，让人心生念想，感觉生活有滋味。这一切已成往事，留给梦想的仅是回忆。

梦想不是多疑，有些事发生的有点蹊跷，让她百思难解。

梦想前天去商场购物，在电梯里与相逢不期而遇。梦想刚要打招呼，相逢却背过身去，装作寻找东西，在包里翻来掏去。从一楼到五楼就那么点时间，电梯门一开，她撒腿就走，眨眼消失在人群里。走出电梯，梦想不明白相逢为何要这样待她。她想起姐妹们提醒过她的话，过去她不信，今天看早成事实了。做贼人心虚，放屁人脸红。如果相逢没做亏心事，她俩在电梯里邂逅，一定会像过去那样，亲热地挎上膀子，一同逛商场，还要买一袋可口小吃，两个人一边吃一边溜达，碰上要买的东西，评头论足一番，最后才会买下。

梦想的心情坏了，那天什么都没买，是空着手回家的。

6

梦想不上班，但她知道"十一"放七天假，电视和报纸早就宣传的，叫黄金周。明明不回来，和同学爬黄山去；飞翔不在家，出去走一走。就是说，这七天只有梦想一个人在家。飞翔会去哪里呢？留言条上没说。梦想感到自己幼稚可笑，飞翔去哪里怎么会告诉她呢！七天是漫长的，飞翔不会一个人外出。一个人太寂寞，相逢这个小妖精是办公室主任，这几天一定相跟相随，不离左右。

不知不觉中，一袋瓜子见了底。梦想口干舌燥，早饭也不想吃了。瓜子壳排列有序，像蜂窝。梦想不想收拾，就这么放着。太阳转了方向，"追光"已不复存在。客厅里的石英钟没心没肺地走着，滴答声声，枯燥单调。梦想的眼睛跟着秒针转，一圈、两圈、三圈……梦想想有如一个人无聊地呆在家里，不如也出去走一走。这个想法浮出脑际，好比水中葫芦，想捺捺不下。去哪里？梦想一下就想到她插队的地方。那里是她的第二故乡，也是她成长的摇篮。那里有苦也有甜，苦的是田间劳动，甜的是收获了爱情。

梦想是最后一批下放知青。她记得清楚，从她生活的这座城市到落户之地，要转几次车才能到达。下放时她刚出校门，满脸稚气；回城时已是满手老茧，面带沧桑。回城后她一直没有去过那里，那里的一草一木却经常在梦里出现。定下要出门，梦想就不多耽搁，把洗漱用品准备好，又拿出影集，打开其中的一页。这一页是空的，照片不在。梦想当拿错影集，一看没错，从头翻到尾，还是不见她要找的那张照片。是丢失还是被谁抽走了呢？梦想出门心切，已无暇细究，她想待回来再慢慢寻找。梦想打车去车站。她知道去那里有直通车，走京沪高速，五个小时就可到她插队的县，中途不要转车。三十年前，梦想每年都要坐车往返一次。线路是：先到插队的地区，然后转车去县里，最后乘坐手扶拖拉机抵达她插队的公社。那时没有高速路，一条柏油路窄得像鸡肠，朝发夕至，四百多公里的路要走一整天。

班车很多，梦想到了就上车。

高速路平坦如镜，如果不看窗外的景物，感觉不出车子在行驶中。梦想过去晕车，坐车就是受罪；今天不但没晕，感觉还挺舒服。

车子路过地区，梦想想提前下去，于是请司机停车。

下放那几年，梦想每年都要路过这里。回城那年，梦想与飞翔专程来过一次，在此逗留一天。这座城市的繁华处有一尊时代特征很强的建筑——忠字塔。此塔形同天安门前的人民英雄纪念碑，矗立在"八面佛"的旧址上，为城市一景。塔高三十米，宽三米余，顶端心形。"心"字上镌刻着一个字：忠。忠字两旁分别镶嵌三面飘动的红旗。忠字正下方有一行字：敬祝毛主席万寿无疆！字为楷体，红色。

梦想下车就打车，让的哥拉她到繁华的街道看一看。城市变了，走了几条街，记忆中的景物一件也找不到，所幸的是几条主要街道没有改名。梦想的心悬在嗓子眼,她为那座塔的命运担忧。车在淮海路上行驶,梦想装着随意的样子问的哥:忠字塔还在吗?的哥从后视镜里看一眼梦想,说:在,不过它不在原来的地方。梦想很紧张,问的哥:此话怎讲?的哥说:城市改建,忠字塔被搬进博物馆,成文物了。梦想又问:能看到吗?的哥看还没到下班时间,说:能。于是掉转车头,往博物馆开去。

忠字塔,一个时代的产物,在梦想这一代人心目中,是神的化身,让人崇敬。就是今天,当梦想面对它时,依然有当年的感觉。那年,梦想和飞翔回城,他们专程来忠字塔前拍照留影。忠字塔见证了他们的爱情。梦想还记得飞翔那天对她说的话,梦想也说了同样的话:海枯石烂不变心!这句爱情宣言,被梦想写在两个人的合影上。目睹旧物,往事如在眼前,梦想的眼睛热了。

梦想在这座城市歇脚打尖,第二天去她插队的地方。那里也物是人非,变了模样。一些老人还认识她,她刚在村里出现,一个老人叫住她,问:你是小梦吗?梦想看着老人说:大爷,是我啊!老人说:前些日子咋不来?梦想奇怪道:前些日子怎么啦?老人说:飞翔来了,他还在我家吃了一顿午饭呢。梦想的心悬起来,追问道:飞翔和谁来的?老人说:就他一个,我还问他咋没带上你。梦想问:他咋说?老人说:他说你要管孩子,走不开。梦想松出一口气,笑笑,未置可否。

梦想把日子回放一下,想起飞翔有两天不在家。无心插柳,想不到在这里找到了答案。

老人盛情,梦想也在老人家吃了一顿饭。

饭后,梦想沿小路向村外走去。小路掩映在树林中,在阳光照射下,乡野气息扑面而来,走着走着,感觉又回到了当年。村头的小河还是三十年前的样子。河水清清,水草浮动,杨柳轻摇,小鸟鸣叫,她和飞翔劳动累了,就到树阴下纳凉歇脚。兴致高时,他俩还会来到水边,将脚伸进水中,和小鱼戏耍。那时她和飞翔有说不完的话。村里人感到好奇，一天劳动时，一个小媳妇拉住她问：你和飞翔的话就跟小河里的水一样，说也说不完。老实交代，你们是不是恋爱了？梦想害羞地说：瞎说什么呀，我们还小着呢！梦想没说实话，只有她和飞翔知道，爱情的种子早在他们的心田里生根发芽，茁壮成长了。劳动是艰苦的，生活也很枯燥，但是爱情很甜蜜。有了爱情，生活变得有滋有味，岁月的步伐也快了，几年一晃就过去了……

当晚梦想没有走，留宿在老人家。

睡觉时，梦想接到相逢打来的电话，问她在哪里。梦想说：我在很远很远的地方。相逢叹息一声说：真倒霉，我遭遇小偷了。梦想问：在哪里？损失大吗？相逢少气无力地说：在商场。钱包丢了事小，证件丢了补办起来挺麻烦的。梦想想，难怪她那天失魂落魄的，出了电梯就跑走呢，于是忙说：我明天回去，需要我做什么你尽管吩咐。相逢说：谢谢。梦想说：看你生分的，谁叫我们是好姐妹呢。

挂断电话，梦想想理一理思路，把自己今后的生活好好规划一下，才想个头就睡着了，一觉到天明，不是老人叫，她还不会醒来。

《福建文学》2011 年 4 期

天缺一角

夜很静,静得能听到空气的流动声;月很明,月光透过窗帘,把卧室照得像开了壁灯。

陈影往日最爱睡觉,往床上一躺就睡着,还发出轻微的鼾声,打雷都不会醒。夏天曾经取笑陈影,说她是属猪的。陈影不明其意,她更正说,我属鸡,看你笨的,连自己老婆的属相都记不住,分明就是一头笨猪!夏天听了也不解释,钻进被窝哈哈大笑,把席梦思笑得直打晃。陈影感觉不对头,掀开被子问夏天乐呵啥?夏天说,乐呵啥?只有猪倒头就睡,还打鼾。陈影一点不脸红,她赖皮说,我就是猪,行了吧?你与猪同床共枕,可见你比猪也强不到哪儿去!说后闭上眼睛就睡。这是过去的事,现在陈影不爱睡觉,而且经常失眠,整夜睡不着,第二天照镜子,一张脸浮肿着,没有一点光泽,像水泡过似的。开始她用药物催眠,同事说药有副作用,吃久了伤身子。后来听别人说数数管用,她回来试了一次,还真的睡着了,从此她就用这办法对付失眠,用读秒的速度从一往上数,数到千时人就开始犯迷糊。今天这个办法有点失灵,已经数到三千大脑依然清晰。陈影暗暗叹息一声,烙饼似的翻动一下身体,把脸对着夏天。夏天背对着陈影,陈影记得他上床时就是这个睡姿,如此说夏天到现在还没有动过身子。夏天的睡眠一直不好,即便睡着了,稍微有点响动也会醒来,与陈影恰好相反。不过自从陈影失眠后,他的睡眠反而好起来,上床就睡,像今天这样连身子都不动一下。陈影觉得他们之间正悄然发生着什么,具体又说不清楚。此刻,陈影感觉自己像一个高烧病人,浑身滚烫,心也憋闷得难受。她将臂膀伸出被外,没注意放到夏天身上。夏天动了一下,头也没回,说,还没睡呀?陈影"嗯"了一声,抬眼看,夏天又不动了。陈影的心里如同打翻了五味瓶,说不上是啥滋味。陈影看出来,夏天压根儿就没有睡着!

　　陈影和夏天是恩爱夫妻。他俩是自由恋爱,回首往昔,夏天费尽心机才把陈影追到手。那时陈影在县百货公司做营业员,夏天在县中学当老师。一次夏天到百货公司买日用品,东西挑选好了,也把陈影看进心里。从那往后,夏天隔三差五就来一次百货公司,转悠一会,然后买一支牙膏或是牙刷才恋恋不舍地离去。后来他们正式确定恋爱关系,一次在电影院里,陈影问夏天买那么多牙膏干啥,是家里人口多,还是拿牙膏当作料拌菜吃了。夏天毫不隐瞒,他说,我那是醉翁之意不在酒,方法上叫做"曲线救国"。陈影说,我知道,你一来两只眼睛就不够用,贼头贼脑的老是盯着人家的脸瞟,要不是有眼镜挡着,一双眼球怕早就飞掉了。夏天见身边的人都在专心看电影,胆子大起来,一把搂过陈影,把嘴巴贴到她的耳朵上说,窈窕淑女,君子好逑嘛!

　　夏天的恋爱并非一帆风顺,他遭遇过曲折,但最终赢得了胜利。胜利来自陈影的鼎力相助,他感激陈影。夏天有自知之明,他戏说自己艳福不浅,是癞蛤蟆吃到了天鹅肉。

　　计划经济时代,女营业员可是炙手可热的人物,只有家庭背景好的男孩才配追求。夏天是玩着土坷垃长大的,凭着小聪明考上本地的师范学校,毕业后分到县城当老师,是个孩子王。孩子王追求营业员,是癞蛤蟆爬门槛——高攀,门不当户不对,别说陈影的同事嗤之以鼻,就

- 110 -

是陈影的父母也举双手反对。夏天第一次到陈影家，陈家不知底细，出于礼节，陈父笑脸相迎，陈母亲手为他沏来一杯香茶。夏天一见高兴坏了，心里像揣了一只小白兔怦怦直跳，他想陈父陈母不是世俗之人，他们是全世界最可亲可爱的人啦。他来之前心里一直忐忑不安，担心他们受世俗影响，不同意陈影与他恋爱，没想到他们如此超凡脱俗，真是冤枉他们了。按目前的形势分析，下一步他们的恋爱将高歌猛进，谈婚论嫁指日可待。夏天的心里像吃了奶油糖果，甜蜜滋润，幸福无比。夏天与陈影对望一眼，此时无声胜有声，千言万语都在那一瞥之间。陈母抬手指一指八仙桌边的藤椅说，坐呀小伙子，傻站着干啥？夏天脆脆地应了一声，欢喜地坐下。陈母在另一边坐下，笑眯眯地问他在哪里工作。夏天脸上的表情就像一名好学生在课堂里回答老师的提问，他响亮地说，伯母，我在县中，教初二！就这一句话，陈母脸上的表情由火热的夏季突然进入寒冷的冬季，她从藤椅里腾地站起，鼻腔里重重地"哼"出一声，一甩手走开去；陈父紧跟其后，也无声地走了。晴天霹雳，事情来得突然，把夏天搞懵了，他求救似的看一眼陈影，悲哀地想，一枕黄粱，担心的事还是发生了。夏天没敢久留，和陈影打一声招呼，就夹着尾巴逃走了。

　　夏天好几天没敢去百货公司，他怕去了陈影不理睬，自讨没趣。也幸好没去，那几天陈母把家事放在一旁，像个盯梢者，时刻注意陈影的去向。陈影上班，她就潜伏在百货公司的某个角落，守株待兔。陈母打定主意，只要那个不知天高地厚的孩子王出现在她的视野，她将奋力出击，给以重锤，让他勒马止步，回头是岸。几天没有发现敌情，陈影也没异常举动，陈母悬着的那颗心才缓慢地落回到原处，盯梢计划宣告结束。

　　夏天是个天生的捉迷藏高手，当陈母高枕无忧鸣锣收兵时，他的身影及时地出现在县百货公司的售货柜前。那是一个星期之后的事，那天夏天以一个购物者的身份神兵天降般地来到陈影面前。夏天是精明的，他把自己此行定性为走麦城，见面后的两种可能稔熟于心，思考得滴水不漏才付诸行动。结果比料想的要好上万倍。陈影一见他眼睛就红了，泪水潸然而下，她无比委屈地说，这几天你藏到哪里去啦，丢下人家不管……夏天一听，就不想购物的事了，他悄悄地将钱放入口袋。是啊，宿舍里的牙膏有几十支，往后几年都不用买了。夏天平静一下心情，借用宝玉对黛玉说过的那句话——我来迟了。陈影闻后似沐春风如饮甘饴，她擦去泪水，嗔怪地看一眼夏天，向组长耳语几句，拉上夏天就走了。

这一走，把两个人的关系走向明朗。换言之，陈影与夏天好成了一个人。

事后想，事情的外因来自陈母。陈母如同发酵剂，她的阻拦让陈影的情感迅速膨胀，最终让理智败下阵来。

小城可去的地方仅有两处，一是公园，二是电影院。因时辰已晚，前者不再接纳游客。后者可去，他们也乐于去，但那天放映的是老片，他们已看过，临时决定不看了。他们在影院门口徜徉，在小吃店吃了点东西，便手挽手往回走。去哪里，陈影没问，夏天也没说，就这么信马由缰地走，不觉来到县中后门口。夏天征询似的问：进去看看？陈影点头。县中是陈影的母校，这里的一花一草，一树一木她都十分熟悉。睹物忆昔，时光仿佛回到当年。华灯初上，树影摇曳，一对相爱的人，在校园的小径上漫步行走，两个人都心旷神怡。做学生时，陈影从没有过这种感觉。此时此刻，她心潮难平，激情澎湃，像个诗人似的想倾诉点什么。不觉来到夏天宿舍门前。夏天驻足，重复刚才说过的那句话：进去看看？陈影的心敏感细腻，夏天突然驻足她便意识到什么，于是又一次点头。特殊的环境，特定的空间，他们接下来所做的事，好像是水到渠成上苍安排。待清醒过来，两个人都惊呆了，夏天向陈影道歉，刚开口就被陈影封住嘴巴。

二人结成同盟，就没有过不去的坎、翻不过的山。

终于到谈婚论嫁的时候。

陈影过门后，她和夏天相互砥砺，奋发向上。婚后不久夏天就调到教务处，几年后提拔为副校长；陈影也不甘落后，先当柜组长，后调进公司财务科，目前任科长。

事业有成，家庭和睦，儿子更是锦上添花，去年高中毕业，考上北京的一所名牌大学。他们的家是名副其实的幸福之家。

上苍有一把公平秤，它不会把好事放进一个盘子，而使天平倾斜。陈影清楚地记得，从今年春节开始，夏天起了变化，突然对陈影的身体失去兴趣。陈影羞口，不好意思说，哪怕是她最要好的朋友。

陈影的夫妻生活一直美满和谐，而且有着一定的规律。新婚那会，两个人如同干柴烈火，每天都要燃烧几回。日月流逝，年岁增长，火势由强变弱，先是三两日燃烧一回，后改为每周一歌。今年过完春节，夏天突然偃旗息鼓，别说烧火，连火星也不见闪烁了。陈影当夏天工作压力大，身心疲惫，无暇顾及床笫之事。陈影耐心等待，她想不要几日，夏天就会恢复如初，变得生龙活虎。奔波日月，杂沓东西，日历翻过正月，夏天还一如既往。陈影观察，夏天非但没往好的方面发展，感觉他似乎还在有意回避她。原因何在，陈影不得而知。夏天和陈影同岁，虚龄四十五，按现时年龄划分，他们还是青年。青年没有夫妻生活，如同天缺一角，实乃天大的遗憾！

陈影分析过，青年不过夫妻生活，大致有着两方面的原因，一是有权变坏；二是性功能障碍。前者，好像不大可能。陈影了解夏天，虽说他在学校分管财务，目前学校正在扩建，基建也是他管，算是重权在握的人物，但夏天从没干过以权谋私的事。陈影为此提醒过他，说那些建筑商就如同嗡嗡乱飞的苍蝇，他们寻缝觅洞，投其所好找窟窿下蛆。夏天对陈影说，你就放心吧，我有了你还有啥不满足的？这话陈影信。夏天从农村出来，对钱与物的欲望不强。他常说钱再多一日三餐，屋再大一张床铺。陈影到夏天的办公室去过，发现与夏天打交道的多是男人，没有女人愿意在钢筋水泥间穿梭。由此看前者是不成立的，那么后者呢？陈影又翻动一下身体，她给自己打气，想开口问个究竟。话早就琢磨好了，陈影的嘴巴张了几张，终是未能出口。

夜愈走愈深，陈影还是没有睡意。想往日，他们是多么的默契，到了周末，夏天就主动贴近她，也说不上是谁主动，一来二去，两个人就好在了一起。一场云雨，虽大汗淋漓，却浑身通透、舒畅，身上的每个毛孔都往外散发着快乐——周末成了他们幸福的节日。而今天，他们近在咫尺，却如同路人，陌生得连话都没有。陈影在心里嗟叹一声，翻身的时候脑子里灵光一闪，一个主意涌现出来，于是她装成无意的样子，翻动身体时把手伸出去，不偏不倚正好落到夏天的私密处。夏天像遭受电击一般地惊悸一下，陈影感觉到，夏天经过一番犹豫才轻轻地把她的手拿开去。一次触摸，陈影的心如掉进冰窟，她不愿相信的事严酷地摆在她的面前——夏天的性功能出现了问题！

　　陈影浑身发冷，身子打摆子似的颤抖起来，泪水也一串一串地往下流。夏天感觉席梦思在动，当他听到陈影在抽泣时，不能无动于衷了，于是转过身问：陈影，你怎么了？夏天不问还好，一问陈影再也忍不住，蒙起被子哭得更凶了。夏天懊恼地搔打一下自己，睁大眼睛想心思。

　　夏天是从去年开始对自己的身体信心不足的，与陈影在一起烟雾缭绕，小火苗奄奄一息。夏天无时不在担心，他怕小火苗突然熄灭。夏天不能想象，小火苗一旦熄灭了他与陈影的生活会是什么样子。陈影这方面的要求不是很强，不强不代表不需要。他们的生活已形成规律，每到周末就要烧一次火。夏天的工作比过去忙，压力也比过去大，近几年校园里的高楼如雨后春笋，一幢幢地矗立起来。夏天分管这个，压力也来自这里。与建筑商打交道好比在刀刃上跳舞，闹不好就身败名裂遍体鳞伤。前车之鉴，不胜枚举。夏天对待建筑商是亲疏相伴，时热时冷。亲、热是为了监督，以保证建筑质量；疏、冷是防范，不与其同流合污。从分管基建那一天起，夏天就给自己划了一道底线，这底线就是吃请。古人说，水清则无鱼。整天与商人打交道，连酒都不敢与他们喝，那也太不自信了。哪知酒喝多了，身体也受到侵害。夏天悄悄看过医生，医生让他忌酒。酒是忌了，但效果欠佳。夏天想到用药，又怕药物不起作用，于是便延宕下来。

　　夏天转过身，把脸对着陈影。陈影还在哭，夏天把被子揭开，将陈影揽进怀里。从春节到现在，夏天这是第一次爱抚陈影，陈影感到委屈，泪水把枕巾都流湿了。陈影不知自己何时睡着的，她醒来时，夏天早就走了。自从学校搞基建，夏天就没有休过星期天。

　　陈影不想多睡，起来随便吃了一点东西。今天休息，陈影无事可做，正想如何打发时间，电话响了。是公司办公室主任老张打来的。他们同是部门领导，说话很随便。老张说，陈影，刘头让你来公司一趟，今天有接待任务！刘头是百货公司总经理，他们私下都这么叫。陈影说，拉倒吧，你何时见我出过场？还是叫小言去吧！小言是陈影的副手。老张说，是刘头点的名，你敢抗旨不成！说后就挂断电话。

　　陈影过去把心思全部放在家里，相夫教子，是全公司有名的贤妻良母。财务科常有活动，有时公司来客也要他们科出人作陪。陈影是科长，应酬之事理应她出面，但她一律推给小言，小言乐此不疲，心里挺感激陈影的。按说陈影的儿子已读大学，夏天几乎天天有应酬，她回家也是一个人吃饭，不如参加单位活动，与同事在一块喝酒吃饭，热热闹闹。但陈影旧习难改，科里或是公司有事她依旧叫小言去。今天刘头亲自点她，看来推辞不掉，于是将自己收拾一番就出门了。有一次就有二次，从这往后，公司只要有活动，需要财务科出人作陪的，刘头都要陈影参加。陈影过去滴酒不沾，应酬多了也能喝几杯。喝了酒，陈影的脸灿若桃花，光彩照人，看着比实际年龄小得多。过去陈影忙于家务，不会娱乐不懂消遣，现在与同事在一起，同事教她打牌，她一学就会。打牌是智力游戏，斗智斗勇，挺好玩，陈影刚学会，有点着迷。打牌多是喝酒以后，借着酒力，大家都放得开，无拘无束地闹。一局牌如果打得顺，半个小时可以结束；双方旗鼓相当，倘若出现拉锯战，一两个小时才能过去。有时一方不服输，再战一局也可以，反正回家早了也睡不着。这一局打完就晚了，回到家夏天已经睡下。陈影上床后，担心失眠的，哪知想想牌桌上的事，不知不觉就睡着了，一夜无梦。

　　和陈影打牌的四个人中，财务科只陈影一个人，另外三个人都是办公室的。后者均为男性。选择对家时，办公室主任老张毛遂自荐，主动要和陈影对。他开玩笑说，男女搭配打牌不累。第一次打对家，往后再打就约定俗成，他们俩就成了一家。打牌需要配合，更需要默契，时刻注意对家需要什么，轮到出牌时有意出给对家接，这样才能赢。如何不知配合，只顾自己，那必输无疑。老张城府深有韬略，出牌声东击西，让你很难看出他需要什么。打过几次，陈影渐渐悟出，老张要是声东击西不按套路出牌，那一定是抓了一手牌臭。他那样打是破罐子破摔，把对手的火力吸引过来，让陈影养精蓄锐，待对手弹尽粮绝，陈影打反攻，胜利一定属于他们。这种乐于奉献甘愿牺牲的精神，让陈影十分钦佩。作为回报，陈影要是抓不到好牌，也是猛打猛冲不顾死活，让老张以逸待劳坐山观虎斗，只待时机成熟才出兵作战。她与老张打对家，总是胜多败少。

平常他们只打一局，最多两局，若是周末就难说了，三局四局也说不定，一次竟然打到天亮。天亮也不怕，又不上班，回家睡觉便是。

老张比陈影大一岁，但精力充沛，用他自己的话说，喝酒半斤不醉，打牌一夜不累。他说话中气很足，像是从胸腔里发出的，他若是大声说话，感觉脚下的地都在颤动。老张生错了地方，如果出生在搞声乐的家庭，他定会成为一名歌唱家。陈影还注意到，老张的胡子很密。一次他们打了通宵，早晨分手时，陈影看到他的下巴长出一层黑黑的胡须。陈影突然冒出一个想法，她想触摸一下老张的胡须，或者让那胡须狠狠地扎一下，那感觉一定美妙……就这时老张停下来与她道别，把陈影吓得一跳。陈影的脸红红的，好像刚喝过酒。陈影望定老张的胡须，不知说了一句什么，便慌不择路地走了。老张目送陈影远去，他感觉陈影今天有些异常，具体又说不清楚。

陈影迷恋打牌，夏天很支持，他说家中无有大事，适当放松一下，对健康大有裨益。打牌对健康有无裨益陈影不多想，但打过牌不再失眠这倒是事实。陈影打完牌回到家，只要想睡，躺到床上不要几分钟就进入梦乡，像过去一样，打雷都不醒。

《青春》2008 年 12 期

春天的绿叶

萌芽又换朋友啦？萌动问妻子苗条。

你问我我问谁？你最好去问你宝贝女儿！苗条说话很冲，像吃了枪药。

萌动冷下脸，说：有你这么说话的吗？不说拉倒，我还不爱听呢！

进了画室。

都是你养的好闺女，你们……

后面的话被挡在门外，但萌动知道苗条说的是什么。这句口头禅，从他们恋爱时就开始说，说了几十年，萌动早就听烦了。文人怎么啦？文人不好，你死心塌地的跟着干啥？给鼻子上脸！

萌动是画家，擅长山水，在省内很有名气。他的画被众多收藏家购买，行情看涨，目前的价位是：四尺整张6000元，斗方4000元，小品、扇面2000元。萌动的身份是：中国美术家协会理事，省美术家协会常务副主席，画院院长，省艺术学院兼职教授，一级画师。按萌动的成就和影响，早该当省美术家协会主席的。原因是画家们不太团结，各唱各的调，相互不买账。艺术这玩意儿是公说公有理，婆说婆有理，仁者见仁智者见智,没有统一标准,它不是数学,也不是命题作文,答对了写好了可以得满分。换届前画家们是八仙过海各显神通,齐心不让萌动当主席,有的人竟然跑到省委书记办公室,把萌动说得一无是处。天被捅个大窟窿,事情就不好办了。换届在即,遵照省委的指示,省文联主席团开了半天会,最后决定由文联主席兼任美术家协会主席,萌动任常务副主席。方案报到省委宣传部,部长请示书记,获得通过。这个结果,社会各界都无话可说。萌动应该满意,虽说主席前面有个"副"字,但是他是"常务",美协还是他当家;反对他的人也应该满意,虽说萌动成了美协的掌门人,但是主席前面毕竟有个"副"字。别小看这个字,他工作起来就得谨小慎微,是戴着镣铐跳舞。换届一结束,萌动怕人家对他祝贺,连晚宴都没有参加,找个借口溜走了。走在路上,萌动在心里大骂:他妈的,这一群臭文人!他的话比苗条的口头禅重得多。萌动想,如果这一次他当选主席,下次中国美协换届,他就能做副主席。那时,他的身价会高出许多。

社会上,萌动有身份;在家里,萌动有地位,是个熊猫级的人物。一家三口,萌动排位第一,萌芽和苗条要看他的脸色行事,与别的家庭正好相反。

萌动甩门后不久,苗条泡一杯茶端起来,像什么事都没有发生一样,一路走一路说:呀,呀,烫死我啦!烫死我啦!把茶杯放到画案上,两手不停甩动,对萌动说:老公,先喝口茶吧,别忙着工作。萌动心里的气还没有消,头都不抬说:知道了。苗条看这里没她的事,不敢久留,轻手轻脚地离开去。

萌动住在风景旖旎的钵池山边,二层小楼,独家独院。房子是自己建的,背倚钵池山,前临人工湖,来过他家的人都说,倚山面水,是一块风水宝地。按现在的房价,500万也买不到。500万算什么,萌动若是想挣钱,动动画笔,两三年就挣得到。萌动不像有些画家满身铜臭味,把钱看得比艺术还重。萌动是艺术第一,他想在艺术道路上走得远一些，把那些俗人踩在脚下，甩在身后。

苗条有些俗，把钱看得比艺术重。她有一份很好的工作，月薪三四千元，风不打头雨不打脸，是个铁饭碗。她没征得萌动同意就把工作给辞了，回家当太太。萌动生气地说：你是对我不放心，回家监视我的！苗条撒娇说：你冤枉我了老公！我在幼儿园当园长，辛辛苦苦一个月，还不抵你一幅四尺整张的画钱，我能干得下去吗？萌动提醒说：你有你的事业，我有我的艺术。你拥有的不珍惜，失去了可别后悔！苗条仰首挺胸，摆出一个女英雄就义的造型，说：勇往直前，决不后悔！萌动说：不后悔就好。苗条上前一步，说：老公，实话告诉你，我回家是［...］的。萌动不解，问：此话怎讲？苗条嘻嘻一笑：你的画就是钱，［...］点薪水。话一点透，萌动明白了。萌动与大多数搞艺术的人一样，爱交[...]他的名气和他的朋友一样成正比，朋友遍天下。萌动与朋友之间的友谊[...]有朋自远方来，开口向他讨墨宝，萌动大手一挥，说：自家地里[...]拿。一句话，一张画就不在了。讨画者都挺在行，他们不要小品和扇面，要拿就是四尺整张，或是斗方。萌动对艺术有着执著的追求精神，同是山水，他都有创新，一幅画往往要画上半天才能完成。朋友一句话，他半天的心血就没有了。苗条看着可惜，当着外人的面不好说，对萌动也不能说。萌动重情谊，说了就是不尊重他。苗条早就想辞职，当萌动的经纪人，把家管起来。她的辞职报告早就写好，直到美协换届，萌动当上常务副主席才送到教育厅人事处。回家后，苗条将萌动的印章保管起来。讨画者从萌动那里拿到画，必须到她这里加章。加章要付润笔费，这事不能含糊。开始萌动有看法，批评苗条认钱不认人，把他的画当商品。苗条据理力争，说：没错，你的画就是商品，有人买，价愈高，说明它愈有艺术价值。我这么做，是出于对艺术的尊重，更是对你劳动的尊重！苗条的话萌动过去听别人说起过。那时听感觉有点刺耳，今天再听感觉有一点道理。他没和苗条争论。没争就是认可。

自印章到了苗条手里，他们家可算是日进斗金，每天都有几千元的收入，过几天，苗条就跑一次银行。苗条手中有几张银行卡，年底累计，几卡相加已达7位数。照此速度，再过几年，有可能上升到8位数。

家宽出少年，家宽也出纨绔。萌芽从上学起就乱花钱，大手大脚，没有节制。工作后旧习不改，甚至变本加厉，一个月工资半月就用光，剩下半月向家里伸手。花钱还好说，头痛的是恋爱。萌芽是上世纪八十年代后出生，说起来小，眼看也快"奔三"了，恋爱谈了几个，小伙子个个优秀，没一个谈得下去的，处得长的超不过半年，短的只有几天。前几天来家里的那个小伙子，见了萌动喊叔叔，看到苗条叫阿姨，南京大学毕业，硕士学位，电视台工作，公务员，小伙子各样样，但不骄傲，对萌芽是百依百顺，萌芽让他上东，他不会上西，更不会上南或者上北。现在的好男孩像三只脚的蛤蟆，打着灯笼也难找，偏偏让萌芽给碰上了，她却不知珍惜。萌芽和这个小伙子处了半年，眼看就要谈婚论嫁了，萌动也做好心理准备，不想今天进门的不是那个小伙子，而是新面孔。萌动心里结了疙瘩，想从苗条那里弄个明白，不想却遭到一顿抢白，真是嗑瓜子嗑出臭虫，把好心情都弄坏了。萌动站在画案前，思想却开了小差。

萌芽虽是女孩，遗传萌动的却多，连性格都像，从她身上看不到苗条一点影子。苗条对此很有意见，说萌动是基因霸权主义者。萌动说：你是造物主，女儿长得像我而不像你，你应该自己找原因。苗条说：原因我早就找到了。萌动问：是什么？苗条说：怪我太听话，缺少叛逆精神。萌动说：你后悔还来得及。苗条说：猪八戒倒打一耙，是你自己后悔。你们这些文人，就是花花肠子多！萌动不高兴了，说：我花谁了？你今天说个清楚！苗条说：你见了女学生，眼睛就不够用！萌动也不隐瞒，说：爱美之心，人皆有之。我是画家，如果好坏不明美丑不分，艺术生命也就终止了。苗条说：狡辩。他们的话一般都说到这里，无伤大雅，不失和气。萌芽是在宽松环境中长大的，性格放荡不羁，像个男孩。

萌芽大三开始处男朋友，是她的同学。那年寒假，她把男同学带回家里。萌动在书房，正在专心创作。萌芽推开门，轻手轻脚地走进去，"哇"地大叫一声，萌动受到惊吓，手一抖动，作了一半的画废掉了。萌动回头，是他半年不见的宝贝女儿，若是别的什么人，他一定会大发雷霆。萌芽一看画案，呆住了，泪水在眼眶里打转。萌动见了，搂过她说：没什么没什么，画废了爸爸再作，自家地里长的。抬头看到一个陌生小伙子站在门口，用眼睛问萌芽。萌芽醒过神，介绍说：是我同学，也是男朋友。男孩上前一步，向萌动深深鞠了一躬，说：叔叔，你好！萌动像看贼一样上下打量这个小伙子，把小伙子看得不好意思，红着脸

习的！萌芽任性惯了，说话很冲：你出去打听一下，像我这般大的，谁不在玩啊，没几个把心思放在学习上的。我们班男男女女，早就出双入对，夫妻双双把家还了！萌动吃惊道：老师不管吗？萌芽说：老师是睁一只眼闭一只眼，开明得很。告诉你老爸，现在是二十一世纪，早不是你们那个时代了！萌芽说后就开门出去，把男同学拉进厨房，自己动手做晚饭。平心说，这个小伙子挺不错的，可萌动看着就是不顺眼，咋看都像贼，是来偷他女儿心的。幸好他们的恋爱没能进行下去，处了不到一个月就分手。萌动如释重负，还没来得及松出一口气，第二个男朋友又进了家门。

听萌芽说，男孩子是中文系的，是个诗人，校园里很有名气。萌动表示怀疑，问：都发表过哪些作品，说我听听？萌芽显然是有备而来，掰着手指慢慢数说，萌动一听，都是些不上档次的小报小刊，有的就发表在黑板报上。萌芽看出父亲脸上的不屑之色，生气道：用你的标准衡量，他吃亏大了。爸，你要用发展的眼光看问题，当他到你这把年纪，我敢保证，他的名声和造诣一定会超过你！

这叫什么话？你这个小丫头，刚恋爱就胳膊肘向外拐，把父亲往脚下踩，若是结婚成家，他这个做父亲的怕是连说话的权利都没有了。还

- 121 -

有，他正处于壮年，风头正劲，画院专业画师里数他年轻，成果最多，影响最大，美协换届，如果不是某些人使坏，主席那把交椅他早就坐上了。而萌芽却说他这把年纪，难道他七老八十，已经老朽了吗？真是岂有此理！那天萌芽和父亲不欢而散。爱情无敌，它的力量胜过父子情。萌动在反思，他找到了症结——不是保守，也不是观念陈旧，而是自私，怕失去女儿。可怜天下父母心，天底下做父亲的，有这想法的可能不止他一个吧？

　　萌动心里堵得慌，有火不好发，他一头扎进书房，用作画来分散自己的注意力。好在萌芽还在读书，过一天就回学校去了。校园诗人跟萌芽又来过一次，后来就不见踪影，直到萌芽毕业离校，也没见他来。

　　如果说大学时代谈恋爱是见习或者预演的话，那么走上社会谈恋爱就是荷枪实弹轰轰烈烈的了。萌芽参加工作后，她的精力一小半放在工作上，一大半用来谈恋爱，男朋友就像她身上的衣服，常换常新。换就换吧，用萌芽自己的话说，好聚好散，散了再谈。恋爱如同穿鞋，合不合脚只有自己知道，做父母的不好干预。恋爱自由，可也不能太随便，刚和人家相处，两个人就同居，俨然一对小夫妻。过不多久，为一点鸡毛小事，两个人就散伙分手。有的什么都不为，可能是玩腻了，没有新鲜感了，就分手。萌动看不惯，想说又怕萌芽不听，就让苗条说，要她注意影响，不可拿恋爱当儿戏。果不其然，萌芽一听就笑喷了，说苗条老外，同居怎么啦？这是青年人正常的生理需求，是婚前体验，谁也没占谁的便宜。萌动听了，哭笑不得，无言以对。

　　这一代人真让人头痛！

　　南京大学毕业的那个小伙子叫李珉，出生在农村，但个人素质好，靠自己的实力考进机关。别看他现在上无片瓦，住在单位的集体宿舍里，有他这起点，不要二年，他就可以按揭买房。萌动对小伙子的前景抱有希望。

　　萌动就是从农村出来的，他当时的条件不能和今天的李珉比。萌动

- 122 -

有今天，靠的是自己的一技之长。萌动有把握，李珉的未来也不会差，当然他走的是另外一条路。萌动为萌芽惋惜，她是丢了西瓜捡芝麻，自己还浑然不知。萌芽无忧无虑，好像老也长不大。

萌芽自身条件没说的。首先是长相好，在校是校花，工作了是单位一枝花；其次是单位好，个人身份硬，虽不是公务员，却也是全额拨款事业性质。两个好条件集中到她身上，挑三拣四也很正常，所以能与她处朋友的小伙子脸上都挺有光。

就说这个上门的小伙子，萌动目测一下，他的身高在一米八左右，高鼻浓眉，有点像达他，很眼八凹米，呼有歌本讲家门。萌动初始情绪高涨，就说了对小伙子的第一印象。有了过去的教训，萌动今天说话比较艺术，他是表扬与提醒相结合。萌芽还沉浸在新恋的喜悦里，但她听出父亲是和她交心，望她这一次恋爱能有结果，于是也袒露心扉，说：老爸，每一次恋爱我都想有结果，但是未来变数很大。现在是春天，我不敢保证，当树叶黄了的时候，我和小田的恋爱还能否继续（萌动这才知道，今天进门的小伙子姓田）。听了女儿的话，萌动心里一亮，他说：闺女，爸爸有办法。说后就进了书房。

萌动站到画案前，不一会，一幅小品就完成了——画中只有一片树叶，碧绿。题款为：春天的绿叶。

画作完成后，萌动送去装裱店，装裱好，挂进萌芽的房间，让她每天都能看到。

秋天到了，萌芽和小田的恋爱还在继续。看样子，有点谈婚论嫁的意思。

《中国铁路文艺》2010 年 5 期

人生拐点

右派言论

　　人如果走运，出门遇到的尽是好事；要是倒起霉来，喝口凉水都塞牙，放个冷屁也砸脚后跟。东流先生属于后者，他人生的美好时光一直被阴霾笼罩，不见天日，难觅光明。

　　东流先生出生于上世纪三十年代，幼年在私塾里读书，他聪颖好学，后来考取师范。塾师得到喜讯，手捻长髯，如在学堂里授课一般摇晃着脑袋说，出息！出息呀！家父指望他有所建树，光宗耀祖，为家庭建功立业，砸锅卖铁，从牙缝里省钱供他读书。东流先生年少心高，他雄心勃勃，立志成栋梁之材，报效家人。天有不测风云。东流先生在师范里埋头苦读，一个学年下来，各科成绩均名列前茅，深得老师青睐。第二年世道不太平稳，家父怕他被国民党抓去当壮丁，命他辍学。东流先生听从父命，恋恋不舍，一步三回头地离开学校。

　　东流先生没能读完师范，但肚子里还是装了不少文墨。

　　文墨是有重量的，东流先生衣着淡雅，走路步履沉稳、缓慢，遇事胸有成竹，不急不躁。东流先生喜爱一个人独处，倒背双手，跟塾师一样不时抬头望一望天，或是低头看一看地。注意看，东流先生的眼睛一直在寻找着什么。寻找什么呢？只有塾师知道，爱生寻找的是真理啊！

有无知识的人区别就在这里。

家父没读过私塾，不懂；家母也没读过私塾，更是不懂。

真乃成也萧何，败也萧何。东流先生因肚子里的文墨有了饭碗，也因肚子里的文墨而丢了饭碗。

那个年代，好事坏事都是眨眼之间的事，谁也说不清。

话得从头说起。

东流先生是新中国成立那年被政府安排进学堂当先生的。东流先生走进学堂那天，一眼就看到塾师。师生见面，言来语去，东流先生得知塾师也是受政府之邀，来此解惑授业。如此说，往日师生，今日竟是同事了。不同的是，塾师教的是低年级，东流先生教的是高年级。颠倒了！颠倒了！东流先生深感对不起塾师。一日为师，终身为父，他不能在塾师之上啊。东流先生想与塾师对调，他教低年级。塾师摇头，连连说，不可！不可！说后快步离去。东流先生目送塾师走远去，才轻轻地叹息一声，缓步走进自己的寝室。东流先生与塾师在同一所校园，谋面的机会很多，但只要见面，东流先生老远就打躬作揖，行学生之礼。

这是做人之礼仪啊。

在这所校园里，像东流先生受过师范教育的人不多，校长第一，他第二，没有第三人，所以他与校长一样颇受人们尊敬。

人都是有毛病的，被人尊敬多了，心底的傲气就像种子一样慢慢地萌芽了。以东流先生的学识和修养，他应该能扼制住嫩芽，不让其生长。怪就怪东流先生疏忽大意了，当他发现时，嫩芽已蓬勃成大树，枝繁叶茂浓荫匝地。

反右开始。根据人数，上级给这所学校两个右派指标。

右派不是人人都够格，在这所学校的人看来，那是知识的象征，更是身份的象征。换言之，是二者的有机结合。既然右派代表的是知识和身份，那么就应该让给最有影响力的人物，否则对不起上级。经过推荐，最后这两个指标终于有了最好的归属——他们一个是校长，另一个就是东流先生。

这是民心所向，众望所归。

名单报上去，很快上级就派人来学校搜集他俩的材料。这是说他俩的事，当事人应该回避。校长把东流叫进他的办公室，两个人你望我我望你，相互调侃起来。东流先生抱拳施礼，谦虚说，两个指标你一个，我一个，让我与校长大人平起平坐，羞煞呵！惭愧呵！校长呵呵一笑，说，你我都读过师范，在这所学校里是最有学问的人，那俩指标不给你我，难道给别人不成！

校长和东流先生不知道，就在指标落到他俩头上时，厄运就像影子一样跟着降临了。搜集完他们的材料，上级领导当场宣布，让他俩停止工作，接受审查，学校的工作由其他人负责。

当校长意识到问题的严重性时，生米已经做成熟饭，他想把指标让给别人，上级已不给他说话的机会。东流先生无所谓，他想不要他工作，正好可以抓住机会读书。东流先生教授的是高年级，他已明显感觉到自己知识的匮乏，如果不及时补充营养，害己事小，贻误弟子们的前程事大。他想最好重返师范，埋头读两年。眼下天下太平，手中又稍有节余，外出读书不会让家父家母犯愁，也不需他们从牙缝里省钱了。东流先生做的是白日梦。他与校长已成右派，右派是坏人，是群众专政的对象。东流先生与校长一道被开除公职，遣送回老家劳动改造。

东流先生回到家才恍然明白右派是怎么一回事！他开始上诉，喊冤。然而他的右派是板子上钉钉子不可更改。他给有关部门写信，详说他当选右派的前因后果来龙去脉。上级领导很重视，派人进校核查此事。无奈白纸黑字写着：有右派言论！这材料就在东流先生的档案里装着。档案里的东西是死的，谁也不敢更改。

东流先生从幼年到青年都在学堂里读书，后来参加工作，也是走出校门又进校门，不辨五谷，不会农事。然而回到农村就是农民，而且是右派农民。右派农民四体不勤五谷不分就是不愿接受改造，就是想与政府作对。东流先生清楚他目前的处境——他是昔日的凤凰，今日的鸡！家父满心指望他光宗耀祖，如今非但未能如愿，而且事与愿违，做了人民的敌人。家父恨铁不成钢，一口气窝憋在心里，久郁成病，第二年便含恨辞世。

　　东流先生遭受双重打击，人一下子老去很多。家父殁了，他有冤屈也不想再诉。他心如死灰，已燃不起生活的激情。东流先生从青年步入中年，已然一个地道的农民。

　　时间老人迈着它缓慢的步伐蹒蹒跚跚地走进1976年。这一年，外面的世界发生了很大变化。冬天已经远去，春风在九百六十万平方公里的大地上劲吹，所到之处，草绿花妍，一派祥和景象。

　　没有人能阻挡住春天的脚步。

　　有人来了解东流先生的情况。东流先生老眼昏花，他瞅着来人，半晌才说，我是右派，档案里写着，盖棺定论了的。来人说，这是一起典型的冤假错案。东流先生摇头说，不会错的，我有右派言论，木板上钉钉子。来人拿出档案，抽出一页纸放到东流先生面前，指着一行字说，你看！东流先生低头细看，只见那一页纸上写着：没有右派言论！

　　这是咋回事？东流先生满腹疑云。那页纸重有千钧，东流先生颤抖着老手捧起它，小心地把它放入档案，打开再看，结果前边的"没"字被隐入装订线，露在外面的几个字是：有右派言论！

　　他找到了问题所在！

　　一字之差，天壤之别！

　　呜呼哀哉！

错　走

正中先生很有学问，他知历史，通地理，晓天文，世上之事他总能说出子丑寅卯，少有不知的。

如此有学问的人，也有落魄的一天。

正中先生落魄是因为在他人生的重要关口进错了门槛。在落魄后的十多年里，正中先生的生活半径就是他的家与自留田，走得最远的地方是生产队和大队（那是以他为斗争对象的批斗会）。他从不串门，更不上街。

一次错走成了正中先生的终生疼痛。

人是没有前后眼的啊。

正中先生的记忆力极强，对他所学的东西过目不忘，记忆犹新；正中先生的口才也好，他才思敏捷，说话引经据典出口成章，令听者叹为观止，自愧弗如。

正中先生1938年考取省石湖师范，时逢动乱，学校多次迁徙，先苏南，后苏中，再后苏北。正中先生是在动荡中完成学业的。正中先生毕业后，以自己的优异成绩到淮海教材编辑部工作。英雄有了用武之地，正中先生如鱼得水，把自己的才学发挥得淋漓尽致。

1946年夏，编辑部跟随共产党北撤，落脚山东。撤退前，正中先生知道这一走，不知何时返回，于是向编辑组长告假，回家探望父母，向双亲问安道别。正中先生回家当夜，迫于形势，编辑部连夜撤退。二日后，正中先生返回，编辑部已是人去屋空。无奈之下，正中先生只身去了南京，做起教书先生。

故事就发生在正中先生回家这二日里。

正中先生回家当日，若是见过双亲连夜返回，跟着编辑部一道北撤，按他的学识，他的人生应该是浓墨重彩灿烂辉煌。然而他当日没回，而是听从父母之命，去十几里外看望舅父大人。旧时习俗，舅为尊长。乡村流传一句俚语：外甥是舅父家的狗。狗是忠诚，对主人不弃不舍。抛除这个，正中先生也很想去舅父家，借看舅父之机，去乡公所与表哥晤面。表哥是个人物，时任国民党统治区三树乡乡长。兄弟俩只要相见，都是敞开心扉彻夜畅谈。

那时国共两党时分时合。正中先生为共产党做事，表哥则在国民党统治区任要职。表兄二人，立场政见大相径庭，但这并不妨碍他俩的感情，他们处得像亲兄弟一样。

那天下午，正中先生手拎桃酥，一头热汗地跑到舅父家。巧了，表哥也在家里。看舅父与表哥满脸严肃，正中先生揣测他们父子密谈的一定是啥要紧事。表哥公务缠身，吃住在乡公所，平时很少回来。他是无事不登三宝殿。果然不出所料，表哥开口说话了。表哥对舅父点一下头，说，正中来得正是时候，给我当半天文书吧？舅父越俎代庖，他也不征求正中的意见，接话说，正中是你亲表弟，有啥商量的？就这么定了！正中先生本想说说北撤的事，时间紧迫，他要急着赶回去，话到嘴边又咽回去。北撤是共产党一次重大的战略转移。这可不是立场政见的事，而是机密，若是泄露出去，势必造成重大损失。如此，他将对不起编辑部同仁，更对不起北撤的同志！正中先生为保住秘密，强忍着留下来。

正中先生为自己的这一临时决定，付出了沉重代价。

夜幕降临，伸手不见五指。舅父如雕像般一动不动地坐在木椅上，表哥如热锅上的蚂蚁在屋里不停走动，嘴上叼的洋烟像鬼火一样闪烁。屋里黑着，谁也不去点灯。正中先生预感到他今天参与的定是一件见不得光明的事。正中先生如同犯疟疾一般颤抖不止。事不宜迟，他得尽早离开这里，否则就来不及了！正中先生在琢磨说词，还没等开口，表哥呸地吐出烟头，拉上他就走。黑夜宛如一头巨兽，他俩刚出门就被吞入血盆大口。正中先生深一脚浅一脚地跟随表哥，浑身发冷，牙齿得得作响，表哥停下脚步，问，你冷吗？正中先生点点头说，有点。表哥答非所问，他说，坚持一会，马上就到！

他们来到一所屋子里，进门后正中先生才知道是村公所。这里有人等着他们。大家像哑巴一样都闭口不语，而用眼睛与手势说话。表哥来到后，一招手，一个男人被五花大绑地押了进来。男人的嘴被破棉布堵着，刚押进来，门吱呀一声被闩死了。表哥一把扯去男人嘴里的堵物，厉声说，老实交代，否则死路一条！说着递过纸笔，叫正中先生记录口供。

男人咬紧牙关，高昂头颅，拒不开口。表哥一干人黔驴技穷，他们像一群困兽，恼羞成怒地围着男人走来走去。一个人上来对表哥耳语，以手代刀狠狠地动作一下。表哥点头表示同意。男人的嘴被重新堵上，两名大汉走上来，一左一右地把男人押解出去。正中先生一字未写，他把纸和笔原样放回桌上。

正中先生没问表哥，但他知道被表哥处决的人，一定与他水火不容，是两股道上跑的车。

正中先生一夜未眠，第二天天麻麻亮，他就告别舅父回家了。

全国解放。和平时期的日子跑得很快，转眼就到了1951年。这一年镇压反革命，表哥血案在身难逃厄运，他是咎由自取，罪有应得。

老话说，善有善报，恶有恶报，不是不报，时候未到。

那起命案牵涉到好多人，那天在场的人无一遗漏。正中先生是旁观者，是所有在场者处理最轻的一个，被戴了一顶历史反革命的帽子。正中先生感到冤枉，然事实如山，他百口难辩。此时，正中先生在省城某中学任校长一职，事业蒸蒸日上，算是呼风唤雨的人物。

1966年文化大革命开始，头戴历史反革命帽子的正中先生被开除公职，押送回原籍劳动改造。伊始，正中先生心有不服，还在押解途中，他就将处理决定撕得粉碎，扬手抛向车外。纸屑纷纷扬扬，宛如冥币飘洒一地。正中先生推开车窗，想纵身一跃，结束自己的生命。押解人员早看破正中先生的心思，他刚起身就被拉回到座位上。

正中先生的阴谋没能得逞，身上又多出一条罪名：罪大恶极，自杀未遂。

押解人员在县、公社、大队三级革命委员会办完交接手续，正中先生才被全副武装的民兵押送回原籍。正中先生少小离家，人到中年回归故里——他不是荣归，而是戴罪改造。正中先生是有罪之人，他感到无颜见家乡父老。出乎意料，正中先生在村头刚出现，左邻右舍和他的家人不嫌不弃，都走出家门迎接他。

从这天开始，正中先生开始他漫长的改造生涯。

正中先生是读书人，对书里的知识懂得多，对农事知之甚少，干力气活更不在行，有力使不到点子上。农村人淳朴，不因正中先生的特殊身份而轻视他，更不做落井下石之事。正中先生不会农事，就不要他下田劳作。白天，村里人见了正中先生是视而不见，表现出很高的政治觉悟；而到了晚上，有了夜色掩护，人们一个看一个，纷纷来到正中先生的家，听他说古论今，解疑答难，指点迷津。

那时讲的是阶级斗争，隔三差五要开一次批斗会，这一天就要委屈正中先生了，大队的民兵会把正中先生押去会场，象征性的批斗一下，斗完了再押送回来。细心人可以看出，每开一次批都会，第二天正中先生就足不出户。第三天人们见到他，发现他的身体像生过一场重病般的虚弱。

只有他的家人知道，那一天，正中先生是在面壁忏悔中度过的。

一次错走让正中先生后悔终生！

正中先生于1980年8月平反。这一天来得有点晚了，但毕竟还是来了。两个月后，正中先生溘然辞世。消息传至苏南，正中先生工作的学校得知噩耗，惋惜道：教育界的巨擘去了！

人死不能复生，惜哉！悲哉！

异己分子

流畅先生为清江浦人士，1965年南京大学新闻系毕业，毕业后分配到淮海地区，先在地委宣传部工作，后地委办了一张报纸，把他调到报社做编辑。学新闻的当编辑，真的是学有所用。

　　清江浦为淮海地区的经济、文化中心，人口不到二十万。当时的淮海地区人口为一千余万。二十比一千，这可是一比五十啊！也就是说，五十个人里面只有一个人是清江浦人。那时谁想调进清江浦，没有专员签字那是不可能的。专员是高干，全地区很少有人能与他说上话。所以说，要想调进清江浦那比登天还难。清江浦的人天生有一种优越感，他们像贵族一样穿着流行的服装，走路昂首阔步，目不斜视，走在人群里那是鹤立鸡群，一眼就能看出来。流畅先生有着清江浦人的高贵血统，又是科班出生，那傲气更是了得，眼睛里只有天，全报社的人无人在他眼里。一群乌合之众啊！流畅先生常常暗自叹息，一副忧国忧民恨铁不成钢的样子。要说也是，成立报社，掰手指数数，全地区也找不出几个像流畅先生这样的对口人才。报社求贤若渴用人在即，退而求其次，选拔一批新闻爱好者。众所周知，所谓爱好者，也就是爱动笔头，写过几篇豆腐块文章的人。这就难怪流畅先生会发出那样的感叹了。

　　流畅先生的工作是审阅、修改外来稿件，挑选重大新闻编辑到一版上。报社量才使用，让流畅先生负责一版。一版是报纸的脸面，也可以说是报社的脸面，可见领导对流畅先生的器重程度。按正常发展，流畅先生不日就将提拔到部主任的位置上，不要几年，当个副主编那也是秃子头上捉虱子十拿九稳的。全地区只要识字能读报纸者，无人不知流畅先生的大名。流畅先生是家喻户晓，明星一般红遍淮海地区！流畅先生学有所用，他如鱼得水随心所欲，地区有重大会议、重要活动，总编总是派他去采访报道。时间久了，连专员都认识他。一次开会前，专员主动接见他，还伸出大巴掌和流畅先生握手，当着众人的面勉励他好好干，写出震动全国的好稿子。流畅先生的道路一片光明，前景无比灿烂，报社同仁无不羡慕。

　　天有不测风云，"文化大革命"开始了。

运动一来,天下大乱,报纸出版的规律被打乱。过去一周出版三期,后来改成不定期出版,一周一期两周一期均可。随着运动的深入,火药味也愈来愈浓烈。深挖反革命,斗走资本主义道路的当权派。来报社工作的大都是年轻人,政治比较可靠,挖不出反革命,但当权派还是有的,那就是总编。于是总编就成了人民的敌人。总编成了敌人,报社不可一日无头,于是地区派一名转业军人来报社主持工作。军人穷苦出身,没读过书,为吃饱穿暖入武参军,在部队脱的盲。军人上过朝鲜战场,身上带有硬币大的枪伤。枪伤是军人的骄傲,也是军功章。到任那天,他当着报社全体人员的面,撸起上衣,把肚皮上的枪伤露给众人看。女编辑女记者刚抬起头,目光就像受惊的兔子逃脱开,双颊飞红,满脸羞得如桃花一般。流畅先生看得极为专注,他暗暗想,敌人的枪口如果再高一寸,或者偏一寸,军人就是烈士了,当然也就不会来这里让大家看他的枪伤了。军人的命真是大呀!

　　露过肚皮后,军人召开一次动员大会,号召报社的全体同志要紧密地团结在党中央周围,擦亮眼睛,认清形势,与总编划清界限,深刻揭露他的反动罪行,将无产阶级文化大革命进行到底!军人挥舞着榔头般的大拳,慷慨激昂地说,斗则进,不斗则退,我们一定要把当权派批倒斗臭,叫他体无完肤,无处藏身!报社的大部分同志都做了表态发言,听党话跟党走,始终和党中央毛主席站在一起。流畅先生坐在旮旯里,从头至尾没说一句话。后来开斗争会,军人要求每个人写一篇发言稿,要言之有物,有理有据,摆事实讲道理,不给敌人有喘息的机会。形势逼人,流畅先生知道躲不过去,就从《人民日报》的社论里摘录几段文字,想蒙混过关。军人写的本领没有,但是有两只好耳朵。听完流畅先生的发言,军人抬手挡住流畅先生,慢条斯理地说,慢着,你批的是谁呀?只听楼梯响,不见人下来。通篇空洞,满纸废话,连个人影也不见!批评如此严厉,不讲情面,流畅先生自走上工作岗位,这还是第一次。太伤自尊了!流畅先生不是一般人,他生为清江浦人,又是南京大学新闻系毕业，连专员都高看他几分，主动与他握手，还当着众人勉励他。你一个残废军人，靠几块伤疤来这里工作，竟然如此对待知识分子。是可忍，孰不可忍！流畅先生站稳脚步，抱拳回敬道，我是大文盲，写不好文章，在下向你学习，请多赐教！军人被噎住了，半晌说不出话，摇手说，今天的斗争会就开到这里。散会！

  流畅先生骄傲自大，不把军人放在眼里，显然是捅了马蜂窝。军人在战场上摸爬滚打过，练得一身硬本领。军人分析一下当前的形势：总编已成秋后的蚂蚱，无力蹦达。把"蚂蚱"暂且放一放，眼下急需做的事是歼灭小股来犯之敌。后者迫在眉睫，刻不容缓。当晚军人招集小部分人，召开一个紧急会议，议题是全面收集流畅的反动言论，如果抓住狐狸的尾巴，定他一个现行反革命，与总编一道批倒斗臭！

  军人批准成立一个工作小组，小组人员分头行动。一周后派出去的几路人马会合了，材料综合上来，军人一看没有他需要的东西。一夜辗转，一宿苦思，最后给流畅先生定了个阶级异己分子。这是介于好坏人之间的一顶帽子。帽如巨石，压得流畅先生直不起腰，抬不起头。

  流畅先生年龄大了，因这顶帽子蹉跎去大好时光，没有姑娘眷顾他。

  涨工资，不是人人有份，涨的是先进，流畅先生不在其列，这也在他的意料之中。一年不起眼，二年不算多，几年涨下来，流畅先生的工资在报社里就成了倒数，与同来报社的人拉下一大截。报社分房也没流畅先生的份，别说他是单身汉，就是有了家室也不会分他房子。流畅先生是报社的闲人，每天无所事事，但他的一言一行都在军人的掌控之中。他早要请示，晚要汇报，每周必须向军人交一篇深刻的思想汇报。几年下来，流畅先生已经不是过去的流畅先生了。前者已死，后者如行尸走肉。

  流畅先生至今还住在家里，与父母同室。家里空间小，他就在父母的床上方架起一张单人床，形同大学时代的双层床。

  霹雳一声震天响，文化大革命结束了。拨乱反正开始，流畅先生生命的春天到来。他等待上级给他平反,让他过上正常人的生活。日子一天天过去,报纸恢复正常出版,他要求现任领导分配他工作。领导翻看流畅先生的档案,因他的身份还没有界定清楚,一时不好安排。流畅先生坐不住了,他跑到地委,找到重新走上领导岗位的专员。专员经历过大风雨,他念及旧情,抓起笔就作了批复,让有关部门澄清问题,恢复流畅先生的名誉,安排好工作,使其人尽其才学有所用。有关部门接到批示,迅速开展工作。调阅流畅先生的档案,工作人员犯难了:阶级异己分子,既不是反革命,也不是右派,它算不上帽子啊,怎么就能扣在流畅先生的头上呢?既然不是帽子,也就没有摘的必要了。

当流畅先生弄明实情时,惊呆了,他嘴唇颤抖,半天说不出一句话……

岁月流逝,光阴蹉跎。呜呼!

一言惹祸

文先生出生于上世纪三十年代,他的童年生活很是幸福,衣食无忧,吃饱穿暖。文先生自童年起就养成良好的学习习惯,成绩在班级一直名列前茅。文先生的作文特别好,常被老师当着范文在课堂里朗读。受到鼓舞,文先生的笔动得更勤了,还背着父母写日记。文先生的日记没有秘密,记的都是学校里面的琐事,或是和某个同学玩耍打闹的事。这些人人都清楚的事文先生也不想让别人看到。文先生想,既然是日记就属于个人秘密。秘密就是隐私,除了自己,别人是不该看的。

一天,文先生与几个男同学在巷子里弹玻璃球。文先生今天手气不佳,接连输了几个球,口袋里仅剩下最后一个,文先生犹豫再三,最后狠狠心掏了出来。这个球不能再输了,输了就没有玩的了。文先生在心里告诫自己。文先生眼睛瞄准目标,大拇指用力一弹,玻璃球滴溜溜地滚远去。文先生跟着小球跑,看它是否撞击到目标。就这时一名戴眼镜的男子来到他们中间,问,小朋友,你们认识一个叫文化的人吗?他的家住在哪里?一个小朋友抬起头,响亮地吸溜一下鼻子,抬手往前一指说,你找文化呀?那个弹球的就是!来者顺着小朋友的手指方向一看,这是一个两手泥土,两管清涕的半大孩子,不高兴地说,去!去!开什么玩笑,人家和你说正经事!小朋友用衣袖擦去鼻涕,仰脸看一眼来者,说,谁和你开玩笑?不信拉倒,我玩去了!说着往前跑,下面轮到他滚球了。来者犹豫半晌,才疑疑惑惑地走上前,拉住文先生问,你真的叫文化?文先生玩在兴头上,他忙里偷闲说,这还能有假?请问有何见教?来者一听,感觉这个小朋友非同一般,于是试探着问,你给《新华日报》投过稿吗?文先生一听,大大咧咧地说,投啦,闹着玩呢!说着跑开去。眼下对他,赢球是最重要的。来者说,你那篇文章我们要发表啦!文先生无所谓地说,要发你就发吧!小朋友们听懂是怎么回事,停下游戏,哦哦大叫,为文先生祝贺、喝彩。

  这一年,文先生十二岁,读小学六年级。

  文先生生性爱动,除了上课、写作业,别的时间他很难安静下来。文先生从玩玻璃球起步,后来打乒乓球,再后来打篮球。自从打篮球,他就不玩乒乓球,更不玩玻璃球了。那些全是小儿科,文先生不屑一顾了。准确说,文先生是考进南京晓庄师范才接触篮球的。篮球讲的是团队,但更注重个人才能的发挥。一支球队五个人,人人都是这支队伍的魂,他发挥的好坏就决定这支球队的胜负。文先生打前锋,他的投篮命中率高达百分之八十。有一次与外校比赛,四十分钟内文先生投中四个三分球,五个拦板,全场一次又一次沸腾,无人不为他欢呼叫好。

  篮球让文先生走到人生的巅峰。

  搞体育的人都知道,要想在某个项目里取得好成绩,最好的办法就是勤学苦练,没有别的捷径可走。刀不磨不快,枪不擦不亮,体育与其同理。文先生想把篮球打得再好些,他除了上课、写作业,其余时间全部耗在球场上。

篮球是强体力活动项目，体能消耗很大，一场球打下来，肚子就空了。文先生刚跨入青年，正值吃壮饭长身体时期。在文先生印象里，自从打篮球，他的肚子就没有吃饱过；或者说，暂时吃饱了只一会儿又空了。那天打完球，文先生饿得直不起腰，胃子里火烧火燎的，像有无数把利器在刮动。文先生想，食堂的大师傅要是给他送两只馒头来，就可以把饿火压下去了。他看看时间，离开饭时间还远。真煎熬人！文先生双手捂紧肚子，嘴里嘀咕一句：我的妈呀，饿死人了！

就是这句话，让文先生的人生路发生了重大改变。

这一年是公元1957年。此时的文先生已是晓庄师范三年级学生，再有几个月就毕业离校了。

真应上了一句话：路边说话，草棵下有人。文先生的八字短语，赶巧被另一支球队的一个队员听到。此人所在的球队多次与文先生的球队交手，从来没有赢过，被文先生和他的队友们戏称为手下败将。他早就想出一口恶气，给文先生和他的队友一个下马威，可惜一直没有找着机会。真是踏破铁鞋无觅处，得来全不费工夫。真乃天助我也！

1957年，全国反右斗争正如火如荼地进行，上级派来工作小组进住学校。此人闻听文先生的那句话后，找到工作小组，把文先生的八字短语复述一遍。工作小组的人一听，拍案而起——这还了得，文化这是对新社会不满，此言就是反党反社会主义！时间、地点、证人俱全，文先生被定为右派。

右派不可留校读书，文先生还没有毕业，就被发送到苏北劳动改造。

十八岁的青年，为一句话，从天堂一步跌进地狱！

这就是古话说的祸福相依呀。

在农村接受改造，文先生吃尽辛苦，受尽折磨。文先生被分配干最重的活，记最低的工分。一次与几名右派被派去远处伐毛竹，下工回来晚，当他摸黑回到住地，揭开锅一看，锅里的饭早完了。文先生饥肠辘辘，他有话不敢说，站在灶前暗自落泪。文先生不知道这一夜怎么熬过去。他放下碗，默默地向自己的床铺走去。房东大娘把这一切看在眼里，她走过来轻轻拉一下文先生。文先生见大娘有事找他，跟着大娘来到院心，正要问大娘何事时，大娘从她的灶屋捧出一只大黑碗。文先生闻到饭香，什么都明白了。这是一碗用山芋叶煮出的稀饭，文先生感觉比珍馐佳肴还好。这是文先生此生吃的最香的一餐饭，他怀着宗教般的心情慢慢享用，吃完最后一口，文先生双膝着地，对着大娘跪下了！他泪流满面地叫了大娘一声：妈……

也是这一年，文先生的女友与他分手。大娘担心文先生禁不起打击，用好言慰藉他，还要将自己的闺女嫁给他。文先生不忍连累好心的大娘，他对大娘说，大娘，我已叫过您妈，您见过世上有哥哥娶妹妹的吗？大娘说不过文先生，长叹一声只好作罢。

人心未泯，是大娘给了文先生活下去的勇气。

1978年，文先生平反。文先生没有回父母身边去，上级根据他的请求，把他分在大娘所在的人民公社小学教书。也是这一年，文先生饱含血泪的长诗《大娘》在《诗刊》的头条位置发表，并获得当年的全国诗歌奖。此后，文先生诗情勃发，一连写出数首诗作。几年后，文先生红遍全国，文学界无人不知他的大名。文先生成了新时期最有影响力的诗人之一。

文先生因一句话跌入苦难的深渊。苦难无边，暗无天日，但文先生没有被苦难击倒、吞噬。

文先生是强者，他从苦难里撷取营养，芬芳自己，也芬芳社会。

文先生的人生是大写的人生！

《作品》2009年6期

荒诞岁月

一字惹祸

今天与往日一样,太阳从东方冉冉升起,毋庸说,傍晚时分又将从西天徐徐落下——一天天,一月月,时光凝聚成岁月,人也就在这岁月中一天天长大,又一天天老去。

任老师五十五了,满打满算,还有五年就告老还乡,和妻儿团聚。任老师盼着这一天快点到来,又害怕这一天真的到来。盼,是因为他厌倦了这种走钢丝般的生活;怕,是因为他喜爱孩子,留念校园,他不知他一旦离开校园,离开孩子,还能做些什么,活着是否还有意义。

在教工食堂吃过早饭,别的老师都回宿舍去,等待预备铃声响起再去上班。任老师没有回去,他穿过两排教工宿舍,直接到办公室去,他要把昨晚备好的课再温习一遍。任老师从教三十年,教的又是低年级,可以骄傲地说一句,他不用准备,闭着眼睛都能上课,而且一定上得很好。但是任老师不那样做,也不会那样做,他三十年如一日,把每一节课都当成新课,精心准备,认真备课,把他讲了无数遍的课讲得新意盎然，趣味横生。

任老师热爱他的工作，他的学生也热爱他。

任老师是学校的骨干教师，他供职的学校是淮县中心小学。

从事教育工作的人都知道，淮县师范学校和淮县中心小学是挂钩单位，每学期都派数名学生到中心小学实习。名师出高徒。跟谁实习，首推任老师，学生也以能跟任老师学习为荣。任老师既要教学，又要带实习生，每天忙得跟陀螺似的，少有闲暇时间。而同年级或是其他年级的老师，除了上课没别的事，倒也落得清闲自在。

任老师也想过一过悠闲的日子，就像其他老师那样做一天和尚撞一天钟。但是这个念头刚出现，就被任老师连根掐掉。

老师的职责就是授业、解惑，不该有其他杂念。

任老师今天上午有两节课，一节语文，另一节是作文。

今天的课，上的是《太阳》。听课者除了五十名学生，还有二十名实习生。实习生分坐在两边的过道里，把教室挤得满满的。今天的课气氛很活跃，因为孩子们都熟悉太阳，熟悉到像门前的枣树、院内的水缸，菜田里的南瓜……可以说已熟到熟视无睹的程度，但学了课文，特别是听了任老师的讲授，才知道太阳对地球、对人类是如此重要，重要到须臾不可分离。任老师说，没有太阳，世界将一片黑暗，永远没有光明！听听，这是多么可怕的事情啊。任老师还讲了风和雨形成的过程，学生们听了，一个个惊得张大嘴巴，异口同声说，太阳是个神奇的魔术师啊！一节课不知不觉过去了，学生们撒着欢往外跑，实习生簇拥着任老师走出教室。

课间十分钟倏忽过去。

下一节是作文课。

作文是新课，三年级学生还是孩子，需要引导，提示，甚至还要写出范文，让他们照葫芦画瓢，他们才会挤牙膏似的写出一二百字的小文章。可别小看这些学生，更不能小看他们这一篇篇稚气得如同嫩芽似的小文章，要知道参天大树是由幼苗长成的，大作家也有童年。

上课铃声响起，学生们踩着铃声往回跑，实习生也鱼贯进入教室。任老师最后一个进来，他走上讲台，扫一眼台下，转过身在黑板上写下作文题：《池塘》。上一课学的是《太阳》，结合课文，任老师给孩子们一些提示，说水是生命之源——人离开水将无法生存，农作物离开水也无法生长。孩子们听了，一个个埋头写起来。

人如果有未卜先知的本领，那他就可以避开临近的灾祸，日复一日，年复一年，永远过着幸福安宁的生活。

世界上没有如果——其实灾祸已悄然逼近任老师，任老师还浑然不觉，他像一棵大树站在讲台前，准备回答学生提出的各种问题。

作文课能有什么问题呢？也就是文章写到某处卡住了，他给点拨一下，那个学生便茅塞顿开，拿起笔继续往下写；或者写着写着，被一个字难住了，举手问一下，说得清的字任老师就说出来，说不清的就写到黑板上。三年级的孩子，写不出的字多着呢。

刚说曹操，曹操就到了。

一个学生举起手说："任老师，'哄'字我不会写。"

任老师说："这个字是左右结构——左边一个'口'字，右边一个共产党的'共'字，合起来就是'哄'。会写吗？"

那个问话的学生响亮地回答："老师，我会写啦！"

也该任老师倒霉，他说这话时，恰逢县革委会主任来学校视察工作，正巧又路过任老师的班级，任老师的话一字不漏全被他听到了。主任生气道："这还了得，我们共产党是哄人的吗！这是反革命言论啊！这样的坏人怎么能教书育人，培养好革命的下一代呢？你们说是不是？"

陪同视察的教育局长听完革委会主任一席话，脸都吓白了，点头如鸡啄米，诺诺连声："是！是！"

革委会主任对教育局长下指示，说："特事特办，你派人抓紧整理这个人的材料，明天上报革委会！"

局长一边点头，一边擦汗。

任老师仍站在讲台前，两眼看着这一群可爱的孩子，准备解答他们提出的各种问题，对即将降临的灾祸一无所知——等待他的是一顶"现行反革命"的帽子，还有开除工职、回家劳动改造的处理决定。

处理意见下来那天，任老师像头暴怒的雄狮，大吼一声，抬手狠狠地甩给自己两记响亮的耳光。在场所有人都看到，任老师的嘴流血了，两条红蚯蚓钻出来，在他的脖颈上一拱一拱地向下爬行……

欲加之罪

任老师的事，让淮县中心小学的全体老师如惊弓之鸟，惶惶不可终日。

教师的职责是授业、解惑。授业、解惑要动口，还要动手。前车之鉴，老师们怕祸从口出，重蹈任老师覆辙，上课照本宣科，下课闭口不语，同事见面，说说天气，最多问一声：吃了吗？除此不多一言。

郝云老师毕业于地区师范专科学校美术系，淮县中心小学，数他学历最高。

读书时，郝云因一幅水彩画在全省大学生绘画比赛中摘得头奖，被省美术家协会吸收为会员。那时入会的人少，能加入省美术家协会的更是凤毛麟角，全地区仅有二人，称他为画家也不为过。按郝云的才华和影响，分到地区中学任教是板上钉钉子——铁定的。淮县中心小学缺美术老师，武厉校长跑到地区教育局，找到分管人事的副局长，硬把郝云要了回来，理由是郝云是淮县人士，回县反哺乡人。

武厉校长如愿，郝云却受了委屈。

武厉是暗中操作，郝云被蒙在鼓里，所以对能分到淮县中心小学工作，心里还挺满意。毕竟是农村孩子，要求不高，能分进县城，而且在重点学校工作，是祖宗积德，老天保佑啊。

郝云教高年级美术，武厉重用他，委以美术组长——这在淮县中心小学校史上，是史无前例的。分析人士判断，不要几年，郝云即可跻身领导岗位，具体说就是升任教务副主任。分析人士的话有一定道理，因为老主任年龄大，过几年退位，副主任前进一步，留下一个窝，非郝云莫属。从校方看，形势也是朝着这个方向发展的。

郝云工作第二年开始恋爱，是学生家长牵线搭桥的。女孩身材窈窕，皮肤细白，瓜子脸双眼皮，是个大美人。大美人在县百货公司做营业员。营业员是公众人物，更是炙手可热、令人羡慕的好职业。老师们闻说后，课余时间纷纷去百货公司饱眼福。看后都说，美人嫁才子，天下绝配！才子是烈火，美人是干柴，二者相见便燃起熊熊烈火，没多久，美人就显山露水，没奈何，只得匆忙成婚。半年后美人生下一子，一家人和美生活。

孩子学步时，郝云稳步前进，果如分析人士说的那样荣升教务副主任。

这一年，"文化大革命"正向深处发展，形势如火如荼，一片大好。

郝云是领导，也是画家，他每天除了行政与教学工作，还要为学校墙报的批判专栏画插图。插图大多是漫画，批判谁了，就画谁。郝云的画讽刺性强，看他的画比读批判文章痛快。一天，县教育局长来中心小学视察运动进展情况，他看标语、读墙报，最后被墙报的插图吸引住。局长把校园里的墙报看完后，问武厉是谁画的画。武厉说是郝云，前几年从地区挖过来的。局长听明白事情的来龙去脉，大夸武厉，说他是伯乐，慧眼识英才。武厉听了，嘴上谦虚，心里偷乐。局长回去后，组织机关里的人来中心小学参观，其他学校也闻风而动，纷纷过来学习取经。郝云名气大增，淮县教育界无人不知他；武厉赚面子，全局召开批判经验交流会，他走上主席台，做了半小时典型发言。

凡事都有两面性，就在武厉绞尽脑汁，想让学校工作再出新亮点，教育局来了调令，调郝云去局里工作。武厉找局长，想把郝云留下来，继续为学校服务。局长要武厉识大体顾大局。武厉说他当年就是顾大局想长远，才到地区挖人的。听他这么说，局长"喷"地笑了，说："你能到地区挖人，我就不能从下面调人吗？"听话听音，武厉知道他说了也是口抹石灰——白说，胳膊永远扭不过大腿，阻拦下去也是螳螂挡车。不过武厉还想争取一下，郝云来中心小学这几年，武厉对他不薄，年纪轻轻就让他走上领导岗位。人非草木，孰能无情？如果征求一下郝云意见，他若不愿走，事情还有转机。想到这里，武厉说："局长，我们应该听听郝云的意见，是留是走由他定。"局长闻后，把握十足地说："好啊，我们应该尊重他本人意见！"武厉错了。人是往高处走的，水是往大海流的，郝云对来征求意见的人说了一句很上水平的话："听党话跟党走，服从组织安排。"武厉暗想，换上他，也会这么说的。

郝云调到局里，安排在办公室，工作就是为局里的两块板报出批判专栏。在中心学校，郝云既搞行政又忙教学，还要忙里偷闲出墙报，整天忙忙碌碌，常感时间不够用。调进局里，工作单一，他成了时间富翁。郝云闲不住，于是自作主张，将一周一换的板报改成一周两换。如此一来，他的工作量加大一倍。

有事做好啊，忙了生活才充实。

前面说了，郝云是画家，他的画讽刺性强。郝云画人，排斥共性，捕捉个性，寥寥几笔就能把一个人的特征勾画出来。郝云画反面人物，也画正面人物和伟人。郝云作画，板报前常有人驻足观赏，看了或捧腹大笑，或点头称赞。教育局的板报成为全县机关的一道亮丽风景，县革委会主任一天出来看板报，当他来到教育局的板报前，脚下像生了根。在场的人看到，主任看报时脸上挂满笑容，还不时点一点头。

局长也因此走上主席台，面对全县机关干部，做了四十分钟典型发言。

因为板报，局长给主任留下极好印象。有官场经验的人预测，局长仕途看好，年内有望升迁。

局长在等着这一天，他盼望时间像白驹过隙，跑得快一些，再快一些。

时间好像有意与局长作对，走得慢慢吞吞，像老牛爬坡。局长头上已急出几丝白发。

终于到了动人的时候，出乎意料，局长没有升迁，郝云却调动了。县革委会没有征求教育局意见，就开出调令，就像数月前教育局从中心小学调人一样，不同的是调令上的那个戳子。

这一天是周三，教育局换板报的日子。按说郝云已接到调令，他应该忙自己的事，调动了，有好多事等着办，换不换板报已与他无关。但是郝云没有那么做。郝云是个完美主义者，他想站好最后一班岗，给自己交一份满意的答卷。

恰好这天夜里伟人向全国人民下达最新指示。在构思板报内容时，郝云把最新指示用在报头上，还配以伟人的侧面头像。

出好一块板报，还剩一块没出。为使两块板报对称呼应，郝云选了伟人的一段语录，用在这一块板报的报头上，插图时也配上伟人的侧面头像。

两块板报花时一天，而以往只需半天，可见郝云是下了工夫的。

真所谓成了萧何，败也萧何。

郝云因画而名，画让他平步青云，一脚登天。郝云还不到三十，脚下的路很长，前途不可限量啊。

郝云有所不知，这一天，他已走到人生的顶点。顶点即高峰，高峰的任何一方都是坡面。

下班了，郝云回办公室收拾东西，他要把自己的东西全部拿走。

这一天，县革委会主任难得没有应酬，他拎起公文包，关上门就走了。秘书听到碰锁"哒"的一声响，急步出来，把主任的包拎到自己手里。主任大步流星，军大衣被迎面风吹得一飘一飘的，走到教育局那两块板报前，主任停下脚步。有人在看那两块新出的板报。主任也看，刚看一眼，眉头皱起；看第二眼，感觉出报人有点居心叵测。伟人怎么全是侧面像呢？一只耳朵，这是含沙射影，影射伟人偏听偏信啊！

"这是反革命行为！"主任义愤填膺地说："谁这么大胆，简直是狗胆包天！"

革委会主任是全县几十万人的最高长官,他的话就是圣旨。秘书领命而去,须臾返回来,汇报说:"是郝云!"

主任反问一句:"郝云……就是我要用的那个人?"

秘书说:"正是,今天刚开出调令。"

主任的大手用力一劈,说:"他是潜藏在革命队伍里的反革命,我们不能姑息养奸,应该打倒他,再踏上一只脚,叫他永世不得翻身!"

秘书又一次跑开去。

此时,郝云已整理好东西,他把办公室的钥匙从钥匙扣上解下来,刚走出门,就被几个年轻人团团围住,只听"咔嚓"一声,郝云那双画画的手就被铐了起来……

催 眠

文华学的是化学,却迷恋文学,得空就往中文系跑,要么一头扎进图书馆,找一些中外名著看。同学见他厚彼薄此,都摇头咂嘴,说文华这样做,是耕了别人的田,荒了自家的地。与他同组的一位女同学说:"文华是鬼迷心窍,他这么做,是搬起石头砸自己的脚,到头来吃苦的是他自己。"没想到女同学一语成谶,这是后话。

爱学习的人都知道,一个人如果读书多了,他的内心就很辽阔,思想也比常人深刻,看事物既看正面,也看反面。哲学用语,叫做事物的两面性,或多样性。文华就是这样的人。

文华是真爱文学,爱到骨子里。学习很苦,创作更苦。文华不像同学说的那样,他非但没有荒废自家的地,别人的田也长得青翠欲滴,五谷丰登。说明白一点,就是文华本专业学得很好,文学方面也是硕果累累。他是双丰收啊,在校几年,文华不但写诗,也写小说。他写的小说,手稿被同学传着看,一传十,十传百,后来竟然出现手抄本。

大学毕业,文华被分配到县中学任教。文华白天教学,晚上创作。

一份耕耘，一份收获。不久，文华的小说就在《人民文学》杂志上发表了。文华刚分来学校时，有人说文华是大才子，在大学就写诗写小说，好多人读过他的手抄本。听的人不相信，说会写小说的人是作家。作家是什么？是人类灵魂工程师啊！意思不言自明。没几个月，从北京寄来的一封信证实那人所言不谬。那是一封奇大的信，信封上清清楚楚地写着文华的名字。传达室的魏师傅神情肃然地从邮递员手中接过来，感觉沉甸甸的——这是他干传达以来见到的最大最沉的一封信。此刻，魏师傅把大信封端端正正地摆放在桌子上，等着文华下课来取。那个曾经不相信文华会写小说的人路过传达室，一眼看到大封信，张开嘴巴"啊"了一声，当即返回办公室，比比画画，夸张地对同事说了一番，没课的老师都跑来传达室看稀罕。我的妈呀！这么大的信封，跟档案袋一般大小。寄信人的地址和邮戳都来自北京。信，在几个人手中传递着。

下课铃声响起。性急者走出传达室，想把这个消息告诉文华。有眼尖的老师高声叫道："看，文华来啦！"大伙把目光齐刷刷地投向远处，果然是文华！他下课没回办公室，而是直接来传达室取他的信，看来有人把消息传过去了。文华愈走愈近，已经能看清他脸上的笑容了。大伙往两边退，中间留下一条通道给文华走，有点夹道欢迎的意思。文华大步流星，走路带风。大伙的目光如同剧场里的追光，紧紧地跟着文华。文华走进传达室，拿起信封，"嚓"地撕开封口，取出杂志，先看目录，再翻内容。靠近的人，如同一群伸长脖子的鹅，嘴里念着："《讲台》，文华！"这是一篇反映教师生活的小说，据后来看过小说的人说，小说取材他们学校，人物有老师，也有学生，都是一些司空见惯的事，但经过文华描写，就变得不一样了。同为老师，文华把生活变成小说，而他们连想都不曾想过，真是人比人死，货比货扔啊。

从此，老师们对文华都高看一眼。

文华一如既往，白天上课，晚上挑灯夜战，常常忘了时间，直到公鸡打鸣才上床小睡。文华把时间看得比金子贵重，年近三十也不恋爱。学校有一名年轻女教师，相貌出众，人品极佳，不乏追求者，均遭拒绝。男子钟情，女子怀春，世间常情也——女教师也不例外，她的情早有所属，心亦有所系，心中的那扇小门是专为文华留着的，只等他有朝一日来叩响，再轻轻地推开。年级组长也是女性，姓吴，已婚。结过婚的人眼睛带着"毒"，女教师的心思早被她洞穿。她见文华迟迟没有行动，很是担心《梁山伯与祝英台》在她身边上演，于是甘愿当红娘，为他俩牵线搭桥，完成人间一桩美满姻缘。吴组长性急，这一天见文华一个人在办公室，不加铺垫，就把这事说了。文华正在批改作业（抑或在构思某篇小说，入得太深？），大脑一时没转过弯来。吴组长见他懵懂如梁山伯，吃吃一笑，遂又复述一遍。说完了，吴组长在文华对面坐下来。文华如果抬头，就会看到，吴组长的嘴角弯弯如上弦月，眼睛眯眯如睡美人——此时此刻，吴组长正等着文华谢她呢。前面说过，吴组长是结过婚的。已婚女人做事是穿钉鞋拄拐杖，步步求稳实——女教师是佳人，文华是才子。佳人配才子，古今传佳话……文华继续批改作业，头还是不抬。吴组长想他这是害羞呢，别看他是作家，情场却是新手……就这时文华有了动作，他换一个坐姿，继而摇一摇头。

  吴组长有点不相信，失声变调地问："怎么？你……你看不上她？"
  文华又摇一摇头。
  吴组长糊涂了，她闹不清文华第二次摇头是何意思。吴组长想打破砂锅问到底，就这时下课铃响了，别的老师回来了。吴组长把滚到嘴边的话咽回肚子里。
  吴组长很无趣，地下有缝她能一头扎进去！回到位置上，吴组长鼻息粗重，胸膛一起一伏的。吴组长在心里骂自己贱，说自己是狗逮耗子多管闲事。下次嘴痒，就到砖墙上蹭去！
  吴组长最后发狠道："哼！不就是作家吗？有什么了不起！"
  从此，吴组长对文华有了看法。
  一天课间休息，办公室有一女老师向同事诉苦，说她睡眠不好，过了12点就睡不着，睁着眼睛盼天明。

有同事支招，说数数呀，数累了保管你就睡着了；还有说吃安眠药啊，那东西管用，一粒就见效。

文华听了，对女老师说："我教你个法子，保你睡得香！"

女老师问："啥法？快教说！"

文华小声说："看'毛选'啊（毛泽东选集），一看就困，我屡试不爽！"

女老师信心不足，半晌才说："我试试看吧。"

这话被吴组长听到了。听到就听到，当时也没当回事。

不久，"文化大革命"开始。学校停课闹革命，每天开会，高举拳头，狂呼革命口号，会场乱哄哄，仿佛一锅粥。县革委会派出工作组进驻学校，老师们人人自危，担心自己成为革命对象。工作组是带着任务下来的：他们要在学校挖出一颗"定时炸弹"，这颗"炸弹"就是反革命！谁是反革命？老师们迷惘、彷徨、恐惧。工作组几个人分头找老师谈话。谈话采用的是启发式和诱导式。工作组的人个个都像嗅觉灵敏的警犬，他们能从老师们的谈话中寻找出蛛丝马迹，然后顺藤摸瓜，最后揪出坏人。

这天，吴组长被找来谈话。经过启发和诱导，吴组长突然想起文华那天说过的话，于是一字不漏地对工作组的人说了。工作组的人一听，眼睛立马亮了，"砰"地拍了一下桌子，骂道："妈的！好一条大鱼，好险让他漏网脱逃！"

有了人证，文华就成了彻头彻尾的反革命！

那时的政策是从快从重，文华先被判处死刑，后改判无期，险些丢了脑袋。

审　片

老黄供职于地委宣传部，任副部长，副处级。在地区，这个级别算是高干。

老黄五十三岁，离退休还有几年，日子长着呢。在部里，老黄分管新闻和文化。众所周知，新闻指的是报社、电台和电视台；文化就是文化局。文化局是个大单位，属下有几家剧团，还有电影公司、博物馆、群艺馆、图书馆、书画院、戏剧学校等等。在宣传部，数老黄手里的事多，忙起来别说部里人见不到他，连他的老伴一周也见不上他几次，老黄忙起来就像古代的大禹，路过家门而不入。一次，老黄的老伴亲眼看到老黄拎着人造革皮包，在马路的那一头一摇一摆地往这边来，老伴就站在门前等，哪知他走着走着却拐了道，向另一个方向去了。老伴把手卷成喇叭筒，跟在后面"喂""喂"大叫，老黄耳朵里像塞一团驴毛，愣是没听见（老黄老伴的口头禅）。老黄两天没回家了，家里有急事要和他商量，不见面咋行呢。老伴回家把门锁起，骑上车子追赶，马路上连老黄的影子也没有。人找人，如同大海捞针。老伴想走捷径，先把他的去向摸准确，然后来个瓮中捉鳖。这样一想，于是掉转车头，到宣传部去。宣传部在地委大院内，老伴有幸跟老黄去过一次，道路是记熟的，骑车一二十分钟就到了。宣传部办公室的人告诉她，说老黄到京剧团调研去了。老伴走出来，骑上车子就往京剧团赶，那个扮演李铁梅的女演员说，你找黄部长啊？他刚走不久，到淮剧团调研去了。又是调研，这狗撵兔子，何时才能逮个正着呀（又是口头禅）。老伴脚下用力，心急火燎地往前骑，赶到淮剧团，抬头一看，剧团的门上挂着一把大铁锁。老伴走进传达室，看门老头耷拉着眼皮说，下班了，要找人下午过来。老伴没有多话，更没有耽搁，骑上车火烧屁股似的往家跑——俩孩子这会正在下班路上，她要赶回家给他们做饭。老伴本来没有气，这会有气了。老伴嘀咕道："老黄啊老黄，你心里还有这个家吗？等你晚上回来，我一定要你说个清楚明白！"

当晚老黄没有回来，第二天也没回，直到星期天中午，老黄才拎着那个皮包回家来。老伴有一肚子话要说，此刻那些话像一团乱麻在她肚子里乱拱，老伴想把话理顺畅，然后再一句一句说出来（老黄教导她，说话要条理分明）。哪知她还没开口，老黄就扔给她一包脏衣服，命令说："赶紧洗去，我明天要带走。"

听话听音，看来老黄下周又要有几天不归家。老伴心里气啊，肚子一起一伏的，里面的话更乱了。老伴不管不顾了，脱口道："地球离开你怕是不转了，看你忙的，连家都不要了！"

老黄是烧鸡蛋炸瞎眼没瞅出火候，他真是忙昏了头，到这时竟然还说："我真是忙啊，下午还要加班，在家里审片子，没有政治问题、生活问题，电影公司才能卖票放映。"

老伴阴阳怪气地问："你的权好大呀，管天管地，快赶上任部长了。"

任部长是常委，地委主要领导。老黄当老伴不懂，轻言好语对她说："不懂不要瞎说。任部长是地委常委，省管干部，我比他差一大截子。"

老伴心想，我没吃过猪肉，还没见过猪跑吗！当我啥也不知呢，真是！她将错就错，接着刚才的话说："你管那么多事，又是剧团，又是电影公司，还有别的单位，人口合到一块成百上千，全归你领导，谦虚啥呀！"

老黄一听跳起来："别说剧团，说了我来气！"

老伴装着关心的样子，问："气啥呢，谁得罪你啦？"

老黄气呼呼地说："不是得罪，是捅娄子！"

"这不是太岁头上动土吗？"老伴幸灾乐祸地说。

老黄叹息一声说："有几个女演员，仗着自己长着漂亮脸蛋，趁着地委书记接见时告团里的状。"

"告剧团又不是告你，你操啥心？"老伴追问。

老黄说："我是分管领导，不操心行吗？这几天，忙的都是这事！"

说着话，家里的电话响了。老黄抓起话筒一听，是电影公司吴经理打来的。吴经理告诉黄部长，放映员午饭后来他家，放香港内部影片《铁牛》，请黄部长审查。吴经理还告诉黄部长，其他几位审查员都看过了，就等黄部长看后拍板拿意见，如果没问题，他们下午就把海报贴出去。老黄一边听电话，一边点头，嘴里还不停地说好，好。老黄这几天在两个剧团跑来跑去，把审查影片之事放到一边，误了人家时间。老黄本想说几句歉意话的，一想他是领导，领导做什么由自己做主，于是没多说话，就把电话挂了。

老伴听了电话，知道老黄一会还有事，是电影公司的人来家里放电影，就不和老黄怄气了。老伴想，既然电影公司的人来家里放电影，她大概也能跟着沾一点光的。想到这里，闷在心里的气一下子烟消云散，于是高高兴兴地做饭去了。

电影公司的人说来就来，到时老黄刚丢下饭碗。

放映员来了就开始忙碌，他把放映机架在客厅里，在电视机前扯上一块幕布，拿出拷贝就准备放映。老黄有些激动，心怦怦狂跳，两颊一阵一阵蹿火。老黄听人说过这部影片。这是一部动作片，在香港很火，入座率极高，场场爆满。爆满的原因，是因为片中有打斗，人人功夫了得；还有谈情说爱的镜头，男女搂搂抱抱，嘴巴对着嘴巴接吻，时间在五秒钟以上。老黄听别人议论，当时不太相信，但听人家说得有鼻子有眼，又不得不信。影片马上就要放映，如果传说是真的，不用多说，肯定通不过。他是宣传部长，又是审片组长，他不能让黄色影片公开上映，毒害人民，污染社会。

放映开始，老黄将老伴和两个孩子轰出去。孩子不乐意，但不敢反对。老伴就不同了，在家她也是主人，和老黄平起平坐，老黄不分青红皂白，把她和孩子混为一谈，一道往外轰，说明她在老黄心里没有位置。老伴虽然有气，但当着放映员的面，还是给老黄留了面子，离开时她给放映员倒了一杯水。

老黄坐在沙发上，跷起二郎腿，一摇一晃的。客厅里就他和放映员，一个人放，一个人看，真惬意啊，比在小会堂审片舒服多了。

电影很热闹，情节一步一步向前发展，看趋势，男女主人公真的要恋爱了。老黄心跳加快了，他希望传说是真的，因为他也想看一看别的人拥抱和接吻是啥样子；同时又担心传说是真的，如果那些传说中的镜头真的出现在银幕上，这部电影就死定了。

老黄每年要审查几部电影，《铁牛》给他有一种别样的感觉。老黄目不转睛，紧紧盯着银幕瞅。男女主人公说说笑笑，眉目传情，他们愈走愈近，果真拥抱了，又接吻了……老黄坐不住了，身上像着了火，他把衣扣全部解开，感觉还是热；喉咙很干，仿佛龟裂的土地。老黄起身倒水，他想把喉咙滋润一下。就这时响起敲门声。老黄当是俩孩子，他把门打开一条缝，伸出头刚要轰他们，不想门口站着几名公安。不等老黄说话，几名公安已冲进室内，其中一人说，他们接到群众举报，说有人在家看黄色电影。接报后他们迅速出警，果然人赃俱获！老黄镇定下来，说："你们搞错没有？我是审查影片，不是看黄色电影。"那人冷笑一声说："不要狡辩，死到临头，有话到公安局说去！"话音刚落，几名公安就把老黄和放映员押走了。放映机、拷贝，还有幕布也被一道带走，这是赃物，更是铁证。

老黄和放映员被关了一夜，说破嘴人家也不放他。第二天，经部领导斡旋，另几名审查员出面作证，老黄和放映员才被释放回家。

《东风文艺》2011 年 5 期

1月10日

　　今天是本年度第一个发薪的日子。

　　跟往年一样,今天发到手的应该是两月个薪水——本月的和全年13个月的。老郝工资高,一月大几千,两个月加起来靠近两万,码起来有半块砖头厚,看着舒坦,掂着喜人。在此赘述一下,老郝是离休干部,建国前一天参加工作,正巧卡在国家规定的那道线子里——用老郝自己的话说,运气好。也就是老辈人常说的,狼行千里吃肉,猪走千里吞糠,一个人一个命。说来也是,他若是晚一天出去,就不会有今天的待遇。比他年龄大的,在位时职务也比他高,就因为比他晚几天工作(有的只晚一天),退位后待遇远没有他好。每到发薪这一天,那几个老家伙心里就不太舒服,说话夹枪带棒,好像老郝把筷子伸到他们的饭碗里抢食似的。老郝也有对付他们的办法——这一天,老家伙们说什么他都是左耳进右耳出,只当没听到。老话说得好,伸手不打笑脸人。老家伙们看老郝屁不放一个,也就偃旗息鼓,把没说完的话吞回肚里。有时老郝也会小恩小惠地贿赂一下,把他们拉到干休所对面的小饭馆里,点几个可口菜,要一瓶保健酒,花钱买和平,哄一哄他们。吃人的嘴软,喝人的嘴更软，再听几个老家伙说的话就很顺耳，像个抓痒耙，捞的尽是痒痒处。

正是三九天，因为无风，大门敞开，感觉也不是很冷。现在的天就是冷也冷不到哪里去，看院里的小花园，草青树绿，乍一看还当是春天呢。想想还是过去好啊，四季分明，春天桃花红梨花白，夏天蝉鸣聒耳烈日炙人，秋天瓜果满园稻谷飘香，冬天万物凋零大地裸露。现在一年到头差不多一个色调，不看日历，还真的不知岁月走在哪个季节里。

座钟当当敲响九下，老郝知道，干休所的毛所长和戴会计脚前脚后就该来了。老郝强行把思绪拉回来，走出正屋，穿过小院，来到前门，刚把院门打开，巧了，毛所长和戴会计正走到门口，不用敲门，径直进了院子。

毛所长抱拳招呼："郝老您好，等急了吧？"

老郝赶紧回礼："毛所长好！戴会计好！"回礼后又说，"不急不急，自家锅里的肉，多熬熬吃着香！"

说着话，毛所长和戴会计已熟门熟路地进了客厅。老郝紧随其后，待他走进来，老伴已在沏茶拿烟。

钱是数好的，在一个信袋里装着。信袋鼓鼓的，像头大肥猪，四平八稳地趴在茶几上。老伴从抽屉里拿出老郝的私章。老郝戴上老花镜，从老伴手里拿过私章，在印泥上沾一下，用力盖在工资表指定的空格上，"郝解放印"四个篆体字清晰地显现出来。盖好一张，戴会计翻开另一张表，老郝又在指定的空格上用力盖一下。老郝清楚，第二次盖的是13个月的。做完了，老郝把私章交给老伴，两手不停搓动，见戴会计向他点头，这才把信袋拿过来。钱是不用数的，因为盖着银行小方章的封条还在上面。但是老郝还是要数。当面数钱不丢人，更不是小看人，数一数，双方都放心。几年前，老郝还没有数钱的习惯，领完工资，留下当月用的，余下的全存到银行里长利息。一次，老郝又到银行存钱，钱在点钞机上跑动，像风过树林，又像蚕吃桑叶，哗哗、嚓嚓，声音比唱歌还动听，不想唱着唱着歌声却停了，一张钱卡在机子里，机子叽叽乱叫，像被谁卡住了脖子，喘不出气来。会计是个女孩，她抽出那张钱，手指弹一弹、捻一捻，又对着光看一下，对老郝说是假钱。老郝一听头都大了，争辩说，怎么会呢？怎么会呢？会计刚发给我，还没焐热乎呢！女孩也不多说，在那张钱上叭地盖了一个三角形的戳，然后还给老郝。老郝知道有了这个戳，这张钱就成了废纸，不能再流通了。回去后老郝去找会计，会计不认账，还反咬一口，说老郝败坏她名誉，要老郝赔偿她的名誉损失费。老郝也不想为一百元闹出啥不愉快，退一步海阔天空，就当掉了算了，于是连忙道歉。会计见老郝软下来，才饶了他。那个会计是女的，早就调走了。从那往后，再领工资，老郝都当着会计的面数钱，一边数，一边辨别真假。

老郝扛枪杆子出身，数钱是外行，两个月工资数了有十多分钟，数几张，指头在舌头上沾一下，又接着往下数。毛所长提醒他，说钱有细菌，会传染疾病。老郝充耳不闻，数完钱才说："毛所长你的话有问题。我问你，钱要是真的有细菌，那全世界的人为啥都喜欢它？有的人为它丢饭碗，有的人还为它坐大牢？"毛所长想这话题有点长，一句两句说不清，他和戴会计还要赶往下一家，就笑笑没有作答，拱一拱手告辞了。出门时，戴会计又老话重提，说："郝老，为了安全，也为了方便，我们想把您的工资打到银行卡上，用时您去银行取，用多少取多少；还有到店里购物不用提现金，直接刷卡。老郝闻后，头摇成拨浪鼓，说："戴会计，你看我这双手，指头粗得像棒槌，万一点错数字，钱一家伙出去了，谁来赔偿我？"戴会计一听，不敢答话，脚底抹油，跟着毛所长走出院子。

时间像被狗追赶似的，眼瞅着就到中午。老郝看一眼座钟，跟老伴说，他到外面走一走，饭就不在家吃了。老郝的一举一动老伴都清楚，老郝说的到外面走一走，就是到那几个老家伙家里去串门，用热脸蹭人家的冷屁股，最后把他们拉到小饭馆喂一顿。干休所对面的那家小饭馆是老郝他们几个人的定点饭店,隔些日子他们就到那里吃一顿。多数都是老郝掏腰包。几个老家伙,数老郝工资高,揩他油也是应该的。

今天几个人一个不少,齐齐地聚在小厅里。服务小姐是新来的,第一次接待这几个老人,送茶水进来,看满屋子白脑袋,误当下雪了,眼睛一晃,茶壶里的水泼洒出来,手被烫得跟火烧似的。小姐稳住身子,倒好水,赶紧出去处理烫伤。

按说老万今天是缺席的,他一早就和女儿约好,上午要去她家看小外孙。快过年了,掏个千儿八百的给小外孙买身新衣服,穿着喜气。钱是身外物,生不带来死不带走,花光用光落个舒坦。后来看日历,想起今天要发薪水,他走了,毛所长和戴会计上门见不到他,一定会二次上门(老万和老郝一个毛病,钱一定要亲手过一下,家里人谁也不能替代),那多不好意思啊;另外,他算准老郝今天要请客。老郝是离休干部,别人一年只拿12个月薪水,而他却拿13个月——比别人整整多出一个月!老郝一个月大几千,码在一起厚厚一叠,抽出几张花在大伙身上也是应该的。说句实在话,老郝这人不小气,也不张扬。每年的1月10日这一天,他特别低调,跟谁说话都点头哈腰的,好像做啥亏心事似的。老郝很会做事,这天他不但好言好语,还死拉活拽硬把大伙弄到小饭馆去,给大伙创造一次团聚的机会。

其实,大伙对老郝还是服气的。细想想,国家定的政策也很有道理。那年月兵荒马乱,今天闹土匪,明日闹二黄,人人胆战心惊,提着脑袋过日子。同村有几个青年想活出个人样,串糖葫芦似的投奔国民党;而老郝竟然背道而驰,一天晚上,悄悄地跟着八路军走了。全国解放,那几个跟国民党干事的人,都没落好结果,有两个追随蒋介石跑到台湾,听说晚景很不好。回忆旧事,大伙都对老郝竖拇指。

菜上桌,打开保健酒,满屋飘着酒香。老万性急,端起酒杯小抿一口,唼吧唼吧嘴说:"真他妈香,香到骨头里!"

老刘紧挨老万坐。老刘平常爱听广播,也爱看报纸,说话幽默,只要开口，就逗人发笑。他听了老万的话，转过脸，两眼盯着他瞅。

老万嘴里喷着酒香，问："看我干啥，不认识吗？"

老刘仍不说话，还那么瞅，两眼一眨不眨。老万受不了了，放下酒杯，两只大手轮流在脸上搓，脸上的老皮一上一下旧布似的滚动，他往老刘跟前凑一凑，小声问："哎哎，有话就说，有屁快放，我哪里不干净？"

老刘把脸扬起来，开口说："告诉大家，这几天你是不是虐待老朋友啦？"

老万丈二和尚摸不着头脑，一脸冤枉，嘀咕道："我的朋友都在这里，你说我能虐待谁，我又敢虐待谁啊！"

老刘说："还嘴硬！你算计好老郝今天要请客，几天前就开始饿酒虫子，你敢说这不是虐待？"

话一说透，大伙哄地笑了。

笑是序幕，饮酒开始了，大伙你敬我我敬你，不一会，一瓶酒快见底了。

老郝见气氛不错，高声叫来服务小姐，要她再上一瓶。

老赵喝酒上脸，好像瓶里的酒都被他一个人喝了似的，他的手摇得像蒲扇，喷着酒气说："老郝啊，不能上了，再上我们几个都得趴下！"

老万低头喝闷酒，半天没说话，这时抓住机会，矛头直指老刘："老郝啊，真的不能上了。我这人馋嘴，喝趴下不要紧，我肚里的酒虫子若是也趴下，那真的是虐待了。"

老刘刚要反击，被老郝拦下，他打圆场说："听我安排！小姐快拿酒，喝不完我带回去！"

酒这东西如同钓饵，喝到尽兴时，话一嘟噜一嘟噜直往嘴边跑，收都收不住，高兴不高兴的都说。老郝看老万情绪好转了，端杯和他碰了一下，喝完了说："前两天我那臭小子带个搞装修的人来家里，要我提高生活质量，来一次家庭革命。"

老万放下酒杯，醉迷呵眼地问："啥意思？"

老郝说:"要我的家旧貌换新颜呗!我一听,心的火噌噌往外蹿,当场把两个人轰跑了。"

老万明白过来,旗帜鲜明地说:"做得对!老郝兄弟,你的家是环保型的,决不能让化学物品进家门。"

老郝说:"我就是这么想的!"

老刘插话说:"你那个家看着就顺眼,室内水泥地坪,老式家具;庭院青砖铺路,绿阴掩映。进了你的家,仿佛回到革命年代。"

老赵听到这里,放下筷子,叹息一声说:"保住一方净土,难喽!前天我闺女回来讲,她对门的那户人家,老人上厕所摔了一跤,一条腿粉碎性骨折,卧床不起。久病床前无孝子,孩子要工作,整天不见人影;老伴年老体弱,想把病人照料好,遗憾的是心有余而力不足。病人躺倒几个月,身上多处生褥疮。闺女说,若不抓紧治疗,老命难保啊……"

老赵一席话听得大伙一愣一愣的。老万酒性上来,拍桌子骂道:"都他妈装修惹的祸!看老郝家多好,走到哪里都稳妥,想跌跟头都不容易!"

老万说的是实话,大伙频频点头,于是共同举杯,为老郝的家喝了一杯。

放下酒杯,老刘忧心忡忡地说:"眼下叫人放心的事不多。说起装修,那是驴屎蛋子外面光,问题全在里面。"他把桌上的人挨个看了,才接着说,"为啥眼下得不治之症的人那么多?"

"秃子头上的虱子明摆着,污染呗!"老万不再生老刘的气,抢着答话。

老郝今天是东道主,说话比往日多,他说:"老万说得对,污染!"老郝见大伙都看着他,打着手势继续说,"我们老哥几个都是从枪林弹雨中走过来的,对待污染,我们要勇于碰硬,敢打硬仗!"

老赵老万老刘都是身经百战,九死一生,说起打仗那真比吃肉还痛快。老郝的话仿佛战前动员，哥几个摩拳擦掌，跃跃欲试，好像敌人就在前方，于是异口同声说："打！打硬仗！"

老郝见大伙情绪高涨，想起上午的事，朗声说："我们要打的仗远不止这个。我问你们，上午戴会计和你们说什么没有？"

老刘说："说啦，要为我办银行卡，我没理他！"

"我也没有答应！"老赵附和。

"戴会计说为我们考虑，我琢磨着是方便他自己——如果打卡，他和毛所长就没事干了。"老万说话在理，分辩透彻，大伙都把目光投向他，对他有点刮目相看。

老郝见大伙的意见跟他在一条道上，说明他还没有落伍，于是立场更加坚定。他看看瓶中酒，提议说："我们再同干一杯吧！"大伙积极响应。老郝把每个人的酒杯重新斟上，老刘看看酒瓶说："再好的宴席也有散的时候，今天就喝到这里。最后，我们喝个满堂红吧！"

"好！"大伙齐齐地举起酒杯。

老郝到吧台结完账，走出小酒馆，看路上有车，叫领头的老万慢一点，待车子飞驰而过，几个人才手拉手穿过马路，进了干休所。

老郝是最后一个回家的。今天他请客，各人安全回去，才算圆满。进了家，见老伴坐在沙发上打瞌睡，就知她是在等他。少年夫妻老年伴，老伴是不放心他啊，毕竟是上了岁数的人了。老郝看时针指向下午一点，假装生气说："看是啥时候了，还不午休！"

老伴爬起身，两手不停捶腿，没好气道："狼心狗肺，人家不是在等你嘛！"

老郝没答话，兀自往卧室里去。老郝今天喝了酒，心里乐和，老伴骂他什么，他只当没听到。

《雨花》2011 年 9 期

取 暖

　　小区里的腊梅咧开小嘴欢笑时，年就到了眼前。二十五这一天，郝新月吃完早饭就出门，梅花的香气一阵一阵往鼻孔里扑，她都没有停步观赏。郝新月是去超市购物，她要抢在开门时赶到。郝新月做事喜欢赶早，到达时超市刚好开门，她第一个走进去。超市里都是可心的东西，郝新月见了就喜欢，最后经过筛选，她买了开心果、瓜子、酒心巧克力；转到另一个货架，又买了蜜枣、芝麻糕、干果等吃食；最后到速冻区拎了几袋水饺、汤圆，看看差不多了，这才罢手。结完账走出超市，太阳当头一照，郝新月感觉浑身像充了电似的有力气。她把东西分装在两只购物袋里，连公交车也不坐，一路走回来。爬上五楼，邻居哑女见郝新月拎着两大袋东西，眼睛瞪得像鸡蛋，竖起大拇指，嘴里"啊啊"地说着什么。郝新月懂一点哑语，知道哑女夸她身体棒力气大，于是回赠她一个笑脸。

　　上午时间过得快，也很充实，郝新月把买回来的东西整理好，就到了十一点。难怪肚子里咕咕乱叫像跑消防车呢，要是每天都有这种感觉就好了，看来人不能闲着，得有事情做。

过年真是好啊！

郝新月到厨房去做饭。今天她不想将就，她要做米饭，还要炒两个小菜，烧一碗蛋汤，有滋有味地吃一顿。米淘好还没下锅，电话响了。郝新月家的电话一天最多响三次，除了小明、小英，就是王德海。郝新月不知是哪个打来的，脚下带小跑，抓起一听，是小英。小英开口就抱怨："妈，你去哪里了，人家找不到你，都急死了！"

郝新月陪着小心说："妈去超市了，刚回来。告诉你英啊，妈今天买了好多东西，都是你和明儿爱吃的。英啊，快告诉妈，你哪天启程？何时到家啊？"

小英说："起什么程啊？告诉你妈，最近我的事特别多，凯瑞也忙，我怕是回不去了！"

郝新月像遭到棒击，天旋地转的，她稳定一下情绪，说："英啊，不是说好的吗，咋就变卦了呢？"

小英"喊"地一声，说："妈，看你大惊小怪的。这有啥呀，不就是过年嘛，今年回不去，还有明年嘛，来日方长。妈，我忙去了。拜拜！"

郝新月还想做做小英的工作，让她回来，大过年的，一家人热热闹闹地团聚一下，哪知她"拜拜"后就把电话挂了，让郝新月有话无处说。郝新月在电话前站立许久，再回到厨房已经没了食欲，但是米已淘好，不做是不行的。郝新月将米倒进电饭锅，摁下按钮就到房间去，半睡半醒地躺着。午饭是下午一点吃的，水泡饭，没做菜。

下午，郝新月感觉四肢乏力，鼻子不通。怕是要感冒。根子就出在躺着时没盖被子。说到底还是上了岁数，身子瓤了朽了。郝新月找出三九感冒冲剂，冲一袋趁热喝下，盖上被子发汗。出了点汗，起床后感觉好一些。傍晚时电话又冷不丁地响起，把郝新月吓得够呛，鸡皮疙瘩出了一身。郝新月想一定是小明，打电话告诉她回家的日期。小明是男子汉，不会像小英嘴上没毛，说话不牢。郝新月拿起电话就说："明儿，快告诉妈，你和阿凤哪天回啊？"阿凤是儿媳。接电话的人一听笑了，说："看你，想儿子都想疯了。是我！"

郝新月听是王德海，脸腾地热了，赶紧道歉，说："对不起！对不起！老王啊，还真被你说着了，我怕是要疯了，成疯老婆子了。"

王德海一听急眼了，粗门大嗓地说："不许你糟蹋自己！什么老婆子，你还年轻，小着呢！"

他们在电话里争论不休，一个说老，一个说小，拉锯似的没完没了。

王德海的女儿与郝新月住在一个小区，王德海到女儿家来，与郝新月不期而遇，从此有了联系。他们常通电话，电话好像不要钱，家长里短，嘘寒问暖，没半个小时不会挂机。

郝新月早年与王德海在一个单位，两个人都有好感，那层窗户纸一捅即破，如果郝新月不调进局机关，说不定两个人就成了一家。几年后两个人在大街上邂逅，郝新月见王德海身单影只，问他怎么没带那口子出来溜达，金屋藏娇啊。王德海牙痛似的吸溜一声，表情怪异，两眼看定郝新月，半晌才说："藏什么娇？我是一个人吃饱全家不饿。"这么一说，郝新月就在心里骂自己臭嘴，话题多着呢，偏要说这个，真是哪壶不开提哪壶。郝新月心里美着呢，她已有了儿子，与王德海碰面时，她想如果他问起个人的事，她就告诉他，让他也分享一下她得子的快乐和幸福。现在看，话不能多说，得赶紧离开，郝新月谎称有事，脚底抹油溜走了。走出一段距离，回头看，王德海还待在原地，正如痴如醉地盯着她的背影瞅望。至此，郝新月才知道，王德海至今未娶，心里装的是她啊！

两座山不碰头，两个人总是会碰面的。从那往后，隔些日子两个人就会相遇。都是王德海主动打招呼，一个手势，或是问一声好，仅此而已。大约两年后，一个春暖花开的日子，郝新月带儿子去公园玩耍，恰巧王德海也在公园里，他身边有个女子，看样子是他的那口子。郝新月有心回避，让一对恋人不受干扰，赏花观景，谈情说爱。花是爱情的催化剂，郝新月从内心祝福他们，希望他们的爱情像鲜花，更希望他们的爱情能结出甜蜜的果实。母子连心，儿子仿佛知道母亲的心思，他挣脱开郝新月，要自己玩耍。郝新月悄然跟随，不觉中走到一对男女身旁。这对男女就是王德海和他的未婚妻。郝新月装着没看到，跟着儿子往前走。王德海看到她，有点喜出望外，说："新月，你和孩子来逛公园啊？"

郝新月佯装才看到，顺口说："是啊，是啊。"郝新月没有停步，很快就走远了。

郝新月有两个孩子，两孩子都有出息，儿子小明大学毕业分在省城，女儿小英留学美国，毕业后在那里闯天下。

孩子回家，郝新月感觉时间过得快，一天眨眼就过去，孩子走了时间也就停滞不动了。对门的哑女家倒挺热闹，隔着门都能听到哑女快乐的"啊啊"声，还有哑女的丈夫和两个儿子的划拳声。哑女的丈夫是个司机，常年在外跑运输，照顾不上孩子；哑女上过聋哑学校，但她有口难言，学到的知识变成茶壶里的饺子，想倒倒不出，生生烂在肚子里。受害者是他们的孩子，两个孩子读完初中就辍学。没有文凭难找好工作，于是就卖苦力。大儿子在码头开吊车，三班倒；小儿子拉三轮，风吹日晒，挣多挣少全看运气。缺少文墨的人修养也差，两个儿子和父亲，三个大老爷们坐一块喝酒，喝着喝着就高了，骂天咒地，摔碟掼碗。看两个儿子摔门而出，当他们老死不相往来，不想几天后，小儿子又骑着三轮，买些猪杂碎上门来。到了中午，大儿子下早班，穿着沾满油污的工作服来敲门，嘴里还哼着小曲。哑女把菜端上桌，父子三人脸对脸地坐下来，开瓶倒酒，喝着喝着又高了，于是摔碗、开骂。郝新月想，这就是人们常说的福气啊，是有福之人才有资格享受的，谁能说这不是天伦之乐呢？郝新月从心里羡慕他们。丈夫年轻时也爱喝一口，两个孩子读大学他就戒了。郝新月要他喝，他说有孩子在身边闹腾，酒喝起来是香的；孩子不在身旁，酒是苦的，喝到嘴里难以下咽。

丈夫是出车祸去世的。当时郝新月还没有退休，但工作显然没了热情，于是提前写了退休申请。

回到家，郝新月才知道自己犯了大错。单位是个大家庭，同事在一起说说笑笑，八小时很好打发，回到家，孤身一人，想说话找不到人。开弓没有回头箭，郝新月后悔已经晚了。

儿女是母亲的贴身小棉袄，丈夫刚走那些日子，每到星期天小明就往回跑，过一宿又赶回去；小英远在美国，回来不易，隔三差五就往家里打电话，家长里短，琐琐碎碎，一说就是半天。郝新月看小明小英为她操心，心里不忍，再和他们说话，就装作高兴的样子，要他们放心，说她挺好的。渐渐地，小明回来少了，小英也忙自己的事业，很少打电话。

男大当婚，女大当嫁。丈夫走后第二年，小明和小英相继有了家。小明娶的是省城人，有了家，根就扎在了那里；小英嫁的是美国人，结了婚也就有了依靠。小明的婚礼郝新月去了，是婚庆公司操办的，搞得排场，也热闹。小英结婚郝新月没去，听说在教堂举行的婚礼，外国风俗，办得咋样不清楚。两个孩子都有自己的家，有了家就有了牵挂，动一下拔起萝卜带出泥。去年小明刚有孩子，过年时郝新月体谅他，没要他回来，自己坐车过去，一家三代在省城团圆。孩子今年学会走路，小明说过年时把孩子带回来，给家里添喜气。郝新月听了自然高兴，想想有孩子绕膝欢笑，该是何等的喜人。郝新月把家里的喜事比划给哑女，哑女一看就明白，满脸都是笑，一手翘起拇指，一手拍着胸口，嘴里"啊啊"大叫。郝新月知道哑女从心里为她高兴，正在琢磨感谢话，不想哑女把两只大拇指竖起来，对着郝新月晃了晃，然后两手合起，放到头下，做出睡觉的姿势。郝新月一看羞红了脸，竖起巴掌要打人，哑女装出害怕的样子，笑着往一边躲。

这是腊月里的一天。这一天，郝新月说话多，笑声也多——欢乐的起因来自小明，哑女像酵母，把欢乐放大，郝新月感觉她的心快装不下了。

哑女口拙，但心慧，郝新月的事她是一清二楚。刚做邻居那会，郝新月见对门住着聋哑人，碰面了如同路人，最多点一下头。郝新月退休后，大多时间待在家里，有时一天不出一次门。但是只要出门，总能遇上哑女。哑女热情,见了郝新月就停住脚步,用她特有的方式与郝新月"拉家常"。郝新月不懂哑语,哑女就手动口动,眼睛鼻子也上来帮忙,郝新月连估带猜也能一知半解。随着见面次数增多,哑女一个眼神,一个手势郝新月就能明白几分。

腊月二十四送灶,郝新月想着第二天去超市购物,没把这天当节过。太阳落山,夜幕降临,郝新月打开灯,想随便弄点吃的,门铃被按响了,郝新月当是抄煤气表的来了,就把表上的数字记下,然后去开门。开门一看是哑女,哑女端个盘子,盘子里有菜和烙饼。哑女把盘子递过来,又指一下嘴巴,意思要郝新月趁热吃。郝新月生活的这个地方,送灶这天要吃烙饼。饼是糖饼,咬一口柔软暄腾。现在人要健康,吃甜食的少了。哑女端来的是酸菜饼,自己做的,很好吃。盛情难却,郝新月收下哑女的馈赠,想小明过几天回来,把哑女一家邀请来,好好款待一顿。哑女高兴而去,出门又回过身,打手势告诉她,傍晚时她遇见王德海,也给他送了两块烙饼。郝新月心里一热,眼睛湿润了。哑女看在眼里,笑眯眯地往回去,进门时见郝新月还站在门口。

王德海也是孤单人,苦命人。

自那年在公园里遇见他,后来好多年没看到,郝新月快要把他忘记了。夏日的一天,雨后天晴,西天的晚霞烧红了半边天,郝新月听小区广场上的人大呼小叫,也出门看美景。也是巧,哑女刚好出门,她俩结伴而行。走近广场,郝新月看到一个熟悉的身影。起初她不信,再一看果然是他。时间过去三十年,这个人虽有变化,但郝新月一眼就认出来。他是一个人,公园里看到的那个人不在身边。郝新月的心跳得厉害,脸烧得像西天的晚霞。哑女心细,郝新月的细微变化都没能逃过她的眼睛。人的感官是相知相通的,被郝新月注目的那个人觉察到什么,于是不再看景,举目四顾,寻找注目他的人。四目相对,目光宛如一座桥梁,三十年不算距离,抬脚就跨越过去。王德海快步走过来,老远就伸出手:"新月,是你吗?"

郝新月迎过来,说:"是我呀!是我呀!德海,我一眼就认出是你!"

哑女在一旁看着。这是一对老相识,看他们的热乎劲,关系还非同一般呢。哑女怕她在这里影响他们,悄然离开了。

王德海是过来看女儿的,他的女儿住在这个小区。郝新月问他咋一个人过来,那口子呢?王德海叹息一声,半晌才说:"走了!"郝新月清楚这两个字的含义,摇摇头,不再多言。天黑下来,小区里的灯亮起来。广场上的人早就散去,吃过饭又出来散步,老的成双,年轻的成对。他俩还在说话,没完没了,都没有走的意思。王德海知道郝新月的那口子也走了,还知道她两个孩子都有出息。天下做父母的都盼儿成龙望女成凤,可出息了又要远走高飞,远的飞到异国他乡,一年难回一次家,让父母牵肠挂肚。王德海就一个女儿,大专毕业,在本市工作。女大当嫁,现在他已做了外公。王德海住过去的房子,离这个小区几站路,乘车挺方便,寂寞时就出来走走,到女儿家小住几日。听他这么一说,郝新月羡慕地说:"德海啊,你好福气呢!"王德海闻后呵呵一笑,连说:"是呢,是呢。"

王德海出来久了,女儿打他手机,催他回家吃饭。王德海接完电话,遗憾地说:"早知道遇上你,我就把这东西扔在家里!"郝新月说:"快回吧,往后碰面的机会多着呢。"王德海说:"我听你的。"这才恋恋不舍地走了。

这是时隔三十年后的第一次谋面,过了一宿,王德海竟然摸上门来。郝新月想不到他会来,开门后吃惊不小,说:"你怎么来了?"王德海意识到自己有点唐突,但人已经来了,转脸回去也不好,于是硬着头皮说:"怎么,不欢迎吗?"郝新月把身子让开,说:"热烈欢迎!"

郝新月的房子有一百多平方米,一个人住,显得空阔。王德海跟着郝新月把几个房间都看了,进门时就是一身热汗,这会儿汗更多,内衣湿漉漉的,粘在皮肤上,很不舒服。郝新月没开空调。王德海想找扇子,看看没有,随手拿一张硬纸片扇风。时逢盛夏,太阳高起来,绿化树上的知了吱吱地叫,听着让人气短心热。郝新月不怕热,她关着窗户,穿着秋装。王德海感到奇怪,问:"你不热吗?"郝新月说:"不热。"王德海感到不可理解,说:"你不会不舒服吧?"郝新月说:"没有,我习惯这样。"

他们坐下来聊天,三十年弹指一挥间,往事历历,仿佛就在眼前。时间在悄然流逝,钟摆轻摇,时针指向十一点,快到中午了。王德海意犹未尽,但不能久留,于是起身告辞。王德海走后,郝新月做的第一件事就是脱去秋衣,换上夏装。郝新月感到奇怪,今天怎么就热了呢?

哑女过来串门,她往王德海走去的方向一指,对郝新月竖起大拇指。哑女夸的是王德海,郝新月不理她,说别的。她做手势问她午饭做好了吗?哑女告诉她已准备停当,两个人的饭好做。

王德海登过一次门,往后就成了常客。郝新月看出来,他们的关系又回到过去,中间那层纸眼见就要破。王德海几次把话往上扯,都被郝新月巧妙地绕过去。王德海失去一次机会,他变得成熟、老练、耐心,更为有利的是,他有充裕的时间。王德海用的是隔日法,也就是隔一天登一次门,不来那天打个电话,问问好聊聊天。只要功夫深,铁杵磨成针。王德海相信时间会成全他,让理想变成现实。王德海这么做效果极好,包括哑女在内,大家一致认为他俩同床共枕是早晚的事。

这是一场马拉松,时间一天天过去,一晃就是两年。王德海坚忍不拔,无怨无悔。

雨是半夜下起来的,天亮还没有停。雨是小雨,淅淅沥沥,一阵风来,窗户上洒下无数雨点,像怨妇的泪。郝新月最怕连绵小雨,每遇这样的天气,她就感到孤独、落寞。她坐立不安,在几个房间里不停走动,伴随她的是空旷和寂静。寒从脚下起,冷从心中生。郝新月把空调打开,感觉还是冷,她把热水袋捧在手上,身上才好受一些。今天王德海应该来的,天公不作美,他还会来吗?郝新月想他来,又不希望他来。想他来,是因为他们有共同语言,到一起有说不完的话。说来奇怪，只要王德海来了，时间好像长了腿，半天不注意就溜走了，拉都拉不住。不想他来，是因为下雨，道路结冰，一旦摔倒，伤着身子可不是小事。

王德海的心思像一碗清水，郝新月看得清清楚楚。按说她早该答应王德海的，孤男寡女合成一家，人生有个伴侣，那日子才叫日子。哑女也常把这话挂在手上，每次来了都要做手势说一说。郝新月心里有障碍，她不知两个孩子知道她改嫁，将如何看她。他们还会像过去那样爱她吗？王德海挺现实，好像世界末日就要来临似的，过了今天没有明天，他说生命苦短，人要为自己活着，不给人生留下遗憾。王德海仿佛是火，见了郝新月就火光四射，呼呼燃烧。郝新月仿佛是水是沙，她扼制王德海，不让他火势蔓延。那个雨天，王德海还是来了，进屋后，王德海开玩笑说："我愿做一捆柴禾，燃烧自己，温暖他人！"这是王德海的肺腑之言，郝新月闻后感动得热泪盈眶。

年一天天近了，小区里不时响起一阵鞭炮声；晚上，广场上礼花飞舞，姹紫嫣红。这些都是心急的孩子燃放的。昨天小明在电话里说他和阿凤很快就会带宝宝回来，具体哪一天没有说清。郝新月想，最迟也就是后天。后天三十年晚，他一定会回来吃团圆饭的。

三十这天，郝新月早早起来，把客厅和卧室又擦拭一遍。吃早饭那会，门铃响了。郝新月跑着去开门，当是小明起早赶回家的，开门一看是哑女，高兴地把她叫进来。郝新月把吃食放到茶几上，叫哑女吃。哑女打手势说她刚丢下饭碗，肚子饱着呢。郝新月也做手势，说零食不是饭，吃了不撑肚子。哑女见了笑。郝新月也笑，她笑自己不用嘴，而是用手与哑女对话。

哑女两个儿子都有自己的家，今天他们要带家人回来，与父母团聚。大家大口到一起，有很多事等着哑女做。哑女一早就忙起来，她见郝新月家还像往日一样冷清，就忙里偷闲，过来看看。哑女看郝新月正在做准备，把家收拾得纤尘不染，就知道她的儿子快到家了。哑女心里宽慰，告别郝新月，回家忙去了。

做好卫生，郝新月开始准备午饭。菜前一天已配好，烧的炒的，都合小明和阿凤口味。郝新月做事干净利落，才十点就把烧菜做好。炒菜不急，等小明阿凤到家，现炒现吃。郝新月把电视打开，一边看一边等。过年了，电视里都是歌舞节目，看着喜气。郝新月爱看晚会，爱听民歌。说来也是，唱民歌的人往台上一站，小白杨似的，看着让人长精神。今天都是好歌，舞伴得也好，郝新月看得忘了时间，没注意过了十二点。小明还没有回来，他不会临时变卦，把回家当儿戏吧？这个想法刚出现就被郝新月掐掉，她叹息一声，站到窗口向外张望。哑女家吃过饭了，她的大儿子在贴对联，小儿子端着糨糊打下手。看来爷儿仨今天没有喝高，到底是过年，他们也能把持住方寸。郝新月退回客厅，看桌上几个烧菜由热变冷，色彩也不如出锅时鲜艳。烧菜时郝新月还有食欲，这会儿心里油腻腻的，不吃都饱了。

午饭做了一半停在那里，几个炒菜还在灶台上放着。郝新月什么都没吃，坐在沙发上。电视里欢声笑语，郝新月无心欣赏，她把音量调到最小，看着就像演哑剧。

电话叮铃铃地响起。郝新月想一定是小明打来的，向她解释不回来的缘由，就不想接听。叫声停止，隔一会再次响起，好像不接它会一直响下去。万般无奈，郝新月接听了。是王德海打来的，提前向她拜年。郝新月一听没好气地说："明天天塌了还是地陷了，今天拜的什么年啊？"王德海遭到抢白，非但不生气，还反过来安慰她，说："新月，你这是怎么了？你不要着急，我马上过来陪你。"郝新月带着哭腔说："谁要你陪？你来了我也不开门！"再听电话已经挂断。

不一会门铃被摁响，看来王德海是打车来的。郝新月刚才还说不开门的，门铃刚响起，她就把门打开了。

王德海下午都在这里，晚上说好到女儿家吃团圆饭的，他给女儿打电话，说不过去了。郝新月没邀请，王德海自己留下来。晚饭很简单，把桌上的烧菜热了两个。吃完饭郝新月催王德海回去,她担心哑女过来,孤男寡女的说不清楚。王德海磨蹭到晚会开始才走。也是巧,哑女一下午都没来,王德海走后不久,她就过来,陪郝新月看晚会。零点钟声响起,小区里的鞭炮响成一片,哑女才告辞回家。

王德海好像有千里眼顺风耳,哑女刚走,他就打电话过来拜年。新年伊始,郝新月也给王德海拜年,说的都是吉祥话。挂上电话郝新月就上床睡觉。晚会还在继续,郝新月把电视开着,家里有欢歌笑语才显出生机。

夜很短,郝新月感觉还是长,她是看着天一点一点亮起来的。小英记得今天是大年初一,她把时间掐算好,刚到七点就打来拜年电话,她说:"妈妈过年好,我和凯瑞向您老人家拜年啦!"

郝新月听是小英,把电话紧紧地捂在耳朵上,说:"英啊,我的好闺女,妈也向你和凯瑞拜年,希望你们在新的一年里工作顺利,万事如意!"

小英笑说:"妈你老土了不是?你当在家呀,我们这里是美国。告诉你,美国人不过年,只过圣诞节!"

郝新月说:"妈不知美国人过啥节,你懂妈的意思就行。"

小英喊凯瑞过来说话。凯瑞不会中文,唧哩咕噜地说了两句,郝新月估计是祝福话,顺嘴回了两句。小英在边上嘻嘻直笑。郝新月没见过凯瑞,不知他长得啥样,但她感觉出小两口挺恩爱。有爱就好啊……郝新月思想开了小差,小英和她拜拜了也没有听到。

电话刚挂上又响起,是小明打来的,他问郝新月和谁通话,电话一直占线。郝新月说是小英和凯瑞打来的。郝新月问小明咋还不回,今天初一,过几天上班,想回也回不了了。小明说:"听天气预报说,受西伯利亚寒流影响,这两天要降温。家里没通暖气,我和阿凤怕宝宝回去着凉。"郝新月想说家里没有暖气,你和小英不都长大成人,而且都很健康吗?话到嘴边却变了样:"那就等两天,待寒流过去再回吧。"小明说:"阿凤也是这么想的。再见了妈妈!"

从挂下电话那一刻起，郝新月就开始关注天气，希望西伯利亚寒流不要过来。太阳挂在天空，温吞水似的。王德海来了，郝新月开口就问："路上冷吗？"王德海听了心里像升起小火炉，激动地说："我身上暖和着呢！不信你摸摸我的手，比你的热水袋还要热乎！"

哑女来串门，郝新月也和她说天气。

年撒脚走远去，正月初五是小年，过了小年就要上班。初七这天，郝新月心里空落落的，像她的家一样。桌上留下的两个烧菜，已长毛变馊；灶台上的炒菜也起皱变色。郝新月把它们放入垃圾袋，拎下楼扔掉了。

西伯利亚的寒流最终还是来了。这天是元宵节，大风突起，小区里的绿化树被吹成了弓，气温陡降，下午还飘起雪花，仿佛又回到寒冬腊月。王德海给郝新月打电话，叫她不要出门，倒春寒，吹风容易感冒。郝新月叫他明天别过来，路上冷。王德海大声说："你当我是你啊，弱不禁风的！"郝新月说："你是特殊材料制成的，行了吧？"王德海哈哈一笑，说："这话我爱听！"

这天晚上，郝新月把空调打开，睡到床上感觉还是冷，她把热水袋放进被窝，胸口暖和了后背又冷，她翻过身把后背贴着热水袋，不一会胸口又冷。郝新月像烙饼似的折腾一夜，早晨起来，两只眼圈黑得像熊猫。

王德海顶着风来了。郝新月今天说的最多的话就是冷。中晚两餐，王德海都是在郝新月家吃的。王德海女儿给他打电话，问他咋不回家吃饭，王德海撒谎，说他正忙着。晚饭后王德海也不急着走，到十点时，他想走，天又下起雨来。人不留客天留客，他要走郝新月又不放心，怕他路上有闪失。一番为难，一番推让，两个人最终睡到一张铺上。这一夜，郝新月睡得很香，也不冷，醒来感觉身上汗津津的。王德海一夜没睡，他看郝新月醒来了，歉意地说："新月，对不起，你看我……"郝新月知道他要说什么，伸手捂住他的嘴，说："德海，你什么都不用说，我很满足。我们能在一起，这比什么都好……"

《东风文艺》2012 年 4 期

脑血栓

　　毛大娘出院那天,床位医生对她说了八个字:能起不睡,能站不坐。毛大娘把医生的话当圣旨,刻在脑子里,记在心坎上,落实在行动上。自从能下床,她就不多睡,手扶墙壁一寸一寸往外挪,挪到门口,扶墙而立,一站就是半天,脚脖子站肿了也不肯歇息。毛大爷从菜园里割了一篮嫩草,把两只山羊的嘴巴给堵上,耳朵一下子清静下来。毛大爷拍去手上的草屑,顾不上抽烟解乏,抬脚就往堂屋来,见毛大娘满脸汗水,老脸像菜帮子泛出青黄色,正眼巴巴地盯着村口瞅望,急得直跺脚,说,老东西你不要命啦,要是站出个好歹叫我如何是好哇!说着把杌子塞到毛大娘屁股下,要她坐下。毛大娘像根木桩似的一动不动,把毛大爷的话当成耳旁风。毛大娘的脾气毛大爷知道,她爱听顺耳话,吃软不吃硬,若是逆着她,撞到南墙也不肯回头。于是放低声音,软声细语说,老婆子啊,医生的话是圣旨,一句顶我一万句,你听他们的我不反对,但是也要有紧有松,劳逸结合啊,就像棉花弓,不用了要将弓子松开,绷得太久会影响弓和弦子的寿命。人也是这个理,你说是不是啊?毛大娘这才动一动身子,在毛大爷搀扶下,一边往下坐一边说，这话还中听。看你刚才，像吃了枪药，话说得多难听，我现在耳朵眼里还堵堵的，难受死了！毛大爷把身子弓下来，检讨说，我俩一个锅里吃饭，一张床上睡觉，几十年过下来，我这驴脾气你还不知道？你就把我的话当耳旁风，这只耳朵进那只耳朵出，千万别往心里去啊！毛大娘一听，噗嗤乐了，身子笑得一抖一抖的，跟筛糠似的：呵呵呵呵，老东西啊，这可是你自己说的，你是驴脾气？毛大爷点头如捣蒜，说，是啊是啊，我属驴！说笑间，毛大娘又慢慢站起身。毛大爷赶紧挪开杌子，问毛大娘想不想上床躺一会。毛大娘重重地叹口气，说，你又不是不知道，我身上的肉都要睡烂了，一挨床就痛，你还叫我躺，安的什么心，哎？毛大娘的话有些不中听，把毛大爷的好心当成驴肝肺。毛大爷心里气呼呼的，时光倒退三十年，他早就和她戗起来，弄不好还要动拳头，叫她吃点皮肉之苦。女人是驴，不动鞭子就会尥蹶子伤人。好汉不提当年勇，现在借十个胆毛大爷也不敢顶撞她，更不敢动手打人了，真是此一时彼一时。毛大爷学乖了，他顺坡下驴说，老婆子，你就多站一会儿，练练腿劲，要是累了就叫我。说后走出门，看院心里落了好多树叶，摸起扫帚刷刷刷地扫起来。这些琐碎小事，往日毛大爷是不屑做的，都由毛大娘一手包办。毛大娘对家前种瓜、屋后点豆，还有缝缝补补、打扫庭院这些小事挺在行，做起来是得心应手干劲十足。毛大爷管的是几亩责任田，还有家庭添置，买卖牲畜等等，凡是花钱的事都要他拍板。做惯大事的人让他做小事，好比用好木材打杌子，委实是大材小用了。

  毛大娘的身体一向硬朗，多少年连伤风感冒都没有过，更别说吃药打针贴膏药等等啰唆事了，村部卫生室的大门朝哪边开，门里有几个医生几个护士，谁长得丑谁生得俊她一概不知。毛大娘经常对人说，她的身子骨是铁打铜铸，结实着呢。

  天有不测风云。一天深夜，毛大娘出人意料地生了病，那病来势汹汹，洪水猛兽一般，欲致毛大娘于死地。

说来蹊跷，平常毛大爷特别爱睡觉，头挨枕头就着，呼噜闷雷似的从他的喉咙里往外滚，能把屋顶掀翻，想叫醒他可不容易。那天深夜，毛大爷睡得正香，呼噜正高一声低一声地回响着，木板床随着呼噜在轻轻地颤动。突然，毛大爷的呼噜仿佛断电一般停住，人也跟着醒来。毛大爷一个鲤鱼打挺坐起身，感觉屋里有异常响动，当是孙子小宝要起床撒尿，两只老眼对着夜色眨巴半晌，这才想起小宝半年前就进城去了，是儿媳翠花亲手带走的。到底是什么声音？毛大爷把身子往上欠一欠，竖起耳朵听。听清了，声音来自床的另一头。毛大爷挪过身子，把电灯拉亮，一看，毛大娘大睁着两眼，眼睛空洞无神，眼珠子一动不动；嘴角上吊，涎水树胶似的顺着下巴往下滴落，枕头湿了半截；身子像风中小树抖个不停……毛大爷感觉奇怪，用力晃动毛大娘，问她咋的啦？毛大娘半张着嘴，想说话发不出声。此时毛大爷还不知毛大娘患了重病，若不及早送医院治疗，将有生命之虞。他像往日那样与毛大娘逗乐，说，老婆子，看你口水流的，嘴馋了是吧？想吃啥尽管说，我这就起身给你做去！毛大爷说的是他自己，早年那会重活多，肚子里没油水，夜里要是睡不着，多半是饿的。毛大娘灵醒得很，稍有风吹草动就会醒来，她啥话不说，披件衣服就去灶间，不大工夫，一碗烀山芋或是面疙瘩就端到床前。毛大爷坐起来，风卷残云般的吃下肚，抹抹嘴倒头就睡，毛大娘洗碗回来，他已打起了呼噜。毛大娘睡下来，耳听呼噜声，感觉就像她刚刚端来的山芋正一个接一个从毛大爷的嘴巴里往外滚。毛大娘被她这个发现逗笑了，不知不觉也进入梦乡。

毛大娘不回答，身子还在抖动，呼吸也在加重。毛大爷当毛大娘得疟疾，忙从老柜里抱出棉被，压到她的身上，让她发汗。毛大爷生过疟疾，这病时冷时热，冷时想跳进火坑取暖，热时想用冰水洗澡。过了一会，毛大爷探头看看，问毛大娘好些没有？毛大娘依旧无语。毛大爷这才知道不好，赶紧穿衣，跑出门去叫人，见门就敲，连敲几家，叫来几个老哥们。有个老哥见过这病，说十万火急，赶紧送医院，再耽搁就没救了！毛大爷六神无主，问是啥病？那人说，八成是中风，很危险！说起容易，做起来却难，几个老哥们，黑更半夜的如何去医院？还是那个老哥有办法，说去庄口找小高，叫他想办法！小高腿有残疾，不能外出打工，为了糊口在村头开一爿杂货店。为方便进货，年初买了一辆电动三轮车。毛大爷摸黑去了，不到一支烟工夫，小高就把三轮车开到门口。万幸呐，医生说再晚几个时辰，毛大娘就没救了。听了这话，毛大爷像得了软骨病，双腿一软蹲在地上。医生把丑话说在前头，说毛大娘虽然有救，但很难痊愈，轻则偏瘫，重则卧床。毛大爷慢慢站起身，拉着医生的手，说大夫，请你下猛药，把老婆子往好里治，我一家都会感谢你的！

干力气活的人身子贱，经过半个月治疗，毛大娘的四肢能动了；再过半个月，毛大娘能坐起来喝水吃饭了。自打能坐起来，毛大娘就闹着要回家，不让走就绝食绝水。毛大爷拗不过她，请医生开了药，回家调养。

毛大娘生病住院，毛大爷打电话给儿子发财，要他立马回家。可能是假难请，过了几天发财才风尘仆仆地赶回来。那时毛大娘的病情已趋于平稳，正往好的方面转化。发财是个孝顺儿子，来了就坐在娘的床头，抓着娘的手不放，两天两夜没合眼，两眼熬得像血蛋。毛大爷看着心疼，下死命令让他回家补觉去。发财犟着不走，毛大爷急得跳脚，吼道，你娘病成这样，你再有个好歹，这个家就乱套了啊！发财这才乖乖地回家去。发财小时爱睡懒觉，毛大爷估摸他这一回去到晚怕也不会醒来，不想下午他就回到医院。毛大爷看他的眼睛还红着，人也无精打采的，问他咋不多睡一会。发财说睡不着，心里有事憋着呢。毛大爷宽他心，说，天塌下有爹顶着，你把心放回肚里，安心睡觉养精神！发财犹豫半响才说，工地活紧，工头打电话催我回去呢。毛大爷一听就不说话了。发财在南方一家建筑工地打工，收入不错，一个月小两千。发财是木工，在工地做模板。发财技术好，心也善，干活肯下力气，深得工头信赖。工头为了留住他，把翠花安排到工地烧饭，了却他的后顾之忧。

发财带着感恩的心情对待工头,把工地当成自己的家,白天干活,晚上睡在工地,和翠花义务为工头看管材料。发财今天的好日子,全是自己打拼来的。毛大爷知道,工地上的事是一个萝卜一个坑,不养闲人的。老婆子的病虽说有所好转,但是一天两天也出不了院,发财这样无休止地陪伴下去,工头等不着他,一定会重新找人。虽说发财是靠技术吃饭,但是眼下的打工行情是僧多粥少,满大街都是等米下锅找事做的人,他如果把这份工作丢掉,再想找合意的事做怕是很难;还有翠花,工头也不会再照顾——就是说,发财打拼几年得来的东西转眼将会失去。老话说,成家好比针挑土,败家如同堤决水。毛大爷明事理,他琢磨透这事,当即拿定主意,要发财立马动身,连夜赶回去报到。想想还不放心,又交代说,吃人家饭要听人家管,多说乖巧话。记住,千万别和工头戗戗!发财嗫嚅着说,我娘……毛大爷大手一挥说,你走你的,放宽心,家里有我呢!发财这才一步三回头地走了。

发财走后,翠花回来一趟,也没待够两天,就被工头打电话催走了,直到毛大娘出院,两口子也没能回来。

人没回来,电话打了不少。毛大爷知道工头还像过去一样重用发财,心里少了挂念;发财得知娘的病一日好似一日,心里也少了愧疚。

雨过天晴,日子又回到原有的轨道。毛大爷现在成了忙人,从早到晚马不停蹄,连抽烟解乏的工夫都没有。

放在过去,毛大爷很难接受这种生活。人能能不过命,日月不可战胜。这些道理,是毛大娘生病后,毛大爷独自琢磨出来的。毛大爷主动置换身份,过去不屑做的事情,现在也做了,而且做得头头是道。

毛大爷每天做的第一件事,就是料理毛大娘,帮助她穿衣洗脸,协助她吃饭喝水。做好这个,才去田里。几亩责任田,发财和翠花走后就抛荒。说句老实话,种了不划算,这劲那费的,三下五除二,缴完费也赚不下什么,累死累活,汗是为别人流的。抛荒挺不错,各项费不用缴,还落得清闲自在。后来政策有变,种田不但不缴费用,每亩还有一定的补贴，毛大爷就按捺不住，老牛木犁疙瘩绳地忙碌起来。歇地如歇人，毛大爷把几亩地耕耘一番，抓一把老土，老土热乎乎的；用手捻一捻，老土油腻腻的，肥得很。播种小麦，麦苗翁郁葳蕤，放水插秧，秧苗葱茏苗壮，两季都有好收成。

收成喜人，遗憾的是体力不如早年，一天忙下来像得了瘟病，身子软得像棉花，端碗吃饭，两只手直打晃。发财闻说这事，说毛大爷有福不会享，只要他和翠花有工做，就不会让他和娘饿着。毛大爷说，这不是饿不饿的事，那么肥的地荒着可惜，种上庄稼，收多收少都是赚。

毛大娘没得病那会，家里的事不用毛大爷插手。起初，毛大爷还担心毛大娘带小宝腾不出手做饭，中午回家一看，热饭热菜已放在桌上，就等他回来享用。毛大爷眼瞅着饭菜，想老婆子的潜力还不小呢，跟年轻时差不多。

人忙着才精神，日子才有奔头。要毛大爷说，翠花要是不把小宝接走，毛大娘还不会得这个蹊跷病。回想小宝刚走那会，他们老两口过的是什么日子哟，明知小宝不在身边，还到处找。特别是毛大娘，像得了健忘症，过一会就问小宝哪去了；饭也做得多，毛大娘胃不好，害得毛大爷顿顿吃剩饭；睡觉还保持原有格局：一张宽床，老两口像两根护栏分睡两边，把中间留给小宝。梦中惊醒，来不及开灯就抱小宝出去撒尿，好像慢一分一秒小宝就将尿撒在床上，两手捞空才清醒过来……

翠花跟发财进城那年小宝刚满一岁，按说他们应该把小宝带上，一家三口在一起，享天伦之乐，但当时的条件不允许，无奈之下，他们才将小宝丢下。毛大爷深感责任重大，怕像别的人家那样，苦吃了，到头来不落一声好。毛大娘白他一眼，一把将小宝揽进怀里，冷下脸说，一家人说出两家话，也不怕别人笑话！小宝是你孙子，我们把他当老儿子养，翠花还能昧着良心说我们的不是？猪还不吃昧心食呢，吃了就噌噌地长肉。毛大爷一听笑岔了气，说看把你老东西能的，七老八十，土都埋到脖颈了，还老儿子呢！毛大娘喊地一声，说就是老儿子，你能怎么着？毛大爷嘴上强硬，不肯认同毛大娘的话，但行动已按毛大娘说的做了。

有小宝在身边闹腾，虽说忙一点，但是日子充实，人仿佛也年轻许多。如今，小宝走了，好日子也跟着走了。幸好栏里拴着两只羊，羊给这个家带来一些生机。

病来如山倒，病去如抽丝。掰开手指数一数，毛大娘回来已经半个月，药没少吃，觉没多睡，每天把锻炼放在首位，病却不见好，半边身子木木的不听大脑指挥，感觉和出院时差不多，把人急得半死！毛大娘跟自己的身子赌气，想停药，看它能坏到什么程度，大不了去见阎王！后来一想，药已经买回家，不吃也变不回钱。药是有保质期的，放久了过了期限，药效就没有了，吃到肚里不治病，还有毒。吃了不疼糟蹋疼。反复权衡，最后还是吃。吃药就是吃钞票，贵的药一片几元十几元，赶上一只小公鸡；便宜的一片几毛，刚好一只鸡蛋钱。钱是肉包子，医院是狗，人要是得了病，就是拿肉包子打狗。医生全是笑面虎白眼狼，你有钱，他们像个白求恩，尽心尽力救死扶伤，没钱立马拔针停药，逼你回家拿钱。就说毛大娘睡的那张床，一天还要几十元。毛大娘住院一个月，花掉近一万！一万块，厚厚一沓百元票子，买粮食能堆成小山，一家人够吃几年。按毛大爷的意思，她要继续住下去，直到把病治好。她能住得下去吗？毛大娘心里有数，如果让她继续住，病治好了人也心疼死了，到头来是竹篮打水——人财两空！和毛大娘同病房的那个妇女，看模样也就四十来岁，也是脑血栓。她为什么半途回家？就是因为钱。她上有老下有小，窟窿大补丁小，用钱的地方像牛毛一样多，如果把积蓄全部花光，全家人都得喝西北风，所以咬咬牙不治了。对老百姓来说，钱比命重要。毛大娘还没到那一步，发财孝顺，回来那次把钱带得足足的，没要她和老头子操心烦神。儿子想着母亲，做母亲的，不能只顾自己，拿儿子的钱打水漂，也要为子孙多想想。小宝在城里上幼儿园，听说一年要好几千。学校是一口价，姜太公钓鱼——愿者上钩。你嫌价高，想上的人还排着长队呢。发财做的没错，要想小宝将来有出息，就得趁早投入。培养孩子跟种庄稼一个道理，要想收成好，就得施足肥。"肥"从哪里来？全靠钞票买。小宝人小路长，每走一步都要钞票铺垫。毛大娘老胳膊老腿，挣不来钱，但是她不能占着磨道不拉磨，挡了小宝的路。毛大娘把道理琢磨透，这才决定出院。

家里的药还有几瓶，毛大娘打算吃完了拉倒，病好了很好，不好也不再吃。毛大娘拿定主意，如果毛大爷为此和她纠缠，她就说用锻炼代替药物。药不是饭，也不是菜。药有副作用，吃多了伤身子。毛大娘想，如果这些道理还说不通，她就使用撒手锏——不理他！同床共枕几十年，毛大娘知道毛大爷最怕她的就是这个。毛大娘年轻时有几分姿色，用生产队毛队长的话说，全村一枝花。记得发财三岁那年，毛大娘在田里锄草，村里的毛老大打田头过，见了走不动路，多瞅她两眼。毛大爷在田里修渠，发现后醋劲大发，当场和毛老大戗起来，难听话像酸葡萄似的一嘟噜一嘟噜的。毛大娘听不下去，一生气跑回家，几天不理毛大爷。两口子一张床上睡觉，就是不说话。毛大爷死要面子，宁倒酱缸不倒酱架，整天绷着脸，像谁欠他钱不还似的。毛大娘只当没看到，洗衣做饭打扫庭院，当干啥干啥。也就四五天，毛大爷撑不住了，主动要和好。毛大娘不理他，有话和发财说，只当没他这个人。到第六天，毛大爷实在撑不住，向毛大娘承认错误，说自己是小肚鸡肠，还骂自己狗肚子里盛不住四两油，毛老大的眼睛是肉长的，不是铁打的钩子，多瞅两眼怕什么，也损失不了啥。道理在那里摆着，为什么要和人家戗戗呢？要怪只能怪自己小肚鸡肠啊……毛大爷的话像车轱辘，说着说着又转回来，毛大娘被逗笑了。一笑百事休。从那开始，毛大娘知道毛大爷的软处在哪里。

毛大娘的苦，毛大爷是无法体会的。就说现在，毛大娘想多站一会，毛大爷却拿来杌子让她坐，还想扶她到床上躺着。对健康人来说，坐着或者躺着，是一件幸福的事。毛大娘没得病那会，特别是干活累了，满脑子想的就是这个，还想过不吃不喝地睡几天，把精神养得足足的。现在她是病人，自从得病，这一个多月都是在床上度过的。健康人永远不会知道，人要是睡多了，也会出毛病。住院那会，多亏护士为她翻身，不然她的身子都会睡烂的。她得的这个病也是怪，看着囫囫囵囵一个人，身子却分成了两半——半边凉半边热，睡下来，凉的那边跟死人差不多，用手掐都不知道疼痛。毛大娘睡怕了，自从能起来就不愿回到床上。毛大爷说她把医生的话当圣旨。医生说得对，她当然要听。从床上下来，毛大娘明显感觉血管通畅，血流加快，仔细听好像还能听到哗哗的流淌声，半边凉身子慢慢地也热乎起来。身子热了知觉也恢复了，毛大娘用手掐一下，痛。痛好哇，知道痛才是正常人。毛大娘高兴了，于是开始琢磨事。

毛大娘琢磨最多的还是小宝！小宝被翠花带走到今天整整七个半月，就是说她已经二百二十五天没见到他了。小家伙长胖了，也该长高了，想抱可能也抱不动了。小宝一岁跟着她，从早到晚一步不离，喂饭喂水，把屎把尿，说起是孙子，实际是当儿子养的。一次毛大娘说滑口，把自己说成妈妈，毛大爷闻后眼泪都笑出来了，说她是野心家，想篡权，翠花知道了会和她拼命的。后来毛大爷也说错一次，毛大娘没有笑话他。一个伸手不见五指的晚上，小宝被杌子绊倒，嘴巴磕破了。毛大爷抢在毛大娘前，一把抱起小宝，紧紧地搂在怀里，哄他道，小乖不哭哦，杌子不好，爹一会拿棍子打它！小宝得到爱抚，破涕为笑。

小宝皮实得很，不像村里有的孩子三天两头生病。现在的孩子娇气，感冒发烧也要挂水，不花一二百元不会好。毛老大两个儿子也在南方打工，前两年都结婚生子，孩子周岁断奶，兄弟俩相互攀比，都把孩子丢给老人带，还不给生活费。毛老大辛苦死了，两个孙子的吃喝拉撒要管，头痛脑热更要管，花钱跟淌水一样，弄得毛老大跟祥林嫂似的见人就诉苦，骂两个儿子是白眼狼。想他人比自己，毛大娘很自足。

时间像长了腿，还没注意，小宝就到上幼儿园的年龄。今年春节，发财说过这事，毛大娘没往心里去，想还早着呢，猴年马月的事。不想过了几个月，翠花就回来接小宝。小宝一走，毛大娘的心空了，没着没落的，干啥都没有劲头。小宝在家时，发财两口子轮流往家跑，每个月都有人回来，说是看望爹娘。毛大娘有自知之明，知道他们嘴巴抹蜜，看爹看娘是借口，看小宝才是真的。事实也是如此，小宝走后，他们回来就稀少了。

小宝不在家，家就跟闷葫芦一样。毛大爷在田里时间多，回到家嘴巴像上了封条，一天加起来也说不上几句话。生活程式化，每天就那几件事，做完就是一天。小宝在家那会，拿孩子说事，你一言我一语，加上小宝大笑大叫，屋顶都要被吵翻了，那才叫日子！

自己家不说了，说村里。

过去家家养猪养羊、喂鸡喂狗，走在村路上，看到的是猪拱羊叫、鸡飞狗跳。往田里瞅，那些小伙子小媳妇，干活间隙也闲不住，你追我跑、打情骂俏。现在不行喽，白天看不到鸡飞，晚上听不到狗叫，整座村庄冷清得像个坟场。门前一条村路，从东到西不见一个人影。毛大娘站得有点累，伸手把杌子拖到腚下，慢慢坐下来。村路的顶头有几个人影在晃动，看样子是从乡路上过来的。人影在一点一点变大，毛大娘目不转睛地看，数清楚了，是三个人，有点像发财一家！毛大娘激动地站起来，手扶墙壁，用力抬腿，脚已达到门槛的高度；再一用力，人就站到了门外。毛大娘回过头，惊喜地发现，她能跨门槛了——就是说，她的病减轻了，这是天大的喜事！来人愈走愈近，不用说，边上那个蹦蹦跳跳的孩子就是小宝了。好小子，怕你也是想家了吧？半年多没和奶奶亲热，你还想奶奶吗？毛大娘不知发财请了几天假，她想哪怕发财在家只待一天，也要叫他把小高请到家里来，恭恭敬敬地敬人家几杯酒，不是他，娘能不能活到今天还难说呢。想得高兴，毛大娘又往前走几步。抬眼看，来人的面目已清晰可辨。毛大娘看一眼，打起眼罩又看一眼——天爷呀，来人不是发财一家，而是毛老大和他的两个孙子！毛大娘一声长叹，感觉身子像漏气的破轮胎一下子瘪了，两条腿软软的直打晃，她怕摔倒，身体壁虎似的贴着墙壁，人一寸一寸地往下矮去，大叫一声：老头子，快拿杌子，我……我站不住了……

《飞天》2010年3期

兔年的钟声

1

从兔年的钟声响起那刻起,德阳和金艳两位老人的心里就开始不舒服。人真是怪,心里不舒服了,身子骨也跟着乱起哄,不是肩膀酸就是关节痛,像生了懒病,坐下就不想爬起。考虑到新年第一天,德阳和金艳啥话没说,眼看着儿孙们放烟火炸鞭炮,尽情地欢乐。

熬过一天,又熬过一夜,这天天刚放亮,德阳就坐起来,看金艳也醒了,对她说:"老婆子,今天初二,年过过了,吃过饭我要去医院,看看这身子骨是咋的了。"

金艳叹息一声,也坐起身,才要说话,感觉有股冷风直往骨头缝里钻,忙把被子拢一拢,这才说:"谁说不是呢。"说后抬手捶打肩膀,"身子骨是自己的,别的都是身外物。"

德阳眨巴几下老眼,盯着金艳看:"老婆子,听你的话,都快赶上哲学家了。"

金艳停止捶打,说:"别瞎抬我,我恐高!"

说着话，两个人就下了床。

从这时起，一天的生活序幕就正式开启了。

德阳走出房间，把大门打开，一股冷水扑面而来。德阳踉跄一下，缩了缩身子，打出几个喷嚏。金艳抱出大衣给他披上，说："当自己十八呢，逞啥能呀！"德阳把手伸进袖子里，这才说："要是十八就好了，全天下都是我的！"说后就往后院去。后院里养着两只小母鸡。小母鸡一只芦花色，一只黄色，金艳给它们取名叫小花小黄。小花小黄的脸红红的，毛油光闪亮，整天嘎嘎叫唤，也不知乐呵啥。金艳懂得鸡语，听后欢喜地说，小花小黄要做母亲了。这话是腊月二十八那天说的。那天德华一家子回来，德阳有所顾忌，小声问金艳哪天做母亲。德阳这话有点毛病，他想混淆视听。金艳不痴不傻，听出德阳在绕她。金艳不会上他的当，她惯用的手法是装疯卖傻，德阳说啥都不反驳，反正他俩同锅吃饭同床睡觉，是一根绳子拴着的两只蚂蚱。德阳偷鸡不成蚀把米，反把自己给绕进去了。德阳想着那天的事，很快来到后院。他打开鸡窝门，小花小黄撒着欢跑出来，小花不停地扇动翅膀，脖子伸得老长，做出起飞的样子；小黄跳到鸡窝上，亮开嗓门咯蛋咯蛋地叫唤。德阳朝鸡窝里探一探头，还真看到窝里有一枚鸡蛋。德阳伸手拿出来，蛋还有余温，上面的血迹也很鲜艳。看来这枚蛋是天亮时下的。金艳正在刷牙，听到小母鸡在后院里唱蛋歌，把牙刷衔在嘴里就跑过来，从德阳手里抢过鸡蛋，欢喜地说："怎么样，我没有说错吧？看你还敢对我阴阳怪气！"德阳回过头说："耶！耶！你别猪八戒乱甩大钉耙，我啥时阴阳怪气啦？"金艳嘴里衔着牙刷，说话口齿不清。她说："是你这张老脸告诉我的，当我看不出呀，我都忍了几天了！"德阳点头承认："说老实话，那天我是有点不相信。"金艳问："这下信啦？"德阳说："鸡蛋在你手里，不信行吗？"金艳得意地说："知错就改，还是好同志！"

说完这话，金艳跑回去，转脸端来吃食，对小黄说："吃吧吃吧，补身子要紧。"小黄不听话，还在高一声低一声地叫唤。金艳把吃食放到它面前，说："别叫啦，我知道啦！"德阳笑喷了，说："老婆子，它是鸡，不会懂你话的！"金艳嗔道："又阴阳怪气啦？告诉你，鸡通人性！"

金艳的话很快得到印证，见到好吃的，小黄果然不叫了，低头吃起来。刚吃两口，想到自己当了母亲，又高兴地叫起来；小花见同伴吃东西，赶紧跑过来。小黄居功自傲，想吃独食，用身子护着小碗。金艳批评说："不许欺负人，有东西大家吃！"小花也有办法，它绕着小碗转圈圈，瞅到机会就抢一口。冷风阵阵，小黄逆风站立，风来了，鸡毛刺起来，毛下露出一层鸡皮疙瘩，见了让人浑身起冷子。德阳怕着凉，对金艳说："回去吧，这里风大。"

金艳还沉醉在喜悦里，感觉不到冷。她对德阳说："你先走，我一会就回。"德阳回到屋里，洗漱过了，又喝下一杯温水，金艳才回来。

金艳回来就坐到沙发上，蔫蔫的，不如在后院有精神。德阳估计她着凉了，给她倒来一杯热水，叫她趁热喝下。金艳揉着太阳穴，说："我头疼。"德阳说："刚才叫你回，你不听话。小人不听老人言，吃亏在眼前！"金艳说："马后炮！你知道我怕风，为啥不拉我走？"德阳感到冤枉，说："我叫你了，是你赖着不走，这能怪我吗！"说后德阳就去厨房做早饭。

饭好做，过年剩下的东西多，用微波炉、电热锅热一热就好了。金艳没吃几口，着凉了，怕荤。德阳劝她说："再吃一点吧，人是铁饭是钢啊！"金艳打出一声嗝，说："我心里冒凉气，吃不下。"

桌上的菜还有不少，冰箱里还冻着一些。年前德阳和金艳说好不多买东西，孩子们回来去菜场现买，吃新鲜的。到了年上，孩子们回来都拿着东西，有说是单位发的，有说是朋友送的，聚沙成塔，集中起来就多了。吃了不疼糟蹋疼，进了家门的东西德阳和金艳舍不得浪费，上顿吃不完下顿热一热再吃。德阳里里外外拾掇，把剩菜剩饭打包塞进冰箱，完事了才对金艳说："走吧，我们去医院。"

金艳松出一口气，说："真能磨蹭，我早就等你呢！"

2

  德阳和金艳出门时，小区里冷冷清清，一个人也没有。前天三十，昨天初一，闹腾两天，都累了，现在正在睡觉养精神。广场上积一层红纸屑，还有好多空纸盒，那是炸鞭炮放烟火留下的。走在纸屑上，感觉就像踩在地毯上，软软的挺舒坦。马路上静悄悄的，偶尔驶过一辆公交车或是出租车，一眼能看到路的尽头。想往日，路上车水马龙，想横穿过去都难。有一辆出租车停在他们身边，德阳笑着摇手。德阳和金艳有老年卡，用卡乘公交车不花钱，缺点就是慢。慢就慢吧，他们有的是时间。今天的公交车好像是他们的专车，车上就他们俩，还有一个司机。想往日，车里人挨人，挤得人透不过气，很难找到座位。现在好心人不多，有力气就能抢到座位，车里站着的都是老人和孩子。有一回金艳发牢骚，说人心坏了，不知道尊老爱幼了。一个坐着的姑娘当即回了一句，说："老人家，想舒服打出租车呀，招手即停，他们爱你！"金艳无言以对。从那往后，金艳上车再不说话，有座就坐，没座就站。

  医院里也很冷清，急诊室有几个人，神色慌张，跑进跑出的，看来有人得了急症。大厅的挂号处没有人。今天才初二，新年第二天，人图吉利，小病在家硬抗，不到万不得已是不会来医院的。德阳和金艳不敢马虎，更不敢对抗，两个人一个八十四，一个七十三，这个年龄正处在生命的拐点上，一脚门里，一脚门外，闹不好就踏进鬼门关。民谚说，七十三、八十四，阎王不请自己去。去哪里，那是不能明说的。掰指头细数，熟悉的人群里有几个就没迈过这个坎，所以上了年纪的人最忌讳这两个数。年前有人问年龄，德阳和金艳有意隐瞒，少说两岁，打算过了今年再把岁数加上去。

  德阳和金艳对医院不陌生，从挂号到找医生，再到交费、取药，住院手续如何办，与医保部门如何交涉，是轻车熟路不用问人的。医院最欢迎老人，医生最喜爱为老人服务。老人是摇钱树啊，他们有工资，有医保，还有儿女尽孝心，他们只要来医院，药和保健品混起来开，他们从不会提意见；若是住院了，那钱就像小河流水，哗啦啦、哗啦啦地往医院的账户上流，医院得大头，医生发小财，病人得健康，皆大欢喜。

德阳和金艳挂的是专家门诊，他们想听听专家怎么说。人老成精，久病成医，在看病就医问题上，德阳和金艳从不去小医院，更不找无名医生。到底是专家，说话做事干脆利落，在望、闻、问、切后，迅速开出两张单子，让他们做全面检查。走出诊室，金艳说话声音都抖了，她说："老头子，赶紧打电话，把德春叫过来，他和医院熟，我想找个好医生做检查。"德春是他们的大儿子，在政府的一个部门当领导。德春工作忙应酬多，到大年初一才歇下来。德阳说："德春休息少，让他多睡一会吧。"金艳说："存钱防灾，养儿防老，关键时刻，叫他来吧！"德阳听金艳说话有道理，这才给德春打电话。

德春前脚刚到，德华、德秋后脚也赶了过来，神情都挺紧张。看来是德春把他们姐弟俩叫来的。来了好啊，人多好办事。

把德春叫来是对的，他一来，值班院长也跑来了。还是当官好啊，当了官，真的不一般呢。有院长带路，德阳和金艳每到一个室做检查，迎接他们的都是笑脸。德阳有了错觉，好像他不是来看病，而是视察、指导工作什么的。检查结束，结果很快出来了，专家建议二位老人住到干部病区，调理一些日子，身子骨自然就会硬朗起来的。建议不是强行，住与不住由二位老人定。按理说，专家应该征求老人的意见，这是医者与患者之间的事，然而他却把脸对着德春，显然是要他拿主意。当官怎么啦，他就是调到省里去了中央也是我们的儿子！金艳没理这茬，德春还没开口，她就把话抢了过去，说："我们住，开单吧！"

金艳一锤定音。

德华、德秋分头行动，不一会就把住院的事办妥了。

院长还在陪德春说话，金艳悄悄拉过德华，把家里的钥匙交给她，说她最放心不下的就是小花和小黄。德春听到了,对德华说:"啥小花小黄的,杀了吧,煨了给爸妈补身子!"金艳瞪他一眼,批评道:"说啥呢,小黄早晨才生蛋,欢喜人呢!"德华怕母亲生气,抢过话说:"放心吧妈,我一定用心喂养,证保它一天一个蛋!不,一天两个蛋!"金艳听了,点点头,脸上有了笑容。

3

  德阳和金艳是一对幸福老人,他俩的退休金挺高,月月花不完;又养了三个孝顺儿女,老人越是不缺钱,他们越是往家拿,闹得老人月月跑银行。德华一次在银行遇见二老,说:"爸、妈,钱花不完就放着,存啥呀!"德阳说:"小偷小摸多,你妈怕被顺手牵羊了。"德华说:"你们天天在家,难道小偷还能上门抢不成?"金艳说:"老虎还有打盹的时候。眼下小偷也与时俱进,手段高明着呢。还是存进银行放心!"

  从周一到周六,德阳和金艳的生活很有规律,一天的每个时段应该做什么,那是不会乱的。健康杂志上说,生活有规律,才能健康;只有健康了,才能长寿——二者是紧密相连的。但是到了周日,生活就没了规律。没规律是因为儿孙们回来了,人多,一切都乱了套。

  儿孙们回来这天,午饭是不在家吃的,到饭店热闹去。十多个人到一块,没人想做饭,都说来家休闲的,忙啥呀。主要还是消费观起变化。过去用钱精打细算,算了还是捉襟见肘,月月不余钱;现在是大把大把地花,想啥买啥,花了还有,真是怪事。

  德阳老两口是过过苦日子的。想当年,他们每一天过得都很艰难。自然灾害后一年,因为没吃的,金艳得了浮肿病,脸肿得发光,手指一按一个窝,半天起不来,像死面疙瘩。德阳怕她倒下,不想她挺了过来。缓过劲又忙着生孩子,他们原计划生四个,名字都取好了,叫春、华、秋、实。前三个生出来,后来看日子紧,怕生多了养不活,才没让

"实"进这个家。

吃过苦的人,最怕日子倒回去,再受二茬罪。孩子们没受过苦,花钱大手大脚,没有节制,家庭聚会也要去大饭店,德阳、金艳见了就要说几句。

那天轮到德华做东,上午她把全家人带到新区玩,中午去了一家叫"白鹭湖"的酒店。金艳见这家酒店挺大,有皇家气派,当即拉下脸,磨蹭着不肯进,叫德华换一家。酒店是前一天订下的,并交了订金。德华知道母亲嫌酒店大了,怕她多花钱,她脑子一转,专挑母亲爱听的话说。她说:"妈,这家酒店是驴粪蛋子外面光,看它气派,其实很实惠,我们一家子有一百元足够吃了。"金艳听是这样,才抬脚往里去。在小厅坐下,两个服务小姐殷勤地为他们上热饮。玩了一上午,热饮正解渴。轮到给德阳倒,他捂住杯子,对小姐说:"我不渴!"他估计天上不会掉馅饼,喝这东西是要付钱的。金艳也没要,理由是血糖临界,不吃甜食。德华向德秋使眼色,让他陪二老说话,把他们的注意力分散开,她则指挥服务员上菜。德华想只要菜上了桌,生米做成熟饭,二老就不好反悔了。

先上冷菜,后上热菜,眨眼间桌子就堆满了。二老不肯动筷子,热菜没上齐就叫停,说够吃了,上多了浪费。转盘在自动运转,盐水虾转到金艳面前,她用手点着说:"这东西最不实惠,看着一盘,把葱和姜剔出来,没有几只虾!"德秋赶紧救场,说:"妈,这盘最便宜,才两元!"金艳不信,脸转向德华,德华把头点得像小鸡吃食,连说:"是的!是的!"听是这样,二位老人才吃起来。

后来上的菜里有鱼翅和鲍鱼,德阳和金艳没有见过,吃时又产生疑问,均被德秋忽悠过去。

饭后结账。餐费每客100元,外加热饮、干红、主食,共计1500元。德华从总台回来,德阳问:"多少钱?"德华轻描淡写说:"150,比原计划多出50元。"金艳一听,两手一摊,脸上的每一道皱纹都舞动起来:"我一眼就看出这是一家黑心店!叫你不进,你不听。小人不听老人言,吃亏在眼前!"德华怕母亲气坏身子,忙说:"妈,女儿错啦,今后什么事都听你的!"金艳看德华认错态度好,气消了,反过来安慰她,说:"也没啥了不起,不就多收50元吗,妈回去给你!"德华听了,和德春、德秋对看一眼,用手捂住嘴,才没笑出来。

桌上有不少剩菜,金艳让服务员打包,她对德春、德华、德秋说:"你们都拿一些,明天中午就不用买菜了。"

从饭店拿回去的菜还算新鲜,吃不坏肚子。德华想起去年的一件事,那天她回家拿东西,金艳看快中午了,就留她吃饭,德华打电话给丈夫,叫他和孩子中午过来。德华厨艺不错,她做的饭菜很合父母口味。金艳拿出几个鸡蛋,让德华炒。德华看出蛋有问题,估计坏了。果不其然,蛋打到碗里,黄子全散了,还散发出淡淡的臭味。德华刚要倒,金艳拦住她,说:"用油煎一煎,我吃,没事的!"德华说:"妈,几个蛋也就几块钱,吃坏身子,人跟着受罪不说,还要花钱治疗,得不偿失。"金艳拉下脸,声音也高起来:"有这么严重吗?再说了,妈是肉身,不是纸做泥捏的!"德华叹口气,无奈地把鸡蛋倒进锅里。吃饭时,德华想分担一点,怕母亲吃下去受不了。金艳护着不让,坚持一个人吃。当天夜里金艳就不行了,上吐下泻。德华接到电话就赶回家,连夜把人送去医院。医生诊断是食物中毒。金艳清楚问题出在哪里,她闭口不说;德华心照不宣,也不和医生说。

几个坏蛋,让金艳吊了两天水,她受苦,孩子们受累。

4

德阳和金艳住进医院,把家交给德华,也没啥可挂念的。二位老人在关键问题上,能掂出孰轻孰重。金艳早就说过:身子骨是自己的,别的都是身外物。能说出这番话,说明她已看破红尘,悟透人生。

二位老人过去住过几次院,那是真生病,必须住院治疗,德春和德华、德秋轮流来医院陪护。这次住院是调理。其实不住也可以,在家调理一个样。但是他们要住,那就住吧。这次住在干部病区,条件比家里好,暖气、热水,还有厨房、炊具一应俱全,想吃啥自己做。德春看后说:"这里跟家一样,周日我们来这里相聚吧!"德春是老大,他的话具有代表性,德华和德秋只能听从。金艳知道德春忙,叫他少到医院来。听话听音,德华和德秋知道,他俩不能少来。

辛苦的是德华,谁叫她是女儿呢,女儿是爸妈的贴心小棉袄,多吃苦是应该的。

德华每天忙得像陀螺,早晨起来先忙自己小家,然后到母亲家喂那两只小母鸡,看时间差不多了,再往单位赶。德华也在机关工作,做个小科员,无职无权,逍遥自在。大约十一点,德华从单位溜出来,走菜场买几样合口菜,去医院做午饭。德华的丈夫和孩子也来医院吃,加上父母,德华要做五个人的饭。二位老人说过德华做饭好吃,德华记着呢。德华想,老人吃得好一点,可以增强体质,身体好了,就能早日出院。

德华一脸汗水地来到病房,还没来得及问安,金艳劈面问她:"小黄今天生蛋没有啊?"

德华把菜放进厨房,回转身说:"生啦,两个蛋!"

金艳笑逐颜开,欢喜地说:"小花也当母亲啦!"她把头往前伸一伸,对躺在另一张床上的德阳说,"老头子,你听到没有,小花生蛋啦!"

德阳动一下,把脸转过来,说:"初二那天你就将过我了,还要再将一次吗?"德阳这一说,金艳有点不好意思,于是转移话题,对德华说:"华呀,你在蛋上写上日期,要不放坏了我还不知呢!"

德阳抓住机会,反将一下,说:"放坏怕啥,煎了照样吃!"

金艳被说到痛处,脸上火烧火燎的,她生气地说:"小肚鸡肠,不理你了!"说后背过身去。

德华在厨房做饭,听二老在外面斗嘴,感觉挺有意思。她想和丈夫到年老时，不知是否也这样。

德阳比金艳大11岁，风雨同行，终日厮守，岁月把他们的年龄拉近，现在已看不出谁大谁小了。他们两个人的身体与同龄人比还算硬朗，这可能与他们平时爱动有关。住进医院，他们不动了，像真正的病人，足不出户，整天躺着，吃饭也在床上。金艳像个懒孩子，纸巾就在床头，吃完饭她不动手，却把嘴噘得老高，叫德华为她擦。德华听到喊叫，从厨房跑出来，见母亲叫她是这事，心里好笑，她想不通老人怎么突然变成这样了。他们住院不是因为有病需要治疗，而是调理修养；每天服的大多是保健品，极少药物。就目前情况看，他们把自己当成真病人。这样不好，如此下去，非但起不到调理效果，说不定能住出病来，那就与调理背道而驰了。星期天，见到德春，德华把她的担忧说出来。德春闻后拿出老人的检查报告，不无担忧地说："从检查看，他们身体的各项指标还算正常；看状态，他们又像有病，原因在哪里？"

德华说："爸妈住进这里，明显变化就是饭量小了，我观察与他们不动有关。要我说调理就该回家。环境影响人，在这里没病也能住出病来！"

德春问："你说咋办？"

德秋刚好来，兄妹三人走出来商量。德秋把话岔开，说："下周二是妈的七十三岁生日，我们为她祝寿吧，让她高兴一下。"

德春说："刚上班事多，德秋不说我都忘了。妈的生日应该庆贺！"

德华说："要搞就搞热闹些，妈高兴了，说不定很快就能回家。"

德春说：那就"去'鼎立'，这家酒店刚开业。老规矩，我们三个人抬石头。"

德华、德秋点头同意。

生日前一天，德华到"金鹰"花2000元给母亲买了一身衣服。也怪德华粗心，没把标有价格的牌子拿下，母亲知道价格后只试穿一下，就脱下不穿了。德华当母亲没有看中，要返回去换一种款式，哪知她另有想法——母亲要把衣服留给德华。她说这是高档衣服，她穿了将来德华就不敢穿了。德华明白后，硬让她穿。金艳犟劲上来了，把身子背过去，德华说破嗓子她都不理睬。

金艳不穿新衣，生日这天也不去饭店。德春急了，说："妈，这是我们兄妹三人的心意啊！"

金艳说："你们的心意我领了，吃饭不去！"

德春想得到答案，问："以前你和爸的生日我们都是去饭店的，这次为啥不去啊？"

金艳回答很干脆："以前是以前，眼下是眼下，啥也不为！"

兄妹仨面面相觑。德春看说不动母亲，打电话给饭店，把午餐退了。

正月过去，二月到来。天气开始转暖，连着几个好日头，窗外的柳树有了绿意，细看枝条上鼓出一个个小嫩芽，像幼鸟的喙。德阳见了对金艳说："老婆子，我们住了一个月了，回家吧。"

金艳伸展一下筋骨，说："一个月下来，药当饭吃，这身子骨还是老样子。"

德阳叹息说："岁数不饶人啦！"想想又说，"天暖和了，回到家前院后院跑一跑，身子骨说不定会好受一些。"

金艳说："那就回吧。看德华忙的，人瘦了一大圈。"

德阳心疼地说："谁说不是呢。"

回到家，德阳养花，金艳喂鸡，活动量大了，饭量跟着大了一些。德华担心老人累着，要他们把事分开来做，日子长着呢。真是怕事有事，到家才两天，金艳就说头晕，量血压，低压90，高压130，挺正常；又测体温，38度，高了。当即去医院，医生看摇钱树来了，让住下观察。一住又是半个月，查来查去也没查出问题。不到两个月，老人两次住院，德华总算看出一点门道，一天她悄悄问德春："哥，你知道爸妈今年多大吗？"德春恍然大悟，他一拍脑门说："看我糊涂的！妈七十三，爸八十四——这是老人的关口啊！"

德华不无担忧地说："爸妈的身子骨明显不如过去。哥呀，我们不能眼睁睁地看着他们倒下啊！"

德春问："你有办法没有？"

德华说："我又不是医生，能有什么好办法？"想一想又说，"依我看，我们只能顺从他们，只要过了今年，一切都会好起来的。"

德春说："我去找医生，看他们怎么说。"

这一年的后几个月里，德阳、金艳把医院当成了家，身体稍有不爽就住进来。德华说得没错，旧年过去，新年的钟声敲响后，德阳、金艳如枯木逢春一般，人渐渐有了精神。

《飞天》2012 年 1 期

同林鸟

老刘有艳福，65岁做新郎，娶个比自己小30岁的新娘，柴米油盐地过起日子。

新娘名字叫陈利利，身材窈窕，面无褶皱，貌看比老刘的闺女刘小艳还年轻。老夫少妻，亲昵缱绻，熟悉的人知道是一对新夫妻，不知根底的人当他们是父女俩。毕竟是两代人的年龄啊，误会是正常的。

也正如此，刘小艳见了陈利利想叫妈，嘴巴张了几张，嗓子眼像塞进一团棉花，呜呜啊啊地发不出声，刘小艳怕的是叫了陈利利不敢答应；比作孩子叫外婆，又担心陈利利说她还没老到那个样子。好难为啊！两座山不碰头，两个人总是要见面的。那天刘小艳回来，就是陈利利为她开的门，四目相对，刘小艳慌不择言，嘴里咕咕哝哝地说了一句旧时称呼：少奶奶，不想陈利利竟答应了。

万事开头难。有了第一次，下次就这么叫了。

刘小艳的母亲叫吴琼，今年初刚走，突发心脏病。吴琼这病早有征兆，但没引起注意，更没有重视。话又说回来，人过中年，身体出点毛病也属正常。如同自行车，骑久了，这里那里总会咯嗒咯嗒乱响，讲究的人会推到车铺修整一下，紧紧螺丝，膏一膏油，必要时换一换零部件，再骑就不响了；当然不整也可以，跨上去，用力一踩，车子照样往前跑，咯嗒声像伴奏一样在耳边回响，骑着不打瞌睡。这样是不好的，车子带病工作，说不准哪一天，小病就长成大病，某一天就趴窝不走了。

人和车一个道理。吴琼就是突然倒下的，而且永远离开这个世界，和老刘古得拜了。

吴琼走了，身为丈夫，老刘负有着不可推卸的责任。

老刘记得，吴琼曾和他说起过胸闷的感觉的，说就像压了块石头，呼吸不大顺畅。老刘亲眼目睹过她发病的样子。那天半夜，老刘突然醒来，感觉哪里不对劲，他把床头灯拧亮，掉头一看，见吴琼面色蜡黄，胸口一起一伏的，浑身颤抖。老刘当她得了疟疾，从柜子里抱出棉被给她发汗。过了一会，症状消失；又过一会，人渐渐有了精神，面色也好看了。吴琼是个好了疮疤忘记疼的人，老刘问她哪里不舒服，要不要看医生？听到这话，吴琼要老刘把被子拿走，瞪眼说，小题大做，半夜三更的看什么医生！吴琼批评丈夫就像老师批评学生，不留情面，不分场合，张口就来。吴琼做了几十年教师，后来被提拔为分管教学的副校长，职业让她养成爱说教的毛病。老刘一家三口的排列顺序是：吴琼第一，女儿刘小艳第二，老刘第三。由此可以看出，老刘的家庭地位最低，是老末。在家里，老刘像个童养媳，忍辱负重，逆来顺受，无怨无悔——全天下的童养媳大都是这样。多数情况是，吴琼还在那里说教，老刘已悄然离开，到厨房烧水去了。吴琼在讲台前站了几十年，授业解惑，哺育新苗，每天要牺牲无数唾沫星子，这就闹出了职业病——慢性喉炎。这病要多喝水，水里要放胖大海。喝了胖大海，吴琼的嗓子才不干不痒不痛，才能继续上讲台。水烧开了，赶紧灌入水瓶，接着再烧一壶。吴琼久站讲台，嗓子说坏了，腿也站累了，第二壶水是留给她晚上烫脚用的。烫脚舒服哦，水兑好了，双脚蜻蜓点水般的一点一点往里放，嘴里吸吸溜溜的，一股热流顺着脚板导电似的传遍全身，身子骨就松了酥了,疲劳像生了翅膀跟随热气袅袅飞出体外,这时人就醺醺然,上床后倒头即睡,一觉到天明。水对吴琼有这么多好处,老刘提前准备也是应该的。水烧好了,差不多也就到了做饭的时间。在家里,老刘像只陀螺,整天忙个不停。一次,老刘的同事老陈来串门,看他忙得脚打屁股响,说不上句囫囵话,吴琼却像个爷们似的坐在沙发上看电视,过一会从茶几上端起茶杯,吹一吹,轻轻地呷一口,悠悠咽下去;稍顷又呷一口,又咽下去,这才慢条斯理地把茶杯放回原处。老陈见老刘生活在水深火热之中,就想拯救他,让他跳出苦海,享受一下大老爷们的美好生活。老陈走进厨房给老刘支招,说老刘啊,毛主席他老人家教导我们说,哪里有压迫,哪里就有反抗。毛主席他老人家还教导我们说,斗则进,不斗则退!听了这话,老刘的脸都吓白了,他一边摆手,一边偷眼往客厅里瞄,见吴琼正全神贯注地看电视,提起的心才放下来。老刘把头往前伸一伸,嘴巴对着老陈的耳朵,小声说,老伙计呀,你知道日子是啥吗?今天我告诉你,日子就是柴米油盐酱醋茶,日子就是老婆孩子热炕头!老陈见老刘已无可救药,摇摇头,长叹一声告辞了。

　　老陈这一走,从此没再登门。

　　如今,吴琼甩手走了,再也不回这个家了。老刘听不到说教,也失去了服务对象,感觉日子一下子空了,他像个夜行者,辨不清方向,不知该往哪里去了。

　　逝者已去,老刘的日子还要继续。

　　可日子到底是啥?老刘曾经对老陈耳语过,把日子阐述得清楚明白。时间过去几个月,老刘显然已忘记他说过的话。

　　老刘变了,与过去判若两人。过去的老刘忙而有序,生活有规律,做事有目的;现在的老刘拖沓懒散,形影相吊,一人吃饱,全家不饿。刘小艳已结婚生子,有自己的家,隔三差五才能回来一次。过去那个干净整洁、充满烟火味的家不见了,眼前这个家邋遢无序,地面积满灰尘；饭桌、茶几堆满东西，看出已多日没有整理。刘小艳走进厨房，锅是冷的，水瓶是空的，不用说，老刘的肚子也是空的。刘小艳心里酸楚难受，泪水夺眶而出，她一边流泪，一边为老刘做吃的。想往日，刘小艳和丈夫、孩子回家来，啥事都不用插手，吃完饭碗也不用洗，走了还要拎上大包小包好吃的。她要是不拿，吴琼和老刘会不高兴。有一次，刘小艳说笑话，说她是龙的孩子貔貅，只进不出，他们这一代是祖国的最新民族——第57个民族。老刘一头雾水，说小艳你错啦，我国只有56个民族，哪来的57呀？刘小艳忍住笑，一本正经地说，老爸孤陋寡闻，连"啃老族"都不知道！一席话把两个老人都逗乐了。回首往事，刘小艳的泪水又出来了。饭好了，刘小艳拭去泪，把饭端进客厅，强笑着说："爸，饭好了，趁热吃吧。"老刘半躺在沙发上，一动不动，两眼定定地看着什么，刘小艳的话他好像没有听见。刘小艳又叫了一声，老刘这才蠕动一下，少气无力地说："放着吧，我待会儿吃。"刘小艳含泪说："爸，都快中午了，还待啥呀，你肚子不饿吗！"老刘抬头看钟，这才坐到饭桌上。

　　今天是星期天，刘小艳出门时和丈夫说好，让他午时带孩子过来，陪父亲吃顿饭。母亲去世后，刘小艳有空就回来，她想尽可能多给父亲一些温暖，让他振作起来，像过去那样生活。刘小艳和父亲生活在同一座城，但在两个区，一个东一个西，乘车要一个多小时。几个月不停往家跑，刘小艳跑瘦了，也跑黑了，父亲非但没往她预想的方向发展，从今天的情况看，好像变得更糟了——父亲的听觉明显不如过去，行动也有点迟缓。刘小艳感觉父亲已步入老年，甚至出现痴呆迹象！想到这，刘小艳心里针刺般的难受，她盼丈夫早点过来，她要和他商量，如何安顿父亲的晚年生活。

　　午饭后，刘小艳把丈夫拉进厨房，和他说起这事。刘小艳的丈夫开口就说："给他找个老伴。"刘小艳看丈夫不是开玩笑，就知他是深思熟虑的。刘小艳不能接受，想母亲才走，他们就为父亲张罗这事，也太对不起母亲了。是丈夫后面的话让刘小艳改变主意的。丈夫说:"母亲已去,你能眼睁睁地看着父亲也离开我们吗!"

听了这话,刘小艳害怕了。

陈利利结过婚,后来离了。离婚的原因很简单,她和丈夫双双下岗,断了生活来源,日子过不下去,又没有孩子累赘,一纸协议,两个人就分道扬镳,各奔东西了。

陈利利嫁给老刘,是老陈做的媒。一天老陈路过老刘居住的小区,就顺道过来看他。老陈敲门,一个形容枯槁的老人站在门口。四目相对,老陈当摸错门了,问:"你……你是老刘吗?"老刘答:"是我啊,你认不出吗?"老陈刚想说什么,一眼看到香桌上吴琼的遗像,就什么都明白了。那天老陈坐到中午还不走,提出要尝尝老刘的手艺。老刘不好逐客,就重操旧业,到厨房忙活去了。老陈也没闲着,一直为老刘打下手。饭菜上了桌,老陈要喝两杯,老刘只好奉陪。

那顿饭吃得饱啊,打出的嗝都带着酒香,好闻极了。

几天后老陈再次登门。这次来的是两个人:老陈,还有老陈的堂妹——陈利利。

重组家庭,老刘是有顾虑的,最怕的是女儿女婿不同意,泥土埋到脖颈的人,还找老伴,遭人笑话!出乎意料的是女儿女婿都挺支持,还积极为他张罗婚事。后又担心和陈利利有代沟,老夫少妻,性格不合。不想婚后夫妻和谐,生活和美。

老刘的生活又走上正轨。结婚半个月,老刘蚕蜕似的变得白胖起来,走路脚底有力,说话中气十足;穿着也体面,衣服挺刮,皮鞋锃亮。刘小艳回家见到这一幕,心放下了。

一日老陈来串门,进门一看,老刘的家干净了,人也精神了,握起空拳当胸给他一下,笑呵呵地说:"妹婿啊,你是把日子倒过来过,愈活愈年轻了啊!"老刘看一眼陈利利,笑着对老陈说:"问我莫如问你妹啊!"两朵红云飞上陈利利的面颊,她柔声对老刘说:"去你的!"

说后躲进厨房沏茶去了。老陈目送堂妹离去,悄声问老刘:"老伙计,中年男人有哪三大喜事,你说我听听!"老刘说:"你难不倒我,是老婆、孩子、热炕头!"老陈说:"我就知道你要跑题。告诉你吧,是升官、发财、死老婆!"老刘咧一咧嘴,回手也给老陈一拳。陈利利端着茶水出来,一看他俩还在闹,故意说:"你俩见面就打,真是一对冤家呀!"老刘和老陈对看一眼,哈哈一笑,这才坐到沙发上喝茶说话。

中午老刘没让老陈走,要和他痛痛快快地干几杯。

老刘酒量不如老陈,才喝几杯脸就红了。陈利利怕他喝多伤身子,再端杯她就不让了。老陈说:"妹啊,酒是粮食精,越喝越年轻。让老刘再喝几杯,我了解他!"陈利利说:"哥啊,我……我陪你喝吧!"老陈说:"妹呀,才过门几天,就胳膊肘往外拐了,我可是你的哥啊!"这样一说,陈利利就不好阻拦了。都没多喝,一瓶酒还剩大半,吃完饭老陈就回家休息去了。

喝酒乱性,上床后老刘不想睡,喝下去的酒成了火,把老刘烧得口干舌燥。老刘刚坐起来,陈利利就把一杯凉好的蜜茶递到他手上。老刘咕咚咕咚地喝了几口,好舒服啊。他抹一把嘴重新躺下,还是睡不着。老刘就想做好事,于是把手放到陈利利身上,一会又钻进衣服里,鱼似的游动起来。陈利利抓住老刘的手。老刘还要动,陈利利闭着眼睛说:"现在是午休时间!"老刘把手收回来,听话地说:"好!好!我晚上再动不迟!"

结婚后,陈利利为老刘制订一张作息时间表。表贴在床头,陈利利要老刘照着做。老刘看了一下,笑说:"你要我做学生呀?"陈利利问:"有什么不好吗?"老刘把表又看一遍,用手捋着头发说:"好是好……就是……就是我一个学生,感觉好像受体罚似的。"陈利利忍不住笑了,用手轻点一下老刘的脑门,说:"点子还不少呢!……我陪着你,这下没意见了吧?"老刘把腰一挺,像学生回答老师提问似的,大声说:"报告小陈同志,没意见啦!"

和陈利利一道生活，老刘感觉像做梦，怀疑不是真的。与吴琼生活几十年，都是老刘伺候她，吴琼像个甩手掌柜，从来不管他。一次老刘重感冒，额头烫得像刚出笼的馒头，两条腿软得撑不起身子。老刘请假去看病，挂完水回到家，本想躺一躺，一看吴琼下班没吃的，拖着病体把饭做好。那天老刘没胃口，嚼蜡似的吃了几口就放下筷子。吴琼的心思全在工作上，老刘吃多吃少她没注意，吃完饭就去备课。老刘一边拾掇，一边烧开水，把应做的事全部做好，这才上床去。刚要睡着，吴琼叫他，说要喝水。老刘爬起来，拿出胖大海，沏上，放到吴琼的书桌上。老刘怕吴琼再叫他，就把水瓶拿来，让她自己续水。老刘回到床上就睡着了，不知吴琼后来叫没叫他。第二天醒来，吴琼已上班去了。老刘还在发烧，脚底像踩着弹簧，走路直打晃。看来还要去医院。昨天在医院挂水，见别的病号都有家属陪着，老刘就想，吴琼要是不干副校长，说不定也会来陪他，像别的家属一样，给他倒水，给他削水果。老刘这么想着，就头重脚轻地出了门。

还有一次，老刘因公出差，时间四天。出差前，老刘把四天的菜准备好，分装在四只保鲜盒里。吴琼下班回家，只需把盒里的菜热一热，菜吃完了，老刘也就归来了。四天很快过去，老刘风尘仆仆地回到家，进厨房一看，冰箱是空的，水池却是满的——里面堆满了碗筷和保鲜盒。老刘一边放水清洗，一边想，他幸好出差四天，若再多几天，橱里的碗筷用完了，吴琼会放水清洗吗？老刘由此又想，不知吴琼这几天烧没烧水，她若不喝水，或是喝水少了，喉炎一定会犯的；若是不烫脚，就那么敷衍了事地洗一洗，睡眠一定不会好。睡眠不好，第二天就没有精神，闹不好还会影响工作。这么想着，老刘就决定今后不再出差，因为他的家不能没有他，吴琼更离不开他，他是这个家庭的顶梁柱！

后来老刘真的很少出差，单位派他出去，他都以各种借口推辞掉。再过几年老刘退休了，紧跟着吴琼也退休了。吴琼当学校要返聘她，让她发挥余热，结果却没有。

吴琼很郁闷。老刘想，她的离去跟这多少有点关系。

陈利利和吴琼是两种不同性格的人。陈利利贤惠能干，对老刘体贴入微。她特别感激她的堂哥，不是他牵线搭桥，她还会在下岗的泥淖里挣扎，终日为生计奔波。陈利利下岗后，为几户人家保洁，收入微薄，每个月除去吃饭零花，人情往来，所剩无几。好在她没有拖累，日子还能过下去。她的后顾之忧是，有一天干不动了，用什么来养活自己。是堂哥为她找到靠山，让她的后半生有了保障。老刘是公务员，退休了一个月还拿好几千。陈利利从小到大，还没见过这么高工资的人。这个人现在是她的丈夫。

陈利利把老刘视为珍宝，捧在手里怕他冷，搂在怀里怕他热，变着法子让他幸福。陈利利每天比老刘提前半小时起身，待老刘按照作息时间起来，她已把该做的事全部做好，待老刘洗漱完毕，她正好陪他出门晨练。他们沿着黄河风光带向东，一路快走一路观光，以母爱公园为终点，继而往回返，一去一回五公里，走出一身热汗。到家小憩一会，电焖煲里的八宝粥也就好了。陈利利照着菜谱做饭菜，一日一换，花样繁多。吃完饭老刘抢着洗碗，陈利利从他手里夺下洗碗巾，说："歇着吧老公，就这么点事，你抢去了我干啥呀？"过去家里的事全由老刘承包，现在叫他闲着还真有点不习惯。老刘在厨房里转了转，又拧开煤气烧水，陈利利冲上来，硬把他推进客厅。老刘无事可干，就坐下来看电视。只看了一小会，陈利利就叫他，老刘知道，又到散步的时间了。

一日老刘想喝酒，打电话把老陈请来。他俩在客厅喝酒，陈利利在厨房炒菜。两杯酒下肚，老刘长吸一口气，又仰面朝天徐徐吐出，一脸陶醉样。老陈知道老刘有话要说，就等着。稍顷，老刘果然开口说话了。他说："老陈啊，我记得你曾经对我说过'哪里有压迫，哪里就有反抗'的话。那时我两眼一抹黑，以为每家的生活都是一样的。自从陈利利进了这个家，我才知道，日子还能这样过，男人就应该这样生活！"老陈想说什么，感觉不妥，就没有说。

老刘把两个人的酒杯放到一处，斟满了，端起来和老陈碰一下，一仰脸，干净利落地喝下去。老陈二话没说，也把杯中酒喝下去。

陈利利今天没到桌上来，她只管做菜，让他们老哥俩在客厅尽情地说，尽情地喝吧。

《草原》2012 年 2 期

神　仙

从腊月二十四这天起,神仙像冬眠似的闭门不出,日子于他仿佛村前那条灌溉水渠进入干枯期,这干枯期要到正月十五过完小年,才恢复生机。神仙掰指头算过,他的干枯期是二十二天,比灌溉水渠要短得多,但他感到憋闷难熬,跟坐牢差不多。

这二十二天里,神仙备足粮草,储足水,一天三顿饭,一心一意过自己的日子。他的四只羊好像知道主人的心事,在神仙闭门的日子,不喊不叫,饿了吃草,渴了喝水,闲下来就倒嚼,一副半睡半醒的幸福神态。神仙见了羡慕得要死,想他为什么不是羊,是羊多好,无忧无虑,不懂烦恼,不知愁苦。

神仙凄惶的日子,恰恰是村人欢乐的时光。腊月二十四送灶,从这天开始,村里出去打工的人如候鸟似的纷纷回来,他们不但带回来笑声,更带回了钞票。也是从这天起,村里开始鸡飞狗叫。神仙不用出门也知道,那是回家的人在杀猪宰鸡,为过年准备吃食。神仙不用准备,他是一个人吃饱全家不饿,缸里有米,袋子里有面,肚子问题就解决了。

腊月二十六、二十八这两天是好日子,村里时不时会响起一阵鞭炮声，响声震天，炸得人心惊肉跳；鞭炮过后，欢声笑语仿佛夏日的洪水一浪一浪往神仙的耳朵里涌，吵得他愁肠百结，坐立不安。神仙知道这是谁家在娶媳妇或是嫁姑娘。有钱没钱，娶个媳妇过年，这是居家过日子的人追求的美满生活。神仙的爹娘在世时也很向往，可惜神仙辜负了二老，让他们抱憾终生，死未如愿。

村人的欢笑日却是神仙的受难时——两天的漫漫长夜，神仙都是枯坐羊圈，以羊为伴，苦等天明。

三十年晚这一天，神仙也不好过。这一天是年尾，从早到晚，辞旧迎新，举村同庆，鞭炮像爆豆似的响个不停。神仙记得爹娘活着时，他们家也是不停地放鞭炮。吃完年夜饭，他们一家三口坐在火盆边一边取暖一边守岁，到鸡叫头遍，就过了午夜，这个时辰，新岁也就守到了。母亲打着哈欠对神仙说，乖儿子，睡觉去吧。神仙就起身向爹娘道喜，爹娘也向他道喜，还要说一些祝福的话，完成这一仪式才去自己的房间。神仙知道爹娘还有重要的事没做，他们要擀面皮包弯弯顺（水饺），包好了才能睡。

如今，爹娘都走了，丢下神仙孤零零一个人。现在神仙既不守岁，也不包弯弯顺，更不说祝福的话，他早就不信那些喜话了。

喜话是水中月镜中花，不现实的东西。

神仙五官紧凑、黝黑，貌看像个黑窝头，上面镌刻着岁月的风霜。看面相，说他五十别人也信，其实他才四十。四十不小，村里像他这般年龄的人儿女已外出打工了，而他还是光棍。

人比人死，货比货扔。神仙感到没脸见那些回家过年的人。三十六计躲为上，于是他闭门不出，与世隔绝，把自己隐藏起来。

回村的人群里，神仙最怕见的人就是胖嫂。胖嫂泼辣大方，说话口无遮拦，像打机关枪，开口就是一梭子；做事也是百无禁忌，没有她不敢做的事。神仙吃过她的亏。想起往事，神仙那结痂的伤疤还隐隐作痛。

胖嫂比神仙大五岁。胖嫂二十岁过的门，她结婚时神仙刚满十五岁，还在学校里读书。

　　农户人家办喜事，全村人都要贺喜。喜事不请不到，办事人家就挨门逐户地请。胖嫂结婚那天，摆的是流水席，有二十桌之多。神仙作为家庭代表去吃喜酒。所谓流水席，就是客人多，一次安排不完，需要分批次坐席，一拨人酒足饭饱离开饭桌，下一拨人才能坐上去。神仙年少力弱，又是第一次见识这种场面，几次上桌都被力大者挤下来。太阳落山时喜宴开始，直到天色如墨，早过了晚饭时辰，神仙还没有上桌。神仙看着端菜的小伙子在亮如白昼的灯光里跑进跑出，捂着咕咕乱叫的肚子，坐在树下耐心等待。又一批客人散去了，再也找不出与神仙争座位的人，他才上了桌。

　　吃喜宴让神仙长了见识。

　　坐桌很有讲究，一群人乱哄哄地往桌上拥，桌首可不敢乱坐，只有长辈或是年长者才能上那个位。宴席开始了，全桌人都要高擎酒杯敬长辈。长辈高高在上，喝多喝少全由自己，晚辈不能苛求。神仙年少不喝酒，别人敬酒他看着，喝完酒吃菜了他也跟着吃，但速度比人家慢得多，常常是别人吃了两筷菜，他一口还没有吃上。神仙第一次理解什么叫做风卷残云，什么叫做狼吞虎咽——他亲眼所见，刚刚还是满满的一盘菜，瞬间就见了盘底。神仙不敢怠慢，下一盘菜上来，他也学着别人的样，抢着伸筷子。最精彩的是上红烧肉。桌上的人都知道上菜顺序，端菜的小伙子刚出现，一桌人像迎接贵宾似的站起来，把筷子齐齐地伸过去，盘子落到桌上，里面的肉不见了，剩下的只是垫底的萝卜。神仙把筷子含在嘴里，遗憾地坐下来。肉是重头戏，是宴席的高潮，上来后还剩最后一道菜——鱼。鱼到饭到，饭到酒干，这是喝酒规矩。于是众人喝完杯中酒，便埋头吃饭。这顿饭神仙只吃了半饱，他想下回再有这样的机会，娘就是说破嘴他也不来。让爹来，爹肯定能抢过他们。

　　散席后，长辈和年长者都回家去，年轻人留下来闹新房。办事人家也望有人闹，闹才热闹，闹才喜气——所谓闹喜就是这个意思。

闹房分素闹与荤闹。素闹只限于说喜话，喜话文气且有寓意，点到为止，为的是烘托婚礼的喜庆气氛。荤闹则不然，说的也是喜话，却与素闹有着天壤之别。荤闹粗俗，说话露骨，都是裤带以下的男女房事，听得新人羞怯难堪，不敢抬头。村人闹房多是荤闹，而且无休无止没有尺度，让办事人家进退两难，想阻止怕伤和气，任其下去，又怕新人承受不住，闹出不愉快的事来。

那晚散了酒席，神仙看天色已晚，本想回家，却被同桌的一个后生拉住，要他一道去闹喜。神仙身子扭动一下，没有摆脱后生，迫不得已跟着去了。那个后生力大，进了新房，像耕田的犁铧犁过人群，很快占领了有利地形。后生和神仙进来后，新房里出现了短暂的平静。神仙看到新娘的红盖头已被揭开，几个人分别拉住她和新郎的手，让他们嘴对嘴啃一只悬空的苹果。神仙与众人一样，屏住呼吸，目不转睛地盯着苹果，看他们如何吃。万般无奈，新郎和新娘张开嘴巴咬苹果。苹果是悬空的，他们的手又不好动作，结果苹果刚受力便跑向一边，两张嘴瞬间吻到一起，继而如触电一般离开，众人大笑不止。受到奚落，新娘恼羞成怒，把愤怒的目光投向众人，神仙注意到，新娘的目光在他脸上停顿足有一秒！这一秒，神仙感到新娘把他的脸看破了，心也看透了，他面热心虚，连连后退，趁人不备逃出门去。

神仙的名字叫王冠，六岁那年患小儿麻痹，病愈后留下残疾，走路腿一点一点的，促狭鬼便叫他神仙。初叫时王冠死不答应，谁叫与谁拼命，那时的王冠天天与人打架，每天鼻青脸肿，破衣烂衫，惨败如丧家之犬。后来，王冠就采取回避的办法，上学放学独自往来，人们见不到他也就不叫了。

绰号是烙印，打在身上就得一辈子背负，甩不脱躲不掉。王冠背着绰号从小学走到中学，又走向社会，成为地地道道的农民。做了农民，神仙的劣势一下子显现出来，他既不能推车挑担，又不能扒河治水，只能像女人一样做一些锄草间苗的轻活。在农村，不能干重活的男人就是废人。神仙的爹娘怕他自悲，就买几只羊让他养，鼓励他自食其力。神仙是读书人，自从做了羊倌，他就把心思放在羊身上。神仙白天放羊，半夜还要起来给羊添一次嫩草。羊无夜草不肥。几只羊在他精心照料下，跟吹了气似的，半年就长成大羊；再过半年，大羊生了小羊，到第三年发展到三十多只，成了养羊专业户。到冬天，爹挑选几只母羊留下，余下的赶到集上卖，一下子卖了七八千元！这钱虽然赶不上外出打工的人挣的多，但比种田划算。神仙能挣钱养活自己，就有媒婆上门提亲。看了几个，姑娘都不肯答应。神仙是明白人，他知道姑娘嫌弃他什么。后来爹娘听从媒婆意见，花五千元从外省带回一个姑娘。成亲那天，爹娘不想大操大办，但村上的人还是来贺喜。酒后闹新房，小伙子们见新娘哭哭啼啼，两只眼睛肿的像桃子，就不想闹，说几句喜话就离开了。人去屋空，新房里只剩下神仙和新娘，两个人相对无语。神仙注意到，新娘不愿与他说话，他刚要开口她就转过脸，或是把目光投向别处。神仙遭受冷落，感觉受到侮辱，他叹息一声，独自睡去。半夜醒来，看新娘坐在床头打盹，怕她着凉，拉上被子给她盖上。新娘惊醒过来，紧紧地抱住自己，厉声责问他想干什么？神仙见她曲解自己，想解释，见新娘柳眉倒竖，他把被子一甩放回原处。神仙再次睡下，却怎么也睡不着。

第二天晚，神仙想打破僵局与新娘做成夫妻，几次暗示，新娘都不理会。努力得不到回报，神仙便没了兴趣。

庄户人家的日子跟狗撵似的，日出日落，转眼一个月过去。

当地风俗，新婚满月，新娘子要回娘家小住几天。新娘家路途遥远，神仙理应陪同。两天奔波，终于看到新娘的家了。往村里走，新娘不要神仙同行，也不要他去她的家。士可杀而不可辱！闻听此言，神仙转脸就回。又是两天奔波，回到家，神仙没说一句话，爬上床蒙头大睡。爹娘都是见过世面的，他们看出儿子心里有苦，同时也担心儿媳这一回去，怕是不会回来了。真是怕事有事，那天神仙在后沟放羊，见两个陌生人进村来，当时他有预感，这两个人是为他而来。傍晚回来，见爹黑着脸，娘在一旁抹泪，神仙心里就有数了。娘抹了一会泪，抬起泪眼对神仙说，人家是悔亲来的。神仙无言。娘见他无动于衷，恨铁不成钢地说，你咋就上不了她的身？你知道吗？人家说你是假男人！娘的话让神仙有口难言！

世上没有不透风的墙，这话传进了胖嫂耳朵里。

农村女人，做姑娘时性格内敛，为人温和，一旦结婚生子，仿佛阅尽人间万事，变得泼辣大胆，桀骜不驯，世间没有她们不能做的事，也没有她们不能说的话。那天神仙赶羊去坡地放牧，路过胖嫂田头，见她在田里锄草。胖嫂比婚前富态好看，在村里算个美人。胖嫂勤快，整天在田间劳作，皮肤却不见黑；身体丰腴肥胖，胖得是恰到好处，浑身上下没有坠肉。神仙曾听村里的男人们在私下议论，说胖嫂美就美在馒头上，全村的婆娘没一个有她的大！神仙这会想起了，就多看一眼。胖嫂的馒头真是大，她身子一动，两个馒头小羊羔似的，在衣服下面一蹦一跳，好像要到外面来见一见太阳。这时，胖嫂刚好抬头擦汗，见神仙在偷偷打量她，就想拿他取乐，说，神仙你瞎看啥呢？神仙心里的秘密被看穿，脸腾地红了。好男不和女斗。神仙知道胖嫂厉害，于是挥鞭赶羊，三十六计走为上。胖嫂哪里肯放过他，她向在另一块田里锄草的姐妹使一下眼色，丢下锄头向田头走来。胖嫂的嘴也不闲着，说，好你个神仙，你放着自家的女人不看，却要看别人家的女人，你是肥水流向外人田呐！胖嫂腿快，说话间已来到田头，抬手拉住神仙。来者不善，神仙知道他难逃一劫，一边赶羊一边求饶：君子动口不动手。胖嫂，我认错还不行吗？请你高抬贵手！胖嫂看那个姐妹已经赶到，笑着说，你别孔夫子放屁文气冲天了！老实交代，你刚才看到我啥了？说出来我就放过你！神仙一听，变得口吃起来，发誓说，天地良心，我……我啥都没看见！胖嫂得理不让人，说，做贼人心虚！放屁人脸红！妹妹，你相信他的话吗？那个姐妹说，哄鬼去吧！胖嫂说，那好！他刚才看了我，我现在也要看看他，看他的"棒头瓢子"是泥捏的还是肉长的，一报还一报，这样咱俩就扯平啦！胖嫂猛拉神仙的裤子，只听嘣地一声，神仙的裤带断成两截。胖嫂和那个姐妹合力，把神仙放倒在地，手伸进他的裆里，一边搓揉一边说，叫你偷懒，叫你怠工，放着自家的媳妇不干，生生让人家走了！胖嫂旧话重提，这是揭神仙的疤疤。神仙又羞又恼，如案上的猪拼力挣扎。常言说，好手敌不过双拳。直到胖嫂和那个姐妹闹够了，神仙才得以脱身。神仙感觉身子又痛又肿，到晚上连尿都撒不出。

从那往后，神仙对胖嫂是闻风丧胆，见到她都是绕道而行。

胖嫂的丈夫在外打工，一年才回来一次，胖嫂感到日月漫长，于是把田地抛荒，拉上孩子去了丈夫那里。

胖嫂走了，神仙的日子云开日出，一下轻松起来，出门放羊，不用躲躲闪闪，路在脚下，任他行走。时间可以淡化一切，神仙已从爹娘去世的阴影里走出来。生老病死，无人能敌。神仙唯一感到对不起爹娘的是他没能讨上媳妇。这事怨不得别人，怪他无能。神仙想，如果命运眷顾他，再给他一次机会，说啥他也要做男人。做上男人了，也就征服了女人。

这些道理，神仙是慢慢悟出来的。一个"悟"字，经过了漫长的岁月。这里面有胖嫂的功劳，虽然胖嫂羞过他，让他无地自容，但是胖嫂道出了事情的真谛，给他以启发。这里面还有牲畜的启蒙功劳。每到春暖花开，神仙留下的几只羊便开始发情。母羊发情爱叫，那叫是对性的呼唤，更是对性的渴望与期盼！神仙除了腿有残疾，身体却是健康的。健康的人就会有梦想，就会有欲望。在母羊发情的日子里，神仙浑身躁动，浮想联翩，夜不能寐。神仙想得最多的就是他娶亲的日日夜夜，他想岁月如果倒流，就是霸王强上弓，他也要把那个女人干了。那个女人太有心计，是她拒人千里，最后却倒打一耙，说他是假男人。女人是阴谋家。事后回想，女人的所作所为，都是为她日后悔亲埋下伏笔。神仙是受害者，失去钱财不说，还坏了名声，难怪胖嫂要扒他的裤子，看他的"棒头瓢子"！神仙清楚，他的东西是肉长，绝非泥捏。漫漫长夜，孤人难熬。神仙有过渴望，他虽然没干过女人，在梦里却干过羊。那梦奇特，梦醒后神仙还记得，他骑着的明明是羊，眨眼间却变成了女人。起先女人还反抗他，宁死不从。神仙不想重演历史悲剧，于是像个男人似的摆起威风，身子一翻就把女人压在身下。嘿！还别说，他威风起来，女人反而乖顺了。就在神仙陶醉在胜利的喜悦中，眼看就要进入佳境，身下的女人又变成了羊！羊回过头对他咩咩大叫，琥珀色的眼睛里透着满足。神仙一见骨头都酥了，身体一阵轻松，人轻得仿佛要飞起来，就这时梦醒了。

这个梦让神仙羞愧不已，那几天他不敢与羊对视。

神仙不敢有梦，那些日子他用劳动来惩罚自己，羊在一旁吃草，他就挥镰割草，为羊准备越冬草料。神仙做事不惜力气，每天都把自己累得大汗淋漓，疲惫不堪。此举成效显著，当黑夜降临，神仙吃完饭便爬到床上，眼睛一闭就睡死过去，一夜无梦。

但是这一天，神仙旧病复发，夜里又做起梦来，梦里出现的不再是羊和那个女人，而是胖嫂！在胖嫂面前，神仙是鼠，胖嫂是猫。梦里却反过来，神仙成了猫，胖嫂变成鼠。神仙色胆包天，把胖嫂紧紧地搂在怀里，两只手也不老实，在胖嫂的馒头上尽情游走。别看胖嫂那么泼辣，还有一点蛮不讲理，说到底还是个女人。是女人就需要男人爱抚、体贴。看胖嫂在怀里柔情似水、温情可人，像羊一样任其摆布，神仙高兴得哈哈大笑，说，胖嫂啊胖嫂，原来你是个外强中干表里不一的人啦！神仙笑着醒来，醒后发现他身在羊圈，怀里抱着的是一只羊……

下半夜，神仙回到床上，翻来覆去地睡不着。神仙在回味他的梦，梦中的每个细节都历历在目。神仙拉亮电灯，反复端详他的手——就是这双手，刚才搂了胖嫂，也摸了胖嫂！你好福气呀——虽然是梦，但神仙对他的手还是很羡慕，也很崇拜。

天不知不觉地亮了。

今天二十九，明天三十，过了明天，神仙就是四十一岁了。岁月无情，神仙在心里重重地叹息一声。

吃过早饭，神仙去扯草喂羊，就这时院门被拍响了。神仙当是错觉，停下手竖起耳朵听，门外果然有人。神仙不急着过去，他在想会有谁来找他，找他何事。自爹娘去世后，神仙不记得有谁来过他家，当然他也没去过别人家。这么说，这个找他的人一定不是本村人，说不定是过路客。就这时，门外的人说话了：好你个神仙，大过年的也不开门，怕人家抢你偷你咋的？快开门！

是胖嫂来了！虽然多年不见，神仙一下就听出来了！

无事不登三宝殿！神仙想胖嫂一定知道他夜里的梦，她是为梦而来，找他讨一个说法。神仙慌作一团，他无法应对胖嫂的逼人气势。

神仙的门是柴门，被胖嫂几下拍出一个窟窿。胖嫂从洞口看到神仙在扯草，人像雕塑一样呆在那里，大叫道：神仙，你是聋了还是哑巴了？客人上门了还装死，不欢迎我就走了！胖嫂把话挑明了说，再不开门就是神仙的不是了。

来到院里，胖嫂这里那里的看了一遍，才问：神仙，知道我干啥来啦？

神仙想不打自招的，话到嘴边又咽了回去。神仙不敢说出他的梦，他知道说了胖嫂一定不会轻饶他。神仙在琢磨对策，声音小得像蚊子哼哼：我又不是你肚子里的蛔虫，哪里会知道！

胖嫂闻后哈哈一笑，说，你当然不会知道，要是知道了就成真神仙了！告诉你，我给你提亲来啦！

神仙还没回过神，小声嘀咕：提亲？给谁提亲？

胖嫂伸手戳他的额头，叫道：妈呀，你不会傻了吧？当然是你了！

神仙弄明白，胖嫂不是为梦而来，而是给他提亲来的，一不留神说漏了嘴：我当你又找我算账来了呢。

胖嫂听出神仙话里有话，抬手要打他，说，老实交代，又对我使啥坏了？当心点，别让我再扒你的裤子！

神仙看出来，胖嫂是和他开玩笑，胆子也大起来，说，胖嫂你要是想扒，我欢迎还来不及呢！

胖嫂像看外星人似的看着神仙，文呼呼地说，士别三日，刮目相看。好，你等着，待我这个姐妹相中你了，我让她好好收拾你！

神仙一听，激动地不知说啥好，一包热泪冲眶而出，他面向爹娘安歇的方位叫了一嗓子：爹啊！娘啊！你们听到了吗？胖嫂来给你们的儿子说媳妇啦……

《山东文学》2009 年 10 期

遍地黄金

四年前的事仿佛就在眼前。

那天早晨,两只喜鹊在屋后的意杨树上喳喳乱叫。苏方和儿子小城还在睡回笼觉,小城被吵醒,在苏方怀里不停翻滚。苏方把小城搂紧,想让他再睡一会儿。天冷,起来也没啥事。喜鹊叫个不停,一唱一和,像报告什么喜事似的,他们就没办法睡了。按说冬季里喜鹊是很少叫唤的,其他鸟也不叫。春天是鸟们的发情期,天一亮,鸟们就在苏方家的意杨树上叫开了,像比赛,比谁叫得好,看谁嗓门大。叫就是唱,鸟们为爱情歌唱,为幸福歌唱。比较而言,画眉和八哥叫得好听,歌声婉转,抑扬顿挫,仿佛丝绸在微风里飘荡,听得人心里软软的,总想干点什么。喜鹊叫声喳喳,窄巷子里抗木头——直来直去,没心没肺,傻大姐似的。不过人们都挺喜欢喜鹊。喜鹊是吉祥鸟,叫了会有喜事来临。苏方一边为小城穿衣服,一边琢磨,她想不出她和小城今天会有什么喜事。

打开门,天阴着,云层矮矮地压着树梢;气温很低,风尖尖的往领子里钻,割得脖子痛。看样子好像要下雪。果不其然,中午时分天空飘起雪花。雪花由小变大,又由稀变密,棉花朵似的,午饭后地下全白了。瑞雪兆丰年。再过半个月就过年了，雪要是那时候下该有多好啊。苏方印象里，已有几年没见到雪了。

　　苏方喜欢雪。雪纯洁干净，看着心里舒服。记得小时候是常见雪的。雪很大，下得沟满河平，全世界一片银白。长辈们看着雪，满脸喜悦，说：人受罪，麦盖被，病毒害虫被冻死，来年准有好收成。太阳高起来，雪开始融化，屋檐上的冰凌不停地滴水。门前的路泥泞不堪，出门得找准地方下脚，稍有不慎鞋子就脏了。太阳下山，气温陡降，路冻成冰疙瘩，凹凸不平，刀锋似的割脚……往后来，雪渐渐少了，即使下，飘在空中是雪，落到地上就化成水了。像小城这么大的孩子，还是第一次看见这么大的雪，他高兴得又蹦又跳，要苏方堆雪人。苏方童心大发，找出工具，冒雪和他堆起来。

　　孙子兵就是这时候回来的。

　　苏方没注意，小城也没注意，他们的注意力全在雪人身上。雪人快堆好了，苏方用红辣椒做鼻子，黑纽扣做眼睛。做好了退后一步，一看还挺像回事。小城蹦跳着唱儿歌：雪人只有手，没有脚，看它怎么走……一下踩到孙子兵的脚，抬头看是爸爸，高兴地大叫：爸爸爸爸，你回家啦？苏方一看真的是孙子兵，说：难怪一早喜鹊叫唤呢，原来真的有喜事啊！说后扔下工具扑过去，一家三口紧紧地抱在一起。

　　孙子兵今年提前回家，宁愿少挣半月工钱。往年都是等厂里放假才往回赶，票虽然提前买好，座位也有，但是他连续几年都是站着回家的，到下车时人都累瘫了，两条腿又木又沉，走路都困难。孙子兵心肠软，前年他把座位让给站在过道里的孕妇，去年又让给一位老大爷。老大爷比他的父亲还要老，背着大包，过道里人来人往，把老大爷挤得东倒西歪，额头的汗水顺着皱纹往下流。孙子兵看不下去，就把他拉过来坐到自己的位置上。老大爷腾出手，掏出几张皱巴巴十元面额的票子塞给孙子兵，要感谢他。孙子兵说啥都没要。老大爷老泪纵横，激动地说：你是活雷锋，好人啦！今年孙子兵比往年提前十多天回来，还没到春运高峰，车厢里的人比较稀松，他一路舒服地坐回来，夜里还在座位上睡了一觉。

孙子兵在东莞一家个体企业打工，做领班，手里管着二十多个与他一样的打工者。孙子兵团结人，从不把自己当领班看待，苦活累活带头干，班里的人都敬重他。厂里每年都考核评比，先进名额分下来，孙子兵都是满票当选。当先进有奖金，领回奖金那天，孙子兵把班里的人请去饭店，用奖金招待大家。孙子兵平时挺节俭，一把牙刷用半年，毛倒了才更换；洗发膏舍不得买，洗头用的是洗衣粉，把一头好发糟蹋得枯黄卷曲，像秋天的茅草。但是奖金他舍得拿，他说荣誉是大伙给的。众人拾柴火焰高，班里的工作没有大伙支持，他一个人即便有三头六臂也完不成任务。他把自己的做法告诉苏方，苏方也很支持。苏方说：在家靠父母，出门靠朋友。大家相互帮衬，工作才好做。

再过二十天，孙子兵就满三十岁。三十而立。立什么？他最近一直在想这个问题。他二十二岁那年出门打工，闯荡八年，换了几家单位，广州、深圳都待过，最后到东莞，从小工干起，两年前被提拔为领班，月薪加补贴2500元。有这收入，养家糊口、孝敬父母不成问题。但孙子兵不满足，他想选择一份更适合自己、也能体现自身价值的事情做。不想当将军的士兵不是好士兵，不想挣大钱的男人也不是好男人。孙子兵把这句话在心里说了无数遍，但一直没与外人说。他知道，如果有人知道他有这个想法，会说他癞蛤蟆想吃天鹅肉，甚至怀疑他脑子有问题。他这个位置很不错，月收入比一般人高出300元。孙子兵清楚，他若是离开，班里的人都会站出来竞争这个岗位。父母和岳父岳母对他都很满意。夫贵妻荣，苏方也以他为骄傲，走路昂首挺胸，说话理直气壮，喜鹊似的，声音比别人高，嗓门比别人大。

今天虽然下雪，村里的一些老人还是知道孙子兵回来了，从下午起，来串门的人就络绎不绝，苏方烧了几锅水都没够喝。到吃晚饭时，村里一户不落，老人和娘们都来过了。孙子兵把自己在东莞所见所闻说

- 217 -

给他们听，老人和娘们听了，心里踏实了，脸上也有了笑容。虽说他们的亲人还没有回来，同是打工者，光景应该差不多。

第二天，雪霁天晴，孙子兵带上东莞的土特产去看望岳父母，苏方和小城同行。雪后路滑，怕骑车摔倒，他们步行而去。

他们出门东行，太阳银线似的撒下来，照在雪地上，天地间亮得晃眼。孙子兵和苏方搀着小城在村路上走，经过处，都有娘们盯着他们的背影看，目光里透出歆羡。

孙子兵家在东北，苏方家在西南，相距七八里，出村过废黄河，再走二十分钟就到了。早年的路不好走，雨雪泥泞，晴天沙尘。后来修了水泥路，晴天雨天都好走，而且也干净。

废黄河两岸闲置着大片土地，原因是离村远，耕种不方便，管理也不方便，所以一直荒废着。说来也是，村里的青壮男子都外出打工，留守的都是妇女儿童和老人，他们即使想种，也是心有余而力不足。

路上，苏方小嘴不停。到了河边，苏方停下来，抬手指点一下，说：上百亩土地，就这么荒着，可惜呀！苏方过去也说过这话，孙子兵是左耳进右耳出。今天苏方旧话重提，孙子兵听了心里一动，搭话说：是可惜，哪怕栽树也是好的。十年树木，树成材就可以卖钱了。苏方说：这主意不错。问题是离家远，无人看护。孙子兵笑说：树长在地上，又不是瓜果梨桃，还怕人偷吃不成？苏方也笑了，说：被你说对了。这里过去种过粮食，长势不错，可惜的是，到收获时果实全被人偷走，留下的是麦秸、玉米秆。孙子兵说：劳而无获，后来就撂荒不种了是吗？苏方回答说：是的。他们一问一答，不一会就到了苏方家。

见过岳父母，第二天，孙子兵在家待不住，想出门走走。小城像个尾巴要跟着，孙子兵怕他冷，为他戴上帽子，父子二人就出门了。

太阳升起来，照在脸上像棉絮一样柔软，很舒服。孙子兵在村路上走，不见鸡飞，也不见狗叫，好多人家还关着门。显然，这些人家还没有起来。孙子兵一路东行，小城当又去外公家，轻车熟路地在前面跑，在陡坡处滑个大跟头。孙子兵跑步上前拉起他，当他要哭的，想不到他还笑，说：真好玩。孙子兵怕小城再次摔倒，紧紧拉着他。到废黄河边，孙子兵停下，打起眼罩往四下里看，目测这一片土地的亩数。小城心急，说：爸爸，快走啊，到外公家吃好东西去。孙子兵笑说：小馋虫，我俩去了，妈妈怎么办？小城想了想说：我在这里等，你回家去叫妈妈。孙子兵说：逗你玩的，我们不去外公家。小城听后有点失望。

连着晴天，气温高起来，不几天雪就化完了，大地裸露出来。

日子很快，转眼就到农历二十九，明天就是大年三十。往年这会，孙子兵背着大包小包，正十万火急地往家赶。回想童年，那日子像钉住一般，每一天过得都很缓慢。进了腊月，年就挂在大人们的嘴巴上，每天都要说起，可是那一天却迟迟不肯到来，步伐慢得跟老驴推磨似的，急得孩子们抓耳挠腮。现在的日子像加了润滑剂，日出日落，眨眼就是一天。孙子兵到家那天，心想日子早着呢，还有十多天才过年，不想一转眼年就到了。

这天是外出人员回家高峰，从中午开始，村路上就人来人往，川流不息，谁家传出笑声，就说明这家主人回来了。孙子兵不爱凑热闹，但还是出门，挨门逐户走一走，和大伙分别一年了，见面问候一下，可以多了解一些信息。

孙中华是最晚回来的，他的家人当他不回来了，年夜饭已端上饭桌，孙中华的父亲已喝下一杯烧酒，门前响起汽车喇叭声。孙中华的妻子跑出门去看，孙中华打开车门，从里面不慌不忙地钻出来。妻子没问他汽车哪里来的，用带点责备的口吻说：咋才回来，我们都吃饭了！孙中华一边锁车门，一边说：你当我不急吗？事情多，走不开呀！

孙中华在省城做事。他有瓦工手艺，早年在村里做零活，挣点烟酒钱。后来去省城，先跟着人家干，摸出门道后开始承包项目，当起小工头。开始挺不易，大活接不到，就带人在路边、桥头揽零活，能勉强维持生计。命里该他发财，他做的零活里有一户人家在机关做事，孙中华看出,这家的男主人有点实权。孙中华开始讨好他,做活像绣花,一天的活做了两天。这两天,男主人刚好在家,孙中华一边做事一边和他套近乎。事情做好了,男主人给工钱他不收,说:力气就像井里的水,用了又来,收啥钱呀!说后拿起家伙抬脚走人。男主人感动了,说:多么善良、多么淳朴的农民工兄弟!他要孙中华留下手机号,说今后有事找他。走出这户人家,一同做事的几个人怨声四起,说孙中华吃错药,忘记自己进城干啥来的了。孙中华从鼻孔里哼出一声,说:我不痴不傻,知道钱是好东西。告诉你们,我这么做是放长线钓大鱼。回到驻地,孙中华掏腰包给几个人发工钱。孙中华估计没有错,不出一周,那个人打电话找他,给他一项工程。是个大工程,他带人干了半年才完成。这是他挖到的第一桶金。这桶金,让他有了积累。孙中华爱钱,但不贪钱。他常说,有财大家发,有钱大家花。拿到工程款,他抽出一部分感谢人家,那个人半推半就地接收下来。那个人成了孙中华的朋友,不但自己为孙中华揽业务,还动员朋友为孙中华找事情。孙中华手下有几十个人,成立建筑公司,自己也从一名包工头升格为公司经理。

孙中华年前考了驾驶证,花几万元买一辆二手车。车子不新,但是出行却很方便,谈业务有脸面,回家也不用挤长途车。

年初一,孙子兵到孙中华家拜年。孙子兵年轻,比孙中华晚一辈。晚辈上门给长辈拜年,这在情理之中,但孙中华没有摆长辈的谱,也没有端经理的架子。孙子兵不是一般打工者,他是领班,手下管着二十多人。领班等同于班组长,官级虽然低,但很有实权,说话有人听。孙中华了解到,村里出去的人,除他孙中华,就数孙子兵干得出色。孙子兵上门,孙中华与他平等交流,说了不少知心话。告别孙中华,孙子兵心里像天空一样明朗。

过完小年,外出的人挥别父母妻儿,开始远行。

往年,孙子兵都是初四离开家。他是领班,提前一天走,时间宽裕一些,跟老板拜拜年,把车间收拾一下,大伙来上班也有个新气象。

初四这天，苏方照例早起，煮汤圆下水饺——汤圆圆圆满满，象征他俩的感情；水饺又叫弯弯顺，寓意一路顺风，工作顺利。孙子兵没有早起，待他吃饭，汤圆和水饺早就凉了。孙子兵没做出门准备，苏方也没有问。问就是催，苏方怕他有想法。推开碗，孙子兵出门去。看他远去的背影，苏方感觉孙子兵有事瞒着她。是什么事，苏方还吃不准。苏方从孙子兵回家那天往后捋，想寻找出蛛丝马迹。苏方发现，孙子兵是那天去她家后起的变化。孙子兵过去回来很少出门，一直待在家里，陪苏方说话，和小城做游戏。这次回来，孙子兵像换了一个人，吃完饭就往外跑，像跟谁约会似的，小城跟过一次，再去他就不愿带了。苏方也不想把他拴在家里，男人是女人手中的风筝，飞得再高再远，线攥在手里，苏方不怕他飞走。

正月十五元宵节，苏方当孙子兵吃完元宵一定会走，她已做好送行准备。苏方是刀子嘴豆腐心，每次和孙子兵告别都泪流满面，生死离别似的。苏方也想学村里的娘们，把心肠硬起来，送夫送到大门口，到了门口往回走。男人出门是挣钱的，又不是当壮丁上战场，分别了不知能不能再见面，但眼睛就是不听话，泪水像泉眼，堵也堵不住，真是没办法。

房间里窸窸窣窣的，像小猫游戏，似老鼠觅食，一定是孙子兵在收拾东西。苏方心里高兴啊！她告诫自己，今天说什么也不能流泪。孙子兵年前回来，到今天整整一个月。村里的娘们见孙子兵迟迟不走，开苏方玩笑，说她是狐狸精，骚娘们，把男人迷得神魂颠倒，钱都不想挣了。苏方有口难辩，尴尬死了。今天孙子兵终于要走了，看她们还能说什么！

苏方在院子里等着，准备为孙子兵送行。孙子兵从房间出来，手里没拿行李，腋下夹一只小包，干部似的，好像出门办什么事。

苏方心里咯噔一下，问：行李不带吗？

孙子兵停顿下来，说：哦，忘记告诉你，我决定不走了。

苏方吃惊道：你不当领班啦？你说过，那个位置好多人都盯着，要是被别人抢去了,你是要后悔的啊!

孙子兵笑道:我不稀罕。告诉你,我要自己当老板,挣大钱!

苏方上前一步,抬手摸孙子兵的额头,看他是不是发烧说胡话。孙子兵拿开苏方的手,说:我已决定把废黄河边那一片土地租下来,这就去签合同。

苏方一听,像针扎屁股似的跳起来,尖叫道:你是打工把脑子打坏了是吧?

孙子兵说:我的头脑很清醒!

苏方急得直跺脚,说:我把丑话说在前头,你租赁那片土地,力是为别人出的,汗也是为别人流的!

孙子兵一边往外走一边说:娘子,你那是老黄历了!

苏方看孙子兵走远了,锁上门,拉上小城尾随而去。苏方脸色不好,村里的娘们一见就知道她和孙子兵吵架了。看他们一前一后地往东去,估计是到苏方家找岳父岳母评理的。

走到废黄河边,孙子兵站下来等苏方和小城,待走近了,孙子兵抬手画一个圆,满怀憧憬地说:这一片土地如果栽上意杨,十年后我就是百万富翁!

苏方冷笑一声,说:你当钱是杨树叶吗?做你的大头梦!

孙子兵见话不投机,继续东行,不一会就来到废黄河村委会。村干部都到了,见孙子兵带着家属过来,知道他是慎重的。村长和苏方同村,还是同学,见了面格外亲切。村长说:老同学,孙子兵目光高远,嫁给他是你的福气呀!

苏方心里有气,说话就失了分寸:你尽给他戴高帽,把他架到云层里,叫他不知天高地厚。还老同学呢,明知道租那片地是拿钱打水漂,还设套让他钻,安的什么心,哎?

村长没想到苏方是带着气来的,更没想到孙子兵干这么大的事竟然不和她商量,他和支书咬耳朵,说合同不能急着签,待他把家人的思想做通了再签不迟。支书看人到的差不多了，有点生气地说：孙子兵走南闯北，听说还做过领班，办事还这么毛糙，不像话！

村长抬眼看了一圈，那片土地的拥有者都来了，人人喜笑颜开的。他们也应该高兴，那地撂荒好几年了，现在有人要租用，每亩200元，期限15年，这可是天上掉馅饼啊。但是现在情况有变，租赁者的家属不同意，合同暂时签不了，租金也不能兑现。实情要不要通报，通报后村民会是什么反应，村长还吃不准。就在村长进退两难时，孙子兵说话了，他说：支书、村长、父老乡亲们，按我们说定的办。男人的话是钉，现在就签合同！

苏方看孙子兵一意孤行，不把她的话当回事，气得拉起小城就回娘家去。

签完合同，孙子兵回到家。苏方不在，不知她去哪里了。找小城，小城也不在。孙子兵打开橱柜寻找存款折，他要去镇信用社提款，合同上写明三日内交清当年租金，超时算违约。违约要付违约金。孙子兵心里有本明细账：每亩土地200元租金，100亩，年付2万元，15年共计30万；购买树苗还需2万元。孙子兵打工多年，家里有十多万积蓄，可以支付前几年土地租金和树苗款，短缺部分做贷款。前几天孙子兵到信用社咨询，他们愿意支持。

翻遍橱柜的角角落落，没有找到存款折。孙子兵不是很急，还有两天时间，后天取款也不迟，但孙子兵还是想早一天把租金付给人家。现在是早春，风少了硬度，吹到脸上有柔软的感觉；田里的冰冻开始融化，仔细看，阳坡处有星星点点的嫩绿。嫩绿来自小草，它们沉睡一冬，是春风把它们唤醒的。

春天是植树的季节。季节不让人，付完土地款，孙子兵就要外出购买树苗。

太阳挂上中天，苏方还没有回来。孙子兵肚子饿得咕咕叫，他将早晨的剩饭吃了就去岳父家。苏方和小城都在那里。苏方拉着脸，不理孙子兵，岳父岳母的脸色也不好。孙子兵知道他们是听了苏方的一家之言，于是把自己的想法细细说给他们听。岳父听后，脸色由阴转晴，态度也好起来；岳母的脸还阴着，出来进去摔摔打打的，想给孙子兵以重击。岳父家是女权主义，家中大小事都是岳母说了算，岳父只能敲边鼓和稀泥。苏方受岳母影响，也想当女权。孙子兵识大体顾大局，不与她多计较。苏方得寸进尺，要孙子兵改变计划，打消租地念头。孙子兵就不再让步了，必须针锋相对，让自己的计划变成现实。孙子兵的心思没能逃过岳母的眼睛，她从门外走进来，冷冷地说：放着领班不做，跑回家来当农民，小窟爬不出大螃蟹，我的闺女嫁给你真是瞎了眼睛！岳母言重了，小城都四岁了，还说这种话，她是有意翻老账揭疮疤。孙子兵脸色很难看，呼吸也重起来。岳父看苗头不好，把岳母往外推，打圆场说：老婆子，忙你的去吧，让我们翁婿说说话，我来劝劝他！岳母出门时又丢下一句难听话：鸡蛋壳当酒杯——摆不下来。你要像李嘉诚那么有钱，恐怕地球都放不下你！

　　岳母的嘴巴像刀子，每句话都刺在人的痛处。

　　孙子兵和苏方是自由恋爱。孙子兵忘不了他第一次登门的尴尬情景。那天岳母用手指着他，问苏方是谁。苏方也不含糊，说是她的男朋友。岳母说，你的男朋友应该当妈的考虑，当妈的没急，你急什么？话不投机，两个人龁起来。这是针尖和麦芒争斗，争斗到最后以岳母失败而告终。岳母把丑话说在前头——苏方和孙子兵结婚那天，也就是她们母女断情之日。岳母说到做到，从此不让苏方回娘家。小城出生，岳母当了外祖母，她们母女心中的冰冻才开始融化。孙子兵出门闯世界，还当了领班，收入也高于其他人，岳母见到他不再拉着脸，还主动与他搭话。

　　岳母出门去，岳父开始和稀泥，他把苏方叫进来，做她工作。岳父说的也就是孙子兵想的。孙子兵打量他，发现岳父是个智者，他的才华被岳母埋没了，时光倒退30年，岳父准能干出一番大事业。孙子兵心生一计：拉岳父入股，岳父同意了，苏方的立场也会动摇。剩下岳母，让她孤军作战吧。孙子兵有把握，失败者还是岳母。

孙子兵走了一步妙棋，当他把入股的想法说出来，岳父的两只老眼陡然来了精神，脸上的皱纹菊花似的绽开。出乎意料的是，岳父竟然藏着2万元私房钱，他当着苏方的面把钱交给孙子兵。苏方见父亲成了孙子兵的合伙人，态度果然有所转变。苏方说：爸都支持你了，我再阻拦就显得不近情理。但是我把丑话说在前面，若是亏了，我和你没完！没等孙子兵说话，岳父批评道：你这孩子，说的什么话。乌鸦嘴！

屋子里像开秘密会，岳母听不清他们说的啥，立即返回来，想给苏方撑腰壮胆。孙子兵把钱装起来，拉上小城就走，苏方也跟着往外走。岳母摸不着头脑，看着他们的背影嘀咕道：这个死丫头，胳膊向外拐，又当叛徒了？

岳父闭口不语。

马老识途，姜老辣口。岳父成了合伙人，孙子兵省了老鼻子劲。岳父与土地打了一辈子交道，选树种、购树苗是行家里手。苏方的积极性也上来了，她把村里闲着的娘们招集来，每天付给30元工钱，让她们栽树。娘们见不出远门就能挣钱，干得特别卖力。100亩地，没用一个月全部栽好。小树横看成行，竖看成线，齐整得像列队的士兵。老天帮忙，连续几场春雨，树苗全部成活。

岳父成了孙子兵家常客，岳母在家寂寞难熬，也常往这里跑。树苗不像庄稼娇气，但是隔三差五也要照应一下，风吹斜了要扶正壅土，草长旺了要喷洒除草剂。一年下来，小树苗长有胳膊粗细；第二年长得比牛腿壮实；第三年有碗口那么粗。远看近看，这里都是一片森林。岳父怕有人偷，搭了两间草屋，把家搬过来，吃住都在这里。

人要是来财运，跌个跟头都能捡到狗头金。

孙子兵生活的这个地方，离城很远，但是近几年城市在不停扩张，三环路已修到废黄河边。一些日子，不断有人到他的树林里来，画图的摄影的都有，星期天还有大学生来这里踏青野炊。孙子兵忙自己的事，不过问他们。一日，来了一群人，说要买他的树林。孙子兵说：树没有成材，不能砍伐。来人说：不砍伐，是建生态公园。孙子兵见他们不是开玩笑，就和他们谈。谈了几次成交，树以棵计算，每棵120元。孙子兵默默一算，10000棵树，总价120万。刨去投入，净赚100万，哪有不同意之理！合同很快签订。拿到钱那天，岳母点着孙子兵的脑门说：还有啥鬼点子，说出来给我听听？

孙子兵满脸严肃，说：还没有想好，想好了第一个告诉你！

《文学港》2010年4期

翻毛皮鞋

1

腊月的风很硬,吹到脸上麻辣麻辣的,有破皮的感觉。

田里的活没有了,婆娘们整天待在家里缝补拆洗、烧烧煮煮。男人们是闲不下来的,都被队长派去水利工地挖河打坝。这天吃过早饭,李想把孩子安顿到公婆家,将罐子里的几个鸡蛋掏出来,小心地放入布兜。她从挂衣绳上抽下头巾,把脸包扎起来,拎上布兜就出了门。

今天不逢集,但李想必须上街。家里的盐罐子空了,饭寡淡得无法下咽,她要到镇街上兑换盐。

鸡蛋是家里的两只小母鸡生的,日积月累一直藏着,一家人都没舍得吃。李想本想多养几只鸡,有了鸡家里的油盐酱醋、针头线脑就不用发愁。鸡就是庄户人家的聚宝盆小银行,缺啥东西,鸡屁股就能给你生出来。但生产队要割资本主义尾巴,不让养。李想家的两只小母鸡是偷着养的,用丝网罩在后院里,上面用树枝作伪装,很隐蔽。

出门不多远,李想感到脚有些冷,低头一看,脚上的棉鞋破个大洞，脚趾裸露着，地瓜蛋似的。李想脸上热辣辣的，掉转头往回来。人真是此一时彼一时，才几年工夫，她就从一个如花似玉人见人爱的大姑娘变成一个邋里邋遢的少妇人，不讲穿戴，不爱打扮了。回想做姑娘那会，李想可是全队出了名的大美人，来她家提亲的人把门槛都踏平了。那时她出门总爱对镜梳妆，前瞅后瞧，衣服上有了污点就用湿毛巾擦，直到干净才出门。李想天生的美人坯子，同样的粗布衣裳，穿到她身上就变得有模有样，咋看都顺眼。

李想有一双浅口鞋子，平绒面料白布里子，是去年夏天做的，做好没舍得穿，一直锁在箱子里。过日子就要精打细算，立足长远。吃不穷，用不穷，不会划算一世穷。铺张浪费，爱慕虚荣，金山银山也有花完的时候。

李想打开箱子，翻出新鞋，穿上脚试走几步，大小正合脚，拿镜子照照，人也比平常显出精神。美中不足就是有点冷，脚底凉凉的，好像踩在冰冻上。浅口鞋是夏天穿的，寒冬腊月穿也不合时宜。李想恋恋不舍地把鞋子脱下，原样放回去。锁上箱子，李想在屋子里东翻西找，想找一双可脚的鞋子穿，旧点不怕，只要不露脚丫就行。

这一翻就想起了翻毛皮鞋。

是的，李想有两只翻毛皮鞋！

翻毛皮鞋是奢侈品，更是身份，只有国家工作人员才有，冬天穿在脚上保暖防潮，走起路来咔咔作响，悦耳动听，引人注目。李想是农民，本不该有，她有是别人送的。想起这两只鞋，李想的心情就难以平静。

鞋子藏在家里几个月了，丈夫一直没有发现。不过发现了也不怕，就说在镇街的旧货摊上兑换来的，他也无从对证。退步说，村里又不是她一个人有。丈夫月初到水利工地挖河去了，不到完工不会回来。李想从旧棉胎里翻出鞋子，拍拍拍拍就往脚上穿。鞋子比脚大出一码，塞一团棉花，系上鞋带将就穿。美中也有不足——两只鞋是一顺儿，都是左脚穿的。李想顾不上左脚右脚，穿上就走。

翻毛皮鞋真是暖和，像小火炉，穿上没一会儿脚就热乎乎的。暖从脚底生，才走出村子，李想的身上就开始冒汗。李想低头瞅鞋子，不觉笑出声来——两只一顺儿的鞋子穿在脚上，看着有点滑稽可笑，好像两个独腿人在快步行走，瞅久了叫人眼花。

2

李想的翻毛皮鞋是油田的司机师傅送的。

李想生活的村庄远离城镇，土不肥苗不壮，是个兔子不拉屎的地方。但是谁也想不到，贫穷的地方地下却藏着宝贝。前几年从省城下来一位勘探专家，踏荒跑了两天，把土坷垃掰开揉碎，放在鼻子下面闻，对着太阳看，半天都不眨一下眼睛；还用仪器这里瞅瞅，那里瞄瞄，看后脸上笑眯眯的，像得了宝贝似的。专家回去没多天，领来一批人。这些人来了就搭帐篷、支炉灶、打水井，一副安营扎寨的架势。

村里闲人多，没事就去瞅热闹，饭都顾不上吃，一瞅就是半天。李想和丈夫也挤在人群里。李想瞅望一眼感到没啥意思，拉上丈夫就回家了。

那些人安顿好住的吃的，接下来开始往地下打桩，把漆了绿漆的铁管子固定成井架。那些天，村庄里就像闹地震，白天黑夜没有安宁。几天后，一台台磕头虫似的抽油机就安装停当。抽油机工作起来不知疲倦，铁头不紧不慢，一上一下地抽动，舂米似的，黏稠的原油就从地下涌上地面，通过输油管道流进运输汽车的油罐里。油罐满了，汽车就穿过镇街，往县城的方向开，把原油送出去，然后掉转车头返回来，日复一日，周而复始。

这里是泥土公路，晴天满地灰尘，汽车驶过好像刮起龙卷风，尘土飞扬，对面看不见人影。

来油田工作的人大都是二三十岁的小青年,他们一年半载才回家休假。油田工人把回家说成休假,而李想他们说的是探亲。说法不同,意思一样,就是回家看女人见爹娘。油田工人从事的是一种特殊工作,他们在野外作业,风餐露宿,与室内工作的人比较为辛苦。女人干不了油田的活,所以来此工作的人,清一色都是男性。异性相吸,同性相斥。男人与男人在一块待久了,对女人就会产生饥饿感。油田工人有一句自嘲之语:一年不休假,看到老母猪都是双眼皮。闻听此言,就可了解油田工人对女人的渴望心情了。

一天上午,李想向队长请假,去镇街的日杂商店买碗。家里的碗摔坏一只,三口人两只碗,李想和孩子合用一只,不买不行。

农忙季节,锄草、插秧、施肥,田里的活很多,队长只批准一个小时假,要她早去早回,赶集做事两不误。李想返回家里,出门时日头已升到树顶。李想怕人看到她手里拎着鸡蛋,将布兜藏在身后,踩着自己的身影匆匆出门。走出村庄,李想抬头看一眼太阳,阳光像闪电刺得她一阵眩晕。连续多日,老天吝啬得没落一滴雨,庄稼缺少雨水滋润,茎瘦叶黄无精打采。太阳愈升愈高,庄稼的叶子在阳光直射下扭曲翻卷。路上的浮土很深,每行一步都像踩在棉花上,有力使不上。后面驶来一辆运油车,老远就按响喇叭,叫前面的人让道。李想捂紧嘴巴,紧贴路边走。司机尊重行人,把车子开得很慢,行驶到李想身边,司机摇下玻璃问李想是进城还是赶集。李想看一眼司机,红着脸说,赶集去。司机是个热心人,听李想说去赶集,就把汽车停下,说,上车吧,我捎你一程!李想犹豫不决,心想自己又不认识司机,咋好意思坐人家的车?还是自己走吧。她对司机说,谢谢师傅,我自己走。司机一听笑了,说,我们在这里采油,算是邻居,低头不见抬头见的,有啥不好意思的?这样一说,李想就把布兜从身后拿出来,大大方方地伸出手,司机一把将她拉到车上。司机看她坐稳了,挂挡行驶起来。车子在土路上一颠一簸地走着,感觉像水上的小舟起伏摇晃。李想担心兜里的鸡蛋,把布兜小心地放在腿上。司机看一眼布兜,问是什么宝贝。李想想撒个谎遮掩过去,司机又不认识她,没有必要说真话,话到嘴边又打住了,她告诉司机是鸡蛋。司机一听头摇得像货郎鼓,笑着说,自从来到你们村,一根鸡毛都没见着,哪里来的鸡蛋,诓我吧?李想认真说,哪敢诓你,我家有两只小母鸡,是偷着养的。司机侧过脸认真打量一眼李想,问,到集上卖去?李想红着脸更正,不是卖。家里的碗摔坏一只,到街上去兑换。司机看出李想对他有所警惕,就说,放心吧,我不会乱说的。李想心怀感激,说,师傅是个好人!李想说话紧紧咬着牙齿,呼吸也变得急促起来。司机见李想脸色不好,问,你哪里不舒服?要紧吗?李想心里翻滚得厉害,她死死捂着嘴巴,从牙缝里挤出几个字——师傅,快停车!司机看出李想是晕车了,一脚踩下刹车。李想下车,蹲在路边呕吐起来。李想这是第一次坐车,也是第一次晕车。晕车的滋味不好受。李想把肚里的饭食全部吐光了,擦拭一下嘴巴站起来,看司机还在车上等她,苦苦一笑,说,我不是坐车的命,再坐心都能吐出来。司机闻后对李想摆摆手,一踩油门,车子开走了。

李想第二次坐车是半年以后。

那天李想是回娘家。

立夏以后,冬天换下的棉衣、床上撤下的被褥要洗晒缝补;旧棉胎也要翻新。棉布洗濯后要缩水,旧棉胎翻新后也少了斤两。缩水的棉布找旧的接上,棉胎轻了要添加新棉花。李想家里没有棉花,想要只有到娘家去拿。李想的娘家在棉区,农田里种的大都是棉花,秋天棉花成熟了,田野里一片雪白,从远处眺望白皑皑一片,像下了暴雪一般。做姑娘那会,李想是全队采棉快手,同样的时间,她比其他姑娘采摘的棉花几乎要多出一倍。多劳多得按斤计工,李想总是拿最高的工分。李想采棉还受到过公社表彰,大红奖状至今还在娘家的墙壁上挂着。有客人到家里来,母亲就会让客人看奖状,骄傲地说一说女儿。

常言说,靠山吃山,靠水吃水。棉区人家从不缺少棉花,冬天身上穿的棉衣,床上盖的棉被都是新棉做成的。新棉花暄腾、暖和,换下来的旧棉胎都淘汰给远方的亲戚使用。新棉花不是生产队分配的,而是采棉时顺手牵羊偷回家的。李想采棉时,身上的口袋从没空过,今天带一把,明天带一把,积少成多聚沙成塔,一个采棉季节,家里能存下几十斤新棉,全家人一年用不完。十个社员九个贼,全天下都一样。

李想这天回娘家,就是向娘要一些新棉花。

李想的娘家在另一个公社,穿过镇街,往西还有二十多里路,紧赶慢赶要两个钟头。李想和丈夫早就想买一辆自行车,有车回娘家就方便了,因手头不宽裕,这个理想至今没能实现。李想把家里的事交代给丈夫,趁早凉往娘家赶。前几天刚下过雨,路上没有浮土,很好走。出村走不多远,一辆运油车在李想身边悄没声息地停下来。司机向李想轻轻地按一声喇叭。李想走得急促,猛一抬头,看到汽车停在身旁,吓得往路边一跳。司机看吓着李想了,忙跳下车,向李想道歉,说,对不起,我应该提前按响喇叭,看把你吓的!李想刚才思想开小差,想采棉的事情,她回过神,红着脸对司机说,不怪你,你走吧。司机有点饶舌,说,分明吓着你了,而你却不怪我,你是天底下最好的姑娘!李想一听噗哧笑了,说,我孩子都三岁了,还是姑娘呀?姑娘有我这样老相的吗?司机两眼盯住李想看,摇摇头说,你一点不显老,姑娘也没你水嫩!人都喜欢听好话。李想听司机夸她年轻,高兴得咯咯大笑。司机见她高兴,发出邀请,说,上车吧,我带你一程。说着就动手拉李想。上次晕车还记忆犹新,李想不敢坐,说,我晕车。司机说,我开车稳,你上来看看,保你不晕!司机如此盛情,李想不好意思推辞,于是坐了上去。司机没有吹牛,他的车开得果然稳当,驾驶台上有一只搪瓷茶缸,里面泡着茶叶水,水面荡漾着一圈圈细小波纹,茶水晃悠,却始终没有溢出缸外。司机见李想盯着茶缸看,端起来咕咚喝下一口,抹一把嘴说,怎么样,不晕吧?李想笑笑说,不晕。司机得到肯定,心里像吃了奶油糖果一般受用,他往李想身边挪动一下,两手握住方向盘,高兴地说，我这人从不吹牛，不像有些司机，能把芝麻吹成西瓜。自己刚离开师傅，乳毛未褪，就说自己指丫里长毛——是驾驶老手了。司机说话挺幽默的，李想听了直想笑，但她忍住了。

司机紧挨着李想，两个人坐得很近。天热，李想感到司机身上的热气一阵阵往她的脸上和身上扑。她感到口渴。司机像看透她的心思，说，口渴吧？喝一口润润嗓子。李想也不客气，端起茶缸就喝起来。司机把玻璃摇下一点，驾驶室里有了风，李想感到舒服多了。

路的前方有一个左转弯，司机非但没有减速行驶，反而加大油门，到了拐弯口猛打方向，汽车像脱缰野马猛冲出去。李想没有提防，人往左边倾过来，一下子跌进司机怀里。司机一手开车，一手揽紧李想，关切地问，没吓着你吧？李想的脸都吓白了，她从司机的怀里挣脱出来，两手整理一下衣服，低着头说，我又不是三岁孩子，说吓就吓着了。

话长路短，说着话就到了镇街，司机有点不舍地减速停车。李想在镇街下车，她的娘家在街西；司机继续行驶，县城在镇街以南，要跑两个小时才能到达。如果顺道，司机一定会好事做到底，把李想送到家门口。李想跳下车，司机突然想起一件事，他把头伸出窗外说，请等一等，我送你一样东西。李想不要，兀自往前走。司机从车座下取出一个鞋盒，找出笔将自己的车牌号、出车时间写在鞋盒上。用意很明显，他要李想有事搭他的车。司机把车子开到李想身边，将鞋盒从车窗里扔出。鞋盒落地，车子开走了。

李想看汽车跑远了才拾起盒子，好奇地打开来，见里面有一只翻毛皮鞋。李想笑了，心想男人真是粗心。人长两只脚，送鞋子应该送一双，送一只叫人咋穿呀？这么高级的鞋，不是白白糟蹋了吗！

3

李想一路喜欢地来到娘家，和娘说话都合不拢嘴。娘见了问，看你乐呵的，好像吃了欢喜团子。李想笑着说，娘啊，真是笑死人啦！娘停下手里的活，说，有啥好笑的，说给娘听听。李想说，我来的路上，油田的一个司机顺道带我，在镇街下车，他硬送我一只翻毛皮鞋。娘你说说，哪有送礼送一只鞋的？娘摇头，把头发都摇得飞动起来。她伸手摸一下李想的脑袋，说，这可是天上掉馅饼，走路捡元宝，你打死娘也不信！李想打开鞋盒说，娘，你看！娘伸头一看，鞋盒里果然有一只翻毛皮鞋。娘想了想说，丫头啊，娘过的桥比你走的路要长，吃的盐比你吃过的米还多。听娘一句话，那个司机是黄鼠狼给鸡拜年——没安好心，你得提防！李想把事情的前前后后回想一下，说，我不认识他，他也不认识我，我才不怕他呢！娘担心地说，话虽这样说，你总归要当心。李想说，放心吧娘，我又不是三岁，不信哪个敢拐骗我！

从娘家回来，李想做事老是分神，缝纫衣服，一不当心，针把手指戳破了；剪裁布料，量好的尺寸，裁剪后却短了一截。李想知道全是那只鞋闹的，于是收起针线活，到菜园里割菜去。

太阳像只大火球在天空悬挂着，气温一天比一天高，树上的知了被热得吱吱乱叫，叫声聒耳。李想出门没戴草帽，进菜园不一会，衣服就被汗水浸湿了。在池塘洗好菜回来，李想舀一盆水洗身子。丈夫在田里劳动，孩子去公婆家玩耍，李想无所顾忌地脱下衣服，撩水清洗身子。李想的皮肤又白又嫩，迎亮看像白瓷一样，有光泽。李想上下打量自己，她被自己的身子迷住了。妈呀，原来我的皮肤是这样美！李想在心里赞叹一声。

从这天起，李想好像变了一个人，开始注意自己的衣着打扮。

其实，美一直跟随着李想，与她形影不离。这几年她不注重形象，疏于打扮，是因为拉扯孩子。现在孩子离开手脚，由公婆照料，美像冬眠似的苏醒了。生过孩子，李想的体形变化不大，做姑娘时的衣服还能穿。李想又回一趟娘家，把旧时衣服全部拿回来。

穿上旧时衣服，李想仿佛又回到姑娘时代。

那天，李想穿上那件好看的的确良短袖衫去赶集。短袖衫有点瘦，穿在身上紧绷绷的，胸前的纽扣勉强扣上，脚起脚落，前面的两坨嫩肉晃晃悠悠，好像要破衣而出。这两坨肉让李想吃了不少苦头，一天下来，身子骨不累，它倒累得不轻。受它牵动，满胸口的肉都酸痛，直到上床睡觉痛感才减轻。一年四季，李想最怕过夏天。夏天衣单，脚下走得急，两坨肉像兔子一样活蹦乱跳，给人裸胸露肉之感。那些男人和李想碰面，两只眼睛饿狼似的，齐刷刷地盯住她的胸口看，那架势像要把李想一口吞吃了，吓得李想不敢抬头。

李想往前瞅瞅，村路上没有人，她的胆子大起来，加快速度往前走。

出村不远，迎面驶来一辆运油车。司机老远就减速慢行，李想当司机好心眼，怕车速快了让她吃灰尘，感激地扬起脸，想对司机笑一笑，表示一下友好。抬头一看，见司机把头伸出窗外，两眼冒着火苗，一眨不眨地盯住她的胸口看。李想收住笑，低头走自己的路。走出一段路程，李想感觉后背火烧火燎的，她不用回头也知道，司机的眼睛定像手电筒一样，咬住她的背影不放。李想感到好笑，这背影有啥好瞅的，你们又不是没有婆娘，想瞅了开车回家去，把自己婆娘的肉看破了瞅烂了也不关旁人的事！

李想自己被自己逗得咯咯大笑，刚收住笑，听到身后有辆汽车开过来。李想往路边走，把主道让出来。汽车没有加速行驶，而是不紧不慢地跟着李想。李想掉过脸，认出司机就是刚才那个人，心里紧张透了，一个趔趄险些摔倒。李想的紧张慌乱都在司机的眼睛里看着。这个司机有对付女人的丰富经验，像李想这样胆小害羞的女人正合他胃口。

李想匆匆赶路，眼皮都不敢抬一下。司机重重地咳嗽一声，说，大姐去哪里呀？我开车送送你！

李想客气地说，你是工作人员，我不能耽搁你的时间。

司机听了，哈哈一笑说，干我们这一行的，自由掌握在自己手里。

再说了，我今天的运输任务已经完成，别人不好干预！

李想说，你早点回去歇着吧，我自己能走！

司机紧跟不放，觍着脸说，大姐我没别的意思，就是想学雷锋做好事，把你送到目的地。司机看李想的脸上布满热汗，催促道，客气啥呀？天这么热，赶快上来凉快凉快吧！

日头已升上半空，气温比出门时高出许多。李想抹一把脸上的汗，她感到两坨肉之间痒痒的，汗水滚滚而下，流到裤腰那里停顿下来。放在平常，李想早撩开衣衫，让凉风吹一吹胸口。今天当着司机的面，李想没有这么做。

司机看出李想有所动摇，有坐车的意思，把汽车停下，从驾驶室里跳下来，邀请李想上车。李想进不得退不得，犹豫半晌，最后硬着头皮坐上去。司机为李想关上车门，爬进驾驶室，乐颠颠地往镇街的方向开去。

上次坐车没晕，今天坐车也没有晕的感觉。李想已熟悉汽油气味，不像第一次，闻到汽油味好像吃了毒物，恶心、满肚子翻腾。路上司机奇心大发，不停地问这问那，好答的李想都回答了，羞口难言的李想就闭嘴不语。像回娘家那天一样，车到镇街李想就下来了。司机拉住李想，要送她一件礼物。李想不要，司机热情地放下一个鞋盒，说，小意思，希望你能喜欢。见到鞋盒，李想的心狂跳起来——她清楚盒子里装的是什么。但愿这个司机不是粗心人。李想在心里默默地祝愿着，司机开车走远了，她才打开鞋盒。李想大失所望——盒子里不是一双鞋，而是一只！男人咋都这么粗心呢？李想退而求其次，心想这只鞋要是右脚穿的就好了，与家里那只合到一块就是一双。拿起一看，又是左脚，美中不足，真叫人扫兴！

两个男人犯同一个毛病，看来不是粗心，而是别有用心。李想是村妇，又不是金枝玉叶，他们想干什么呢？

李想想起母亲说过的话，看来她往后还真的要当心呢。

4

李想来到镇街，到酱油店把布兜放在柜台上，对会计说，换盐。酱油店会计认识李想，也不多言，接过布兜称一下，拨打一下算盘，先除皮，换算出钱来，然后称盐。李想与这里熟，知道人家不会亏待她，称好盐拎上就走。

冬天活少，走出酱油店，李想看日头还早，想去布店逛逛，看看有无好看的花布。虽说没打算买，但过一过眼瘾也好啊。女人爱凑热闹，对花花绿绿的东西感兴趣。路过劳保商店，李想看到货架上有翻毛皮鞋，心里一动，人就进去了。皮鞋死贵，一双要15元！乖乖，一只鸡蛋才5分钱，300只鸡蛋才能换到一双鞋，真是天价，谁穿得起哟！李想低头看脚上的鞋。她的行动引起女营业员注意，她看到李想脚上的鞋是一顺儿的，笑喷了，手捂着肚子说，大嫂的鞋哪里来的，莫不是偷来的吧？李想一听"偷"字，当即冷下脸，没好气地说，会计（对营业员的尊称），你咋门缝里瞅人呢！实话对你讲吧，我的鞋是油田的司机师傅硬送的！女营业员见李想生气了，收住笑说，大嫂别当真，我是小和尚念经有口无心，说着玩的。李想心里说，有这样说话的吗，我说你试试！

进店时看女营业员笑眉笑眼的，李想很想问一问能否调换一只，实在不行，贴补几个鸡蛋也行。现在她已没有兴趣，更不想开这个口了。

走进布店，花布琳琅满目，令人目不暇接。李想还没有走出刚才的心境，从头看到尾，也没有看到喜欢的花布。过去来这里，只需几眼，李想就能把自己最中意的花色挑出来，待有钱了，或是攒足了鸡蛋，就跑来扯二尺。

李想的丈夫主外，把家里的大小事情都交给李想管。一个雨天，丈夫闲在家里，见箱子没上锁，就打开看。箱子里花花绿绿的，有十多块花布头。丈夫问李想哪里来的？李想一边锁箱子，一边说，哪里来的？娘家带来的呗。李想是急中生智，想用谎话骗过丈夫。李想从娘家带来的东西，丈夫知道个大概，里面好像没有花布头。丈夫稍稍一想也就弄清这东西的出处了，但他没有戳穿，给李想留个面子。女人嘛，哪能没个喜好呢，就像抽烟的男人爱缝个漂亮的烟荷包，或是买个顺眼的烟嘴儿，道理是一样的。但啥事都讲究分寸，像李想这样就有点过头了，她喜欢啥，没钱买就从嘴里省，一家人都跟着她受苦，做饭舍不得放盐，更舍不得放油。一斤油能吃上半年，做饭前滴几滴，用油絮擦一擦锅，饭菜不煳在锅上就行。丈夫感到自己肚子里没一点油水，肠子薄得像纸，饿起来一阵阵疼痛，他真担心这层纸哪一天被粗粮杂菜给磨穿了。家有聚钱斗，不如生一双省钱手。问题是李想这双手省不下钱，家里偷偷养两只小母鸡，隔三差五生几个蛋，大人不吃也就算了，孩子也不让吃，换起花布来眼睛都不眨一下，出手挺大放的。丈夫想找个合适的机会说一说，让她改掉这个不良喜好。为人妻为人母，与做姑娘是两码事。

　　既然没看到满意的花布，李想也不想多待，转身走出布店。

　　走在镇街上，李想发现所经之处，好多人都回头看她，脸上怪怪的。李想感到蹊跷，心想我又没长三头六臂，有啥好看的？

　　从镇街往南有一条直道，顺着这条直道就能跑到县城。过去油田的人没到这里采油，道上很少有汽车往来，眼下车子多了，一天有几十辆经过镇街。司机有时将汽车停在街头，进店买烟买酒。有了油田，镇街也比过去繁荣热闹，烟酒销量较过去大了许多。李想亲眼看到，有个司机一次就买两瓶原装酒，三包香烟。司机递给会计一张 10 元面额的大票，会计找回几张零票，可见那酒和烟都是高档的。李想的丈夫也喝酒，也抽烟。但丈夫喝的是三四毛钱一斤的散装酒，而且只有过年才舍得喝一回；香烟是八分钱一包的经济烟，也是过年才买，平常抽的是烟袋锅。工人和农民的差别就在这里啊！

　　拐过镇街，李想踏上回家的路，一个男人迎面走来。李想发现这个男人正目不转睛地打量她，脸上也是怪怪的。李想顺着男人的目光看，发现他在看她脚上的鞋。李想恍然大悟：原来男人怀疑她的神经有问题！看来这两只鞋不能穿了，到家就脱下。为两只鞋子坏了名声，不值。

5

冷风砭骨，滴水成冰，水缸里的冰结有半拃厚，院心的地被冻出一道道裂纹。李想抓一把麦草将窗户堵上，门也关严，屋里黑灯瞎火的，暗得像夜晚。李想舍不得点灯，就着门缝透进的一线光亮缝补衣服。冷风像一群饿狼，在屋后的树梢上不停地吼叫，叫声刺耳，听得人一阵一阵打寒战。李想那天在镇街发誓，说到家就把两只鞋子脱下，收藏到老地方去，可脱下没半天就坚持不住了。脚太冷，身子也跟着冷，手抖抖的拿针都不利索。李想想，我一个大活人岂能让尿给憋死？放着那么贵重的鞋子不穿，傻到家了！这么想着，李想就把两只鞋重新拿出来。人真是贱骨头，脚暖和了，身子也舒展起来，手也变得灵活自如，半下午就缝补了两件衣服。

门被咚咚地敲响，李想当是丈夫回家了，开门一看，是隔壁的马大嫂来串门。马大嫂性格泼辣，说话荤荤素素，不分场合。马大嫂进门后，两只眼贼头贼脑地溜一圈，惊讶地说，死东西，趁男人不在家，偷人养汉咋的，看你家里黑得跟老鼠洞一样！李想打一下马大嫂，嗔道，狗嘴里吐不出象牙，你把人都说得不好意思了！马大嫂说，哟！哟！敢情你比大姑娘的脸皮还嫩汪！我问你，你没偷人，难道孩子是从树桠里长出来的？李想红着脸分辩，说，告诉你啊，我可是媒妁之言，明媒正娶！马大嫂认死理，说，你别此地无银三百两好不好？我说偷就是偷，你没偷，你敢说你的孩子是当着众人的面弄出来的？李想真的生气了，她背对着马大嫂说，不理你了！马大嫂这才停止说笑。

马大嫂比李想大几岁，三十刚出头，是少妇，跟李想一样韵味十足。冬天穿得多，身子臃肿，走路没啥看头；到了夏天，穿上短衣短裤，浑身的风景就出来了，显山露水的，馋得男人走不动路。石头怕摇，女人怕撩。马大嫂刚过门那会，跟李想一样，脸皮薄嫩，男人一逗脸羞得像块红布，话都不敢说。一年后，马大嫂生下第一个孩子。有了孩子，马大嫂感觉把人世间的事情都经历了，胆子像发面一样大起来，有男人说笑，她当成耳旁风，当干啥干啥。男人得寸进尺，荤话说得露骨裸肉，马大嫂忍无可忍，反击说，你家没有婆娘吗，要说回家说去！男人想不到马大嫂敢顶嘴，闹个大红脸，灰溜溜地离开去。马大嫂由此总结出一条真理：男人逗女人好比拎鞋子过河，走一步瞧一步，见到软的就欺负，碰上硬茬的就撤退。如同吃柿子，没人拣硬的拿，专找软的吃。从那往后，有男人欺负她，她就主动迎战，几个回合就把男人说得丢盔弃甲，落荒而逃。男人对她望而生畏，甘拜下风，见了她是敬而远之。一次在田间修水渠，一个男人讨李想便宜，荤话露骨裸肉，不堪入耳。马大嫂听不下去，呼地站起，把那个男人拉住，对几个小姐妹使眼色。小姐妹一拥而上，三下五除二就将男人制服了。男人躺在地上一边挣扎一边求援，男同胞们不如女人齐心，他们只瞅热闹，而无人伸手救援。马大嫂见此胆量倍增，她把男人的裤带解开，一把拉下裤子。男人失去裤子，身子弓得像河虾，双手捂紧羞处，不停求饶，把马大嫂叫成姑奶奶，说他再也不敢了，请姑奶奶高抬贵手，给他改过的机会。马大嫂听而不闻，死死摁住男人。姐妹们瞅出门道，知道马大嫂要做"看瓜"游戏，于是齐心协力。她们将裤子套在男人头上，把男人的双手反扭到身后，如同批斗会上押解"地富反坏右"一样地押着他。男人失去反抗的力量，死狗似的任其摆布。仅此一次，全村的男人就领教马大嫂的厉害。

马大嫂见李想背对着她，知道玩笑开过头，把李想惹气了。马大嫂有的是办法，就像常言说的，没有金刚钻不揽瓷器活。马大嫂笑模笑样的，她悄悄伸出手，闪电般地插入李想的胳肢窝里。这可要了李想的小命了。打蛇打七寸，李想的"七寸"在痒处，谁挠她，她的身子就软得像面团，笑得气都喘不上来。看李想笑足了，马大嫂才松开手。马大嫂问，看你还敢生我的气！老实交代，还生气吗？说着把手放在嘴巴上呵一口气，猫爪子似的往前伸，装着还要挠。李想软在地上，连连求饶，说不敢了，再也不生气了！

马大嫂今天几次到李想家来，见她的门总是关着，很扫兴地回家去。没想到她猫在家里缝补衣服。

上午马大嫂听人说李想鸟枪换炮，买了一双翻毛皮鞋。马大嫂不信，问说话那人，说李想拾到狗头金啦，她一没偷二没抢，哪来的闲钱买鞋子？那个人说，我哪里知道？你和李想一个鼻孔出气，好得合穿一条裤子，你问她去。还没到中午，马大嫂又听说，村里另一个婆娘也穿上翻毛皮鞋了。乖乖！这不是铁树开花，公鸡生蛋，小毛驴长角，日头打西边出来了吗？没听说谁家发大财呀，咋一个个像工作人员似的，人模狗样地全穿上翻毛皮鞋啦？马大嫂急着见李想，就是想弄明真假，探清虚实的。

其实刚才进屋那会，马大嫂就看到李想脚上的翻毛皮鞋了。李想是从牙缝里省钱的人，一分钱恨不能掰成两半花，油盐都舍不得吃，一双皮鞋十几元，打死她也舍不得买。马大嫂对李想知根知底，她断定，李想的鞋子不是她买的。那么又是哪里来的呢？马大嫂一时还琢磨不透。李想往日像一碗清水，一眼可以见底，今天看却扑朔迷离，如一眼水井，黑咕隆咚，深不可测。

按马大嫂的性格，她很想打开窗户说亮话，直截了当地问一问李想脚上的鞋子是哪里来的。但马大嫂也有顾虑，她怕问了李想不说。虽说她们往日无话不说，现在回过头来琢磨，往日说的都是些鸡毛蒜皮家长里短，重要事情没有说过。像今天的事问了也是嘴抹石灰——白说。心急吃不得热豆腐。马大嫂看过战争故事片，影片里敌我双方枪炮连天，战斗激烈，指挥官见强攻不行就改为智取，最后敌人被牵住鼻子，不要多久就乖乖地缴械投降了。马大嫂今天要学一学电影里的指挥官，她要智取李想。

马大嫂找出一张机凳塞到屁股下，与李想迎面而坐，东扯葫芦西扯瓢地拉起家常来。马大嫂从机凳上跳起来，哥伦布发现新大陆似的惊呼道，你个死东西，啥时穿上翻毛皮鞋的，咋不告诉我一声？说着就动手解鞋带，快脱下，让我也暖和暖和，我俩要有福同享，有罪同受！女人有个共同点，她们有了好东西，表面平静如水，内心却希望别人知道，更希望别人来分享。马大嫂脱鞋，李想主动配合，把脚翘起来。马大嫂把脚伸进翻毛皮鞋里，大声嚷嚷，我的小乖乖，暖和死了！舒坦死了！李想见马大嫂夸她的鞋，心里美滋滋的，比自己穿了还开心。

马大嫂像民兵出操似的在屋子里来回走动，脚高高抬起，有意弄出声响。马大嫂对李想说，借我穿两天，舍得吗？李想大方地说，看你说的，想穿就穿去呗，我俩谁跟谁呀。马大嫂见机会成熟了，就说，我可不敢穿哟，弄坏了砸锅卖铁也赔不起，十多块钱一双呢！李想张口就说，啥钱不钱的，我又没掏腰包！马大嫂一听，眼睛睁得像鸡蛋，惊问，你没掏腰包，天下掉下来的？李想说，天上只会刮风下雨，不会掉鞋子。我俩不是外人，告诉你实话，是油田的司机师傅送我的。

油田的司机出手大方啊，十多块钱一双的翻毛皮鞋随便送人，他们家生产皮鞋吗？世上没有免费午餐。马大嫂断定，司机一定看上李想家什么东西，想买卖公平等价交换，否则就是司机的脑子有问题。李想当场否定，说两个司机送她鞋子，他们的脑子不会都出问题吧？退步说，人靠的是脑子，脑子坏了还能开车吗？马大嫂琢磨半天，脑壳都想疼了，也没想出子丑寅卯来。天渐渐暗下来，马大嫂脱下翻毛皮鞋，穿上自己的鞋子回家去了。

6

马大嫂走了，却留个问题下来，这个问题与母亲曾经说过的话，有点大同小异。马大嫂说司机想等价交换，李想把自己的家翻个底朝天，也找不出一件贵重物品。两只小母鸡是家里的宝贝，白送给人家还不定看得上眼呢。换句话说，就是看上了，李想也舍不得送。李想有自知之明，她的脚不是金枝玉叶，从小到大别说皮鞋，棉鞋也没穿过几双。两只皮鞋固然好，但对李想来说，是三十年晚的兔子，有它过年，没它照样过年。

李想一个人待在家里琢磨事，黑灯瞎火的，饭都忘记做了，婆婆把孩子送过来，她才梦幻般的醒来。婆婆看冷锅冷灶的，当她病了，碎嘴唠叨，说了半晌闲话才回家去。

孩子在婆婆家吃过了，李想潦草地吃了点东西，就带孩子上床睡觉。

躺在床上，李想感到被子比往日暖和，不像前几天，睡到半夜脚还是凉的，到天亮也焐不热。不用说，是翻毛皮鞋的功劳。翻毛皮鞋好处太多，李想真有点离不开它了。

李想是个完美主义者，她想两只鞋要是一对儿就好了，那样她就可以大大方方地穿出去，人家看到也不会大惊小怪的。李想夜里做了一个梦，梦里那个留车号的司机把鞋子送到家里来，李想一看是右脚穿的，正好配成对儿。李想高兴得咯咯大笑，醒了才知是梦。

好日子过得很快。那天李想在家纳鞋底，丈夫突然回来了。李想喜出望外，高兴地问，工程结束了？丈夫的脸冷得像水缸里的冰，瓮声瓮气地说，你搞清楚没有？这是我的家，我想啥时回就啥时回，没人能管我！李想丢下鞋底，忙着舀水做饭，听丈夫说话不好听，回过头打量。丈夫坐在杌凳上闷头抽烟，浓烟从丈夫的口中汹涌而出。屋子里烟雾缭绕，呛人的劣质烟味四处扩散，李想被刺激得连打几个喷嚏。丈夫面色灰暗，比离家时瘦去一圈。扒河打坝是力气活，偷不得半点懒。李想明白，丈夫一定是吃了大苦，回家出气来的。丈夫有九十九个好，就有一点不好——他在外面有啥不顺心的事，回家就要发泄，把家当作出气筒。李想对付他的最佳办法就是不予理会,让他说个痛快,他的气出了,心情会渐渐好起来。

今天丈夫说起来没完没了,喋喋不休。听话听音,罗鼓听声。听丈夫话里的意思说的好像不是他自己,仔细听,说的却是她。李想想忍一忍算了,退一步海阔天空,大冷天的,丈夫在外不容易,要说就让他说去,她的身上又不会少去什么。不想丈夫得寸进尺,话愈说愈难听,什么不守妇道、偷人养汉等等难听话全部出来了。这不是信口雌黄,存心侮辱人吗!这是原则问题,更是人格问题!李想忍无可忍,咚的一声扔下水瓢,问丈夫夹枪带棒的说谁呢?丈夫阴阳怪气地说,不做亏心事,不怕鬼敲门!我说我自己,你管得着吗?李想的犟脾气上来了,说,请你把话说清楚,谁不守妇道,谁又偷人养汉了!丈夫用拿烟的手指着李想脚上的翻毛皮鞋,咬牙切齿说,你问问它,它会告诉你的!

李想哑口无言,大脑一片空白。

怎么不说话了?丈夫步步紧逼。

无风不起浪啊!

常言说,久别胜新婚。丈夫从水利工地跑回家里,见面一句温暖话体己话没有,张嘴就对她兴师问罪,看来一定有人把她往坏里琢磨。丈夫在水利工地,他是怎么知道的?李想把日子往前推,又一天一天往后捋。回想到那天晚上,李想一下找到了症结——是婆婆!婆婆还没到七老八十老眼昏花的年龄,穿针引线眼睛好使着呢。婆婆生性好疑,啥事爱往坏处琢磨,好像全生产队就她一个好人,对谁都怀疑。那晚她送孩子过来,一定看到李想脚上的翻毛皮鞋了,所以才迟迟不走,东扯葫芦西扯瓢地说了几箩筐废话。她分明是察言观色,找李想的破绽。事情想明白了,李想心里反而坦荡起来,她迎着丈夫的目光,轻描淡写地说,有啥了不起的,芝麻粒点儿事,你却当成大西瓜!

哟呵!癞蛤蟆打哈欠,好大的口气!你把天捅了个大窟窿还是芝麻小事?丈夫的脸黑得像灶王爷他爹,拳头攥得咔吧咔吧响,眼见就要落到李想身上。

李想毫无惧色，两眼看着丈夫说，谁捅窟窿了，你让她站出来！

丈夫没料到李想的胆子会这么大，竟敢与他针尖麦芒针锋相对。如此看要么是他冤枉了她，她要抗争，把事情弄个水落石出，还她一个清白之名；要么她已经做下丑事，横下一条心，破罐子破摔，大不了各奔东西。人都是这样，一旦撕破脸皮，也就不顾名声了。丈夫想要是前者，他们闹闹别扭，天上下雨地上流，两口子吵架不记仇，最终还会在一口锅里吃饭，一张床上睡觉的；若是后者就得散伙走人，没有哪个男人愿意戴绿帽子。愿打光棍，不做乌龟王八。打光棍没人戳脊梁骨。丈夫急着要弄清真相，口气冷得像树梢上的风，说，要想人不知，除非己莫为！

丈夫读过初中，语文学得不错，说话歪理一套一套的。李想气得浑身发抖，脑子里像塞一团乱麻，一时想不出有力的话来回击丈夫。

丈夫见李想咬紧嘴唇一言不发，当他的话已打中她的要害，心里唉叹一声：完了，全他妈完了……丈夫的拳头没有落到李想身上，而是打在自己的头上。他蹲在地上，呜呜地哭泣起来。

丈夫用手捂着嘴，把哭声压在喉咙里，害怕被别人听到。李想没有劝慰，她厌恶地瞪他一眼，把门一摔，噌噌地走了。

结婚以后，李想与丈夫磕碰过几次。李想对付丈夫的招数是：一哭、二闹、三回家。回娘家是最狠的一招，前提是哭、闹效果不显著，丈夫依然故我，硬臭得像茅厕缸里的石头，李想才甩手走人。丈夫一个人带着孩子，忙完田里忙家里，既当爹又当妈，不要几天他就会缴械投降。

刚才当着丈夫的面，李想强忍着没有流泪，这才走出门，泪水就如决堤一般夺眶而出。丈夫不顾夫妻情面，说出那么绝情绝意的话。丈夫这么做，一定是有备而来。既然如此，李想就不能后退，要做好持久战的准备。李想抹去泪水，抬脚往娘家走去。李想的脚重有千斤，每一步走得都很沉重。走着走着,李想突然停顿下来。李想知道,此次回家非同以往。过去与丈夫发生龃龉,两个人打一打闹一闹,最终都能和好如初;而此次却不同,丈夫把她说成偷人养汉,说得难听点就是搞破鞋,她岂能忍受!她这么甩手走人,不明不白地回娘家,丈夫本就不是省油的灯,他如果猪八戒倒打一钉耙,到那时她是满身泥巴——不是屎也是屎了!罢罢,从哪里跌倒还得从哪里站起。祸是丈夫挑起的,话是婆婆传递的。解铃还需系铃人——既然婆婆能把水搅浑,那么澄清事实也非她莫属。

理清思路,李想回过头就去找婆婆。

7

婆婆没想到儿子回来得这么快,更没想到事情闹得这么大!

那晚她把孙子送回儿子家,看李想一个人坐在屋子里发呆。屋里黑灯瞎火的,饭也没做,她当李想哪里不舒服。儿子不在家,李想若有个头疼脑热的,当婆婆的理应帮助一把。说了一会儿闲话,看不出李想有啥不好,就想回家去,早点上床睡觉。老话说,吃头猪,不如打个呼。这句话的意思是说睡觉比吃肉养人。不经意间,看到李想脚上穿着一双翻毛皮鞋,她当时惊得心都不会跳了。乖乖,这东西是哪里来的,不会是路边捡来的吧?儿子家发生这么大的事,按说当娘的应该知道,可儿子从没对她说起过。儿子的脾气她知道,他啥事都不隐瞒,有了就告诉娘。如此看来,儿子还不定知道呢。听村里人说,这种鞋子贵得吓人,只有国家的工作人员才穿得起。李想是种田的,她的娘家人也全部在土坷垃里刨食吃,没有吃公家饭的。种田人有了翻毛皮鞋,这就叫人怀疑了。儿子出远门,在水利工地挖泥打坝扒河治水,整天喝冷风屙凉屁,辛苦死了。儿子离家就等于把家交给媳妇,做媳妇的就要安于妇道,看好家守好门。李想做到了吗?婆婆观察发现,李想现在愈来愈注重打扮了，她的身上香香的，头发顺顺的，衣服俏俏的。儿子不在家，她打扮给谁看呢？婆婆越想感到问题越严重，于是托人捎口信，叫儿子赶紧回家一趟。婆婆说，再不回家，媳妇就要长翅膀飞上天了。

儿子接到口信就火烧火燎地赶回家，到家直奔主题，弯都不拐，把娘的话鹦鹉学舌地说了一遍。儿子犯了天大错误，他这么说，自己的气出了，同时把娘也给出卖了。

李想像个疯子，到婆婆家二话不说，拉上她就走。婆婆不知李想拉她何事，一路提抗议，说你慢点走好不好，婆婆老胳膊老腿的，跑不动了！到儿子家一看，儿子黑着脸在抽闷烟，嘴巴一开冒出一股浓烟，再一开又冒出一股浓烟，烟囱似的，心里便明白了几分。婆婆镇定下来，装着啥也不知，问儿子啥时回来的，工程完了吗？李想鼻子里哼出一声，站到一边，像一个旁观者看婆婆如何演戏。

儿子半晌才抬起头，瓮声瓮气地说，接到你口信就往回返，紧赶慢赶的，刚到家！

婆婆闻后，身子一抖，脸刷地变了。姜是老的辣，人是老人精。婆婆处惊不变，她批评儿子道，回家也不过去看看爹娘，你个没良心的，爹娘算是白养你了！

儿子把烟头放在脚下踩灭了，气呼呼地说，我没心情！

婆婆装着啥也不知，看一眼李想说，怎么，两口子斗气啦，为的啥？

儿子呼地站起身，说，娘，别绕弯子啦！又转向李想说，今天我们三个人窄巷子里扛木头直来直去，不许遮遮盖盖，都把话放到桌面上说！

婆婆没了退路，她以守为进地说，我捎信叫你回来，是为你们两口子好哇！

李想不能不说话了，她说，娘，你说你为我们两口子好，我不知你都说了些啥，光华回家像吃了枪药似的，恨不得把我一枪嘣了！李想的

- 247 -

丈夫叫光华。

丈夫冷着脸对李想说，你也别鸡一嘴鸭一嘴的绕圈子！痛快点，把你脚上的鞋子说清楚，不然我与你没完！

我说了你相信吗？李想问。

只要你讲真话，我就信！

李想冷冷地说，告诉你吧，我从走出娘胎到今天，还没学会说假话！

丈夫沉默，婆婆也沉默，都做出洗耳恭听状。

李想从头开始，把两只翻毛皮鞋的来龙去脉娓娓道出。李想不夸大不缩小，原原本本实事求是。丈夫听后，心里的疑云久久不肯散去，他问李想，这司机大脑有病吗？自己的劳保用品，却要拿去送人。送人你就好好送，却送一只留一只，为的是哪一桩？丈夫的态度已有所转变，说话不那么横冲直撞了。

李想说，我也搞不清。那天回娘家，与母亲说起这事，她还提醒我防着点，别上司机的当。我对母亲说，我又不是三岁，没人能骗得了我。

丈夫说，蹊跷，太蹊跷了！第一个司机这样，第二个司机也这样，这不得不叫人怀疑。

婆婆插话说，男人是苍蝇，男人是馋嘴猫。苍蝇专叮有缝蛋，馋嘴猫没有不吃腥的！

婆婆把李想彻底得罪了，李想从心里排斥她反感她。李想听婆婆说话不好听，反问她，请你讲清楚，谁是有缝蛋，谁又是馋嘴猫吃的哪个腥？

话不投机。婆婆知道自己失言了，看李想步步紧逼，吓得不敢多说。

丈夫思绪混乱，掂不清李想的话有多少可信度，心里正烦着。听母亲和李想呛起来，冲母亲吼道，你少说两句好不好？还嫌家里乱得不够咋的!

婆婆见儿子倒向李想,自己的地位岌岌可危,两眶老泪汹涌而出,她哭着骂儿子:你这个没良心的东西,娶了媳妇忘记娘!娘一片好心,你却当成驴肝肺。我告诉你,从今往后,你走你的阳光道,我走我的独木桥。我……我再也不管你的事了!

丈夫猛吸几口烟,回敬道,谁要你管了?你是越管越乱!

婆婆的脸阴沉沉的,听了儿子的话,嘴唇颤抖不止,说不出一句囫囵话。

屋子里飘荡着呛人的劣质烟味,李想被熏得连打几个喷嚏,婆婆也不停咳嗽。婆婆感觉自己成了多余人,坐也不是,站也不好,一跺脚回家去了。

局面出现如此大的转变,让李想始料不及。她庆幸没有回娘家,若是甩手走了,不知会是什么结果。

8

丈夫心里的疙瘩解开,云雾散去,在家呆了一天,转天起个大早返回水利工地。李想让他多歇一天,他不敢多呆,说工程分解到个人头上,他落后就拖了全队的腿,大伙会骂死他的。李想烙几块活面饼让他路上吃,丈夫把烙饼揣进怀里,心里热乎乎的,走出门还回头瞅李想,把李想的脸都瞅红了。

家又恢复往日的平静。

天寒地冻,风哨如吼,走到外面吸口气,冷风冰似的钻进心里,寒得人浑身打激灵。李想把草帘子挂在门口挡风,整天呆在家里。孩子两天没去奶奶家,受不了了,嚷着要爷爷奶奶。婆婆说过不管他们的事,丈夫也铁嘴钢牙,咬死说不要她管。说出口的话,泼出门的水,想收也收不回来。不管孩子怎么闹，李想就是不松口。孩子趴在门上哭叫，眼泪鼻涕糊了一脸，李想充耳不闻，视而不见。婆婆好像有千里耳，在家心神不宁，骑马找马，啥事也做不成，手里拿着水舀，还到处找水舀。公公骂她掉魂了，说你睁大眼睛看看你手里拿的啥？婆婆低头一看，噗嗤笑了，说我的魂真掉了，掉到小孙子身上去了。公公骂她贱骨头，一辈子当牛做马，累死了活该。婆婆苦着脸对公公说，我好像听到小孙子在家里哭闹，小嗓子都哭哑了。公公没好气地说，想去就去，别找借口！婆婆就坡下驴，说，你嫌我在家里碍眼，我这就走。婆婆趔趔摸摸走出门，到儿子家门口，怕碰上李想，肉脸对肉脸的尴尬，就装着找东西。儿子家的门用草帘子挡着，门口没人。婆婆松出一口气，紧跟着心又提起来——她真的听到小孙子在屋里哭，嘴里还嚷嚷着要奶奶！婆婆的心碎了，啥也顾不上，掀开草帘子就拍门，说李想你快开门！我的心肝宝贝呀，奶奶带你来啦！说着老泪就下来了。

　　李想在做针线活，听到门响就知道是婆婆来了，紧跟着又听到婆婆在门外高声大叫，要李想快开门，她要见小孙子。李想对婆婆的气还没有消，暂时还不想理睬她。

　　婆婆知道李想还在生她的气，叫了几声就停下来，把耳朵贴在门缝上听。屋子里静悄悄的，小孙子不哭了，李想也没来开门。婆婆想她可不能无功而返，今天一定要见到小孙子，不达目的誓不罢休。人心都是肉长的。婆婆相信，只要她坚持不走，李想是不会冷酷无情，拒她于门外的。

　　婆婆又急切地拍起门来。李想扔下手里的活计，在屋里烦躁地走动起来。孩子仰起小脸，睁着泪眼乞求地看着她，希望她快点开门，让奶奶进来。李想的心软了，她设身处地为婆婆着想，婆婆今天能放下老脸上门来，行为本身就是主动和好，主动认错。抬手不打笑脸人。长辈能做到这一点不容易，做晚辈的应该向她学习，豁达一点，大度一点。李想思想通了，便去开门。婆婆进门心切，李想拨开门闩，婆婆没提防，一个趔趄跌进屋里。李想眼疾手快,一把抱住她。有惊无险,婆媳俩紧紧地搂抱在一起。

婆婆老泪纵横,抬起泪眼对李想说,闺女,婆婆老糊涂了,不懂事,你别跟老年人一般见识!

李想为婆婆擦去泪水,说,娘啊,你这么贬派自己,叫我这个做晚辈的无地自容了。我也不好,心眼小、爱记愁,你别生我的气!

婆婆两眼直直地看着李想,弄不清她说的是真话还是假话。

李想见婆婆用这种目光看她,知道婆婆怀疑她,怕她心口不一。于是说,娘,你就放宽心吧,我们是一家人,不会说两家话的。

婆婆感动得热泪长流,连连说,娘知道!娘知道!

9

吃了腊八粥,年就一天天走来了。手快的人已从水利工地回来,李想跑去打听,问丈夫何时回来。那人说,最少还要两天才能完工,验收合格就能回。丈夫的工程是被回家耽搁的。放在平常,大伙一定会合力帮助他,做好了大家一同回家。年愈来愈近,天寒地冻,冷风砭骨,大伙回家心切,便各扫门前雪,谁完工谁走人。

孩子在婆婆家,有时晚上也不回来,跟着婆婆睡。不回就不回,李想一个人自在,也清静。

今天逢集,李想想到街上看看。按说去也没事,就是想瞅瞅热闹。自发生那件不愉快的事情,李想心情一直寡淡,连门都很少出。眼下夫妻关系恢复正常,婆媳也和睦相处,日子又平平稳稳地往前走,李想就不想把自己囚在家里。丈夫上次回来明显比过去瘦,冬衣穿在身上又长又肥。李想知道那是因为活重、累瘦的。李想本来想做几个荷包蛋,让他补补身子,哪知他进门就发火,把她想象成坏女人。李想一听,肺都要气炸了。现在想起,那晚丈夫不但没吃到荷包蛋,连水都没喝一口。

想到这里，李想心里软了一下，她把拾到布兜里的鸡蛋又放回去。丈夫上次没吃到荷包蛋，这次回来一定得补上，算是对上次的补偿。还有，眼见就要过年了，也应该煮几个蛋给孩子吃，三下五去二，家里存下的几个蛋全部有了用场。

没事还上街吗？李想犹豫不决。最后她还是去了。

李想是穿着翻毛皮鞋出门的。既然人家已经知道她有这两只鞋子，也就没啥要顾忌的。一顺儿怎么哪？一顺儿也是鞋子，穿在脚上同样暖和。

刚到街上，老远就看到马大嫂。马大嫂几天没来串门，不知她忙的啥。街上的人熙熙攘攘，稠得像饭团。李想往前挤，马大嫂也往前走，方向相同，李想好一会儿才追赶上。两个人来到人稀处，李想一眼看到马大嫂脚上也穿着翻毛皮鞋！与李想不同的是，马大嫂穿的是一双，而不是一顺儿！李想张口结舌，目瞪口呆。马大嫂闭口不语，脸上似笑非笑，看一眼自己的鞋，又去看李想的鞋。李想脑子里出现一个问号：马大嫂的鞋子也是司机师傅送的吗？这是明知故问。李想失去逛街的兴趣，告别马大嫂，独自回家去。

走到半途，一辆运油车从县城返回，到李想身边停下。司机问李想是回家吗？李想点点头，说是的。司机说，上来吧，顺路！李想前后看看，没见熟人，便熟门熟路地爬上车。司机眼睛挺尖的，李想刚上来他就发现了问题，说你怎么穿一顺儿的鞋，太难看了！哪天有空去我那里配配对儿，我正好有一只。李想看着司机，心想要是配成对儿，穿到脚上那才体面呢。看人家马大嫂，她是后来者居上啊！李想犹犹豫豫地问，师傅，是真的吗？我……我……可不可以现在就去？司机喜出望外，用手拍一下方向盘，说，太好了！说着加速前进。

油田在村子边上，还是安装抽油机时李想与丈夫来瞅过一次热闹。那会遍地钢管，一片狼藉，现在全变了样。油田内盖起一排排房子，红瓦白墙美观整洁；房与房之间铺着宽宽的柏油路，走在上面平坦舒心，闭着眼睛都不会跌跟头。汽车驶到一排平房前，司机跳下去，打开一间房子的门。李想心想这就是司机住的地方了。司机进去，见李想还在车上，招手说，快下来，磨蹭啥呀！李想想司机是要她进去拿鞋子呢。也好，拿了可以在脚上试穿一下，看是否合脚。李想走进屋里，司机搬出椅子让她坐，还殷勤地倒来一杯水。司机不急着拿鞋，与李想面对面坐下，东拉西扯地说起闲话。李想只关心那只鞋子，想看看是啥样子，是否合脚，几次话到嘴边都没好意思说。李想耐住性子听，看阳光直直地照进屋里，知道天到中午了，就想回家去。司机见李想要走，轻轻关上门，拉着她的手说，来吧宝贝，我们现在就开始，完事了就把鞋子给你。起先李想以为司机说的开始就是试穿鞋子，心里着实高兴。不想司机没有拿鞋子，而是把她搂进怀里，嘴在她的脸上乱拱，手也往衣服里伸。李想愣怔一下，突然明白司机要干啥，她奋力反抗，大声说，放开我，你太不要脸啦！司机懵了，搞不清李想是咋的了。他松开手说，是你自愿来的。来了又反悔，还骂人，到底是咋回事？李想几步冲到门口，说，我就是要骂，你是个臭不要脸的！司机深感委屈，说，你出尔反尔，该骂的是你！李想说，你自愿要给我的鞋子配对儿，哪知你狼心狗肺心术不正！司机冷笑道，想我白送你，你见过免费的午餐吗？做你的大头梦去吧！李想骂一句臭流氓，一甩门，气冲冲地走了。

　　李想装着一肚子窝囊气回到家，中饭都没心情做。气都气饱了，她今天不吃了！

　　下午在家啥也没做，心里空落落的，就想找人说说话。想好去马大嫂家串门的，后来又没去。不去好，去了说啥呢，还能问她的鞋子哪里来的？经历过上午的事，李想张不开口问。让李想百思不得其解的是，马大嫂的另一只鞋是如何到手的。难道和司机上床了，把自己的身子给了司机？马大嫂好像不是这样的人。平常她爱说爱笑，也泼辣，说起荤话一套一套的，男人听了都脸红，但她从不胡来。女人结婚生了孩子，嘴巴可以放开，唯独裤带不能放。女人的裤带要是放开了，祖宗八代都没有脸面。但是，如果不上床，难道司机会白白送她鞋子？上午那个司机说得明白，世上没有免费的午餐。李想的脑壳子都想疼了。罢罢罢，不想了，做晚饭吃吧。

第二天，李想突然想起一个人，这个人就是送她第一只鞋子的司机。这个司机八面玲珑，能说会道，每一句话都说到人心里去。模样也顺眼，不像昨天那个司机，尖嘴猴腮，两只眼睛滴溜溜乱转，是个彻头彻尾的大流氓！时隔半年，李想还记得司机在鞋盒上给她写了字，告诉她车牌号，还有出车时间。李想一阵翻找，鞋盒还在，字迹清楚。李想出门看看太阳，锁上门就走了。李想去路口等司机，她要亲口问一下，男人是不是都有歪心眼，送女人东西都是另有图谋。

大约一顿饭工夫，李想如愿等到她要找的人。司机见有女人要搭他的车，高兴坏了，一脚踩下刹车。李想自己打开车门，熟练地爬上去。司机好记性，只看一眼，就想起这个女人曾经坐过他的车。司机好像遇到老熟人，问李想怎么想起他来的。李想也不隐瞒，说你贵人多忘事，鞋盒上白纸黑字，是你亲手写给我的，咋转脸就忘啦？司机心里桃红柳绿，血管里的血欢快得像三月的小河，唱着歌流淌。司机想我可没忘，自打见过你，就把你记在脑海里，融化在血液中。你是全村最美的女人，半年来，我盼星星盼月亮，今天终于把你给盼来啦！

驾驶室里像个大暖房，坐在里面密不透风。李想解开头巾，等着司机回答她的话。前面出现急转弯，司机故伎重演，李想准备在前，她拉紧门把手，车子转弯时她稳坐不动。司机的阴谋没能得逞，他自找台阶说，看我，见到漂亮女人连车都开不好了。李想笑笑说，别谦虚了，我知道你开车稳！

司机两眼热热地瞅着李想，心想这个女人好记性，半年了，还记得他。

汽车行驶到镇街，司机明知李想要下车，非但没减速慢行，反而换挡加速，镇街快速往后退去。司机偷眼看李想，李想没说话，好像在想心思。司机暗暗高兴，他想再跑一程，李想想下车他也不停——今天他要强行把她带进城去。

从镇街通往县城的路都是柏油路。路面宽阔平坦，汽车跑在上面不颠不簸，像静止一般。李想看一眼窗外，路边的树带着风声向后退去。司机提醒李想，说别看，看久了晕车。李想一听，赶紧收回目光。司机喜欢胆小的女人，女人胆小了，才会依赖男人，顺从男人，听男人的话。

李想看一眼前方，感到有些陌生，在她的印象里，好像没有来过这里。李想突然清醒过来，叫司机赶快停车，她要下去。

司机一边减速一边问，有事吗？

李想大声问，你要带我去哪里？

司机说，我去县城，是你自己要搭我的车的呀！

李想说，我不去县城。你停车！

司机心想，你半道下车，我不就前功尽弃了吗！他脑子转悠一下，说，这前不着村，后不靠店，你下去了我不放心。这样吧，你跟我去县城，你逛街，我去炼油厂，下午一道回来，革命生产两不误，你看好不好？

李想前后看看，叹息一声，无可奈何地说，就按你说的办吧。

10

司机开哑巴车，嘴巴像上了封条，一路不说话。李想心里忐忑不安，她从没去过县城，不知县城是啥样子，路程有多远。她出门，婆婆不知道，若是回来晚了，婆婆送孩子回家，见门锁着，不知会咋想呢。

汽车渐渐驶近县城。李想虽没见过县城，当她看到那一柱柱耸入天空的烟囱，还有一座座高大漂亮的厂房，感觉县城就在眼前。李想激动起来，心怦怦狂跳。李想听到过县城的姐妹们说，县城跟天一样大，一天逛不过来；东西琳琅满目，吃的用的、玩的耍的啥都有，看久了把人的眼睛都看花了。镇街和它比，是芝麻比西瓜。为证实姐妹们的话是否夸大，李想放眼远眺，感觉县城比姐妹们说的还要大。县城哪是西瓜呀，简直就是石磙、磨盘，镇街与它没法比！

汽车驶进城里。城里的高楼很多，一座连着一座，糖葫芦似的。李想目不转睛地看着，汽车在百货大楼门前停下。司机说，你下去逛一会，我去去就来。李想瞅一眼大楼，手紧紧地抓着门把手，说我不敢逛，我怕我丢了找不着回家的路。司机一听就知道李想是个嫩瓜蛋子，没见过世面。司机心花怒放，表面却平静如水，他佯装着急地说，我要去炼油厂，你不会也跟我去吧？李想说，我就要跟你去！司机做出无可奈何的样子，叹口气说，好吧，就照你说的办！

汽车开进炼油厂，司机就完成任务，下面就是卸油工人的事了。司机带李想在厂区转了一圈，有熟人遇见了问，是嫂子？司机不置可否，笑一笑继续走路。司机要去他的宿舍。

炼油厂与油田是一家。司机是一种特殊工种，每天往返于两地，两地都有宿舍，宿舍就是他们的家。

李想见司机开门进屋，想起昨天的事。她本来不想进去的，看司机在收拾东西，犹豫一下，最后还是进来了。

司机把室内的东西拾掇整齐，让李想等着，拿上饭盒就出门去。不一会，司机打来饭菜，要李想和他一道吃。李想不好意思，说她早饭吃得多，肚子还饱着，晚上回家吃不迟。司机笑了，一把将李想拉坐下，说，看你，吃我一顿饭，还能把我吃穷了？这样一说，李想就不再推辞。

吃完饭，司机要午休，休息后再回油田。李想说你睡吧，我到外面等你。司机拉住李想，说不成，你也歇一会。李想红着脸说，哪有男女同屋睡觉的？司机一听笑了，说我也不睡了，陪你说说话。

李想上车那会，司机就看到她的两只鞋是一顺儿的。司机清楚这两只鞋有一只是他送的（另一只至今还在油田的宿舍里放着），另外一只会是谁送的呢？油田有几十辆运油车，每辆车一个司机，那只鞋是谁送的不得而知。不过叫司机放心的是，李想的鞋子至今没有配成双，说明没人得到她，就是说这个女人还是干净的。干净女人是一块肥肉，肥肉对男人具有很强的诱惑力。司机不会放过跑到嘴边的肥肉，于是他把入冬时新发的一双翻毛皮鞋拿出来，放到李想面前。李想看是新鞋，而且是一双，眼睛睁大了，她问司机，你要送我吗？我不要！司机不说话，他搬起李想的脚，强行把两只鞋脱下，又为她穿上新的。穿上新鞋，李想感觉脚特别舒服，人也变得精神起来。李想突然想起上午那个问题，于是问司机。司机想了一下，文绉绉地说，这很正常，金粉送佳人，新鞋赠美女嘛。李想听着不对，说，我不要听这个。你告诉我真话，男人送女人东西是不是都另有图谋？这个问题不好回答，也不能回答。如果回答，只有一个字：是！那不是不打自招吗？司机是个聪明人，他想我可不能成为套中人。于是说，凡事因人而异，不可一概而论。司机的话听起来颇有道理，往深处琢磨又模棱两可，叫人摸不着头脑。司机要的就是这个效果。果不其然，李想听后沉默不语，没再向司机提问题。司机心里松出一口气，他想男人送鞋是姜太公钓鱼，愿者上钩。如果女人拒不"咬钩"，那男人只能自认倒霉。

李想穿上司机给的新鞋，高兴得像要飞起来一样。为得到这样一双完整的鞋子，李想不知做过多少梦，她甚至想过用家里那两只小母鸡去换。现在不需要了。真是踏破铁鞋无觅处，得来全不费工夫！李想想，她今天到家的第一件事就是去马大嫂家，让马大嫂看看，她的鞋子再也不是一顺儿的了。

李想陶醉在喜悦里，司机从后面轻轻揽住她，循序渐进地一步步深入，她都没有意识到危险已经临近。司机的胆子愈来愈大，直到把她抱上床，李想才回过神，可惜已经晚了。

11

　　李想恨死了司机。
　　这个司机模样不赖，说话好听，像个文化人，谁知也是人面兽心！李想不怪别人，只怪自己瞎了眼。她不知自己是怎么从县城回来的，来到家门口，看到家里亮着灯，当是婆婆在这里，推开门一看，是丈夫！丈夫抬头看她，四目相对那一刹那，李想的身子如遭雷殛，瑟缩抖动。李想稳定一下情绪，问，工程结束了？丈夫嗯了一声，算是回答。李想摸一下锅灶，锅灶是凉的，她赶紧点火做饭。丈夫闲着没事，看李想忙上忙下的就过来帮忙。李想偷偷打量一眼丈夫，发现他比几天前又瘦了一圈，脸被野风吹出一道道血口子。李想的心痛了一下，泪水刷地下来了。丈夫在灶前烧火，听李想抽动鼻子，说，别难过了，再苦再累都已经结束，是男人都要吃这苦。李想抽噎一下，小声说，都是我不好，让你工程落后了。我……我对不起你！丈夫是鞭芯子脾气，吃软不吃硬，听李想说软话，他到家时生的一肚子气像漏气的破轮胎跑得一干二净。他丢下烧火棍，从挂衣绳上扯下毛巾，扔给李想擦眼泪。李想的泪像断线的珠子，擦了前面的，后面的又滚下来。丈夫的心又软了一下，他说，别没完没了的，快做饭，我的肠子都要饿断了。李想不再磨蹭，赶紧和面做饭。
　　灶膛里的火很旺，照到身上暖和和的，感觉要出汗。在家千日好，出门一时难。在水利工地，丈夫做梦都想着家，想着老婆孩子热炕头。工程验收合格了，他一分一秒都不愿耽搁，日夜兼程往家赶。进村时，丈夫希望回到家就能看到李想和孩子，还看到灶台上放着一碗热稀饭。走进自家小院，丈夫虽然疲惫不堪，但他还是想营造一点家庭气氛，给李想和孩子一个惊喜。他轻轻咳嗽一声，侧耳细听屋里有无动静；又咳一声，还不见李想出来开门。丈夫推门，门上挂着锁。李想去哪里了？

丈夫打开门，坐下来等，心等乱了李想才回来。

锅上热气腾腾，灶屋里氤氲出温馨祥和的气氛。丈夫心里热热的，他问李想孩子哪里去了。李想说，在婆婆那边，心都玩野了，晚上也不肯回来。

丈夫疑惑道，娘不是说她不管我们的事了吗？

李想苦笑一下，说，那是气话，你走后没两天她就过来了。

饭好了，丈夫狼吞虎咽地吃下两碗，看李想坐着不动，说，你发什么呆，快吃饭吧。

李想说，你吃吧，我不饿。

丈夫借着灯光看李想，发现她脸色不好，关切地问，你哪里不舒服？

这一问，李想的泪又下来了。丈夫顾不上吃饭，丢下饭碗说，你心里好像不痛快，能说给我听听吗？

李想一下子噎在那里，不知这话能不能说。

凭直觉，丈夫看出李想有事瞒着他。于是催促道，天塌了还是地陷了，你快说话呀！

不说话是不行了。

李想的脑子乱成一锅粥，她把毛巾捂在脸上，抽抽噎噎地把今天发生的事说了出来。丈夫听后，半响无语，眼睛一动不动，人像傻了一般。李想害怕了，哭着对丈夫说，你快告诉我，我该怎么办？我真是没脸活人了……

丈夫把碗摔在地上，嗷地大叫一声，火烧屁股似的跳起来，一拳将李想打倒在地，脱下她脚上的翻毛皮鞋，用刀狠狠地剁起来。不一会，鞋子就面目全非了。

李想躺在地上说，我做下对不起你的事，你也剁我一刀吧，这样你心里会好受些……

丈夫的眼睛红得像兔子眼，他用拿刀的手指着李想，吼道，你……

你这个贱人，去死吧！说后握着刀，噔噔噔出门去了。

不多会儿婆婆来了。婆婆的态度跟上次判若二人，见了李想就不停地抹泪，说，闺女呀，委屈你了。婆婆也是女人，我知道你是迫不得已才做出那种丑事的。告诉婆婆，是不是这样啊？

李想抬起泪眼，哭着说，娘啊，我也不知道……

婆婆又说，出了这事你应该咬死了不说，把它烂在肚子里，只当不小心被狗咬了一口，伤口慢慢就会愈合的。现如今你原原本本地告诉光华，你叫他今后如何做人？……闺女呀，男人和女人不一样。男人一辈子活的是脸面，是自尊，而我们女人把脸夹到裤裆里照样过日子。光华是家庭的顶梁柱，你叫他今后咋抬得起头做人哟……婆婆老泪纵横，伤心地说不下去了。

听了婆婆的话，李想有点清醒起来，感到事情远比她想象的要严重。李想睁大眼睛，泪水像干涸的小河一下子断流了。她拉住婆婆，要婆婆给她拿个主意，她不知她该怎么办。

婆婆抹着泪说，闺女啊，我们女人的命苦唯……

李想连连点头。此时此刻，她多么希望婆婆能够站在她一边，为她撑腰，为她说话。

刮了几天的风停歇了。屋子里很静，静得能听到老鼠的磨牙声。时间像死了一般，空气也好像不再流动。李想用力吸一口气，两眼一眨不眨地盯着婆婆的嘴巴看，希望它打破寂静，给她指出一条明路。婆婆的嘴巴翕动一下，重重地叹息一声，半晌才说，我娘家村上有一个闺人，人勤手巧，模样也出众，可惜她生错了人家。她家穷得我都没法说，总之是吃了上顿没下顿。生产队长早就瞄上这闺女，一天趁她去地里剜野菜，悄悄跟着。荒坡野地，不见人影。队长瞅准时机，饿虎扑食一般压住闺女。闺女央求说，队长你放过我，我啥都依你。队长说，你依了我，我啥都依你。两个人互不相让，从坡上滚到坡下，最后因闺女肚子里缺少饭食而没打过队长。队长得逞了，他把闺女从地上拉起来，到公家仓库里装了一袋粮食给她作为补偿。闺女家有了吃的，一家人吃饱喝足了，父亲很响地打出一个饱嗝，问闺女从哪里弄来的粮食。母亲心知肚明，她没好气地说，有你吃的就别管那么多了。父亲一听就明白了，他看一眼母女俩，说，我说这饭里咋有异味，敢情想毒死我呀！你们说，是谁做下对不起我的事了？国有国法，家有家规。谁触犯家规，想上吊，家里有绳子；要投河，河上没有盖子，你们自己挑选去吧！闺女听了这话，转身就走了。可怜呀，一朵鲜花还没开就凋落了……

李想听了这个故事，浑身像犯疟疾似的抖动不止。

婆婆看在眼里，紧跟着又说，闺女呀，女人什么事都可以做，就是这件事做不得。那个闺女她想死吗？不过死了也省心，眼一闭，一世都清静了，耳不听心不烦，一了百了……

李想想起丈夫离家时说下的狠话，再想婆婆说的那个闺女，她一切都明白了。李想不知道婆婆啥时候走的。夜已经深了，丈夫和孩子都没有回来，家里就李想一个人。李想不知自己站了多久，她打开门看到东方露出鱼肚白，才从门后找出一根细绳，跌跌撞撞地往屋后走去……

第二天上午，赶集的人发现一辆运油车停在路上。起先当车子坏了，当人们走上前，透过车窗玻璃看到司机躺在驾驶座上，脖子还在汩汩流血，才知道发生了命案。

李想是看不到了。她要是看到就会发现，这辆运油车的牌号和她收藏的鞋盒上写的车牌号是一致的。

《山东文学》2011年10期